古典詩歌研究彙刊

第二十輯

龔鵬程 主編

第15冊

《唐詩三百首》研究

鄒孟潔 著

國家圖書館出版品預行編目資料

《唐詩三百首》研究／鄒孟潔 著 — 初版 — 新北市：花木蘭文化出版社，2016〔民105〕

目 4+208 面；17×24 公分

（古典詩歌研究彙刊 第二十輯；第15冊）

ISBN 978-986-404-836-6（精裝）

1. 唐詩 2. 詩評

820.91 105015107

ISBN-978-986-404-836-6

9 789864 048366

古典詩歌研究彙刊

第二十輯　第十五冊　ISBN：978-986-404-836-6

《唐詩三百首》研究

作　　者　鄒孟潔
主　　編　龔鵬程
總 編 輯　杜潔祥
副總編輯　楊嘉樂
編　　輯　許郁翎、王筑　美術編輯　陳逸婷
出　　版　花木蘭文化出版社
社　　長　高小娟
聯絡地址　235 新北市中和區中安街七二號十三樓
　　　　　電話：02-2923-1455／傳眞：02-2923-1452
網　　址　http://www.huamulan.tw 信箱 hml 810518@gmail.com
印　　刷　普羅文化出版廣告事業
初　　版　2016年9月
全書字數　123996字
定　　價　第二十輯共18冊（精裝）新台幣28,800元　

《唐詩三百首》研究

鄒孟潔 著

作者簡介

鄒孟潔，國立高雄師範大學國文系碩士，曾任國小教師，現任高中教師。著有〈四聲聲情對詩歌體驗的潛在影響——以《唐詩三百首》五絕為例〉、〈從〈與元九書〉探析白居易詩學思想的承繼與開展及其諷諭詩底蘊〉、〈徐渭〈雌木蘭〉對〈木蘭詩〉之敷演詮釋〉、〈蘇軾詠花詞生命意境探析〉、〈《唐詩三百首》的教育功能〉、〈〈灰闌記〉雙姝行為心理探析〉、〈故事性樂府民歌〈木蘭詩〉的詩教探析〉等單篇論文。

提　　要

本文旨在對孫洙詩學觀的承繼與發展以及《唐詩三百首》的古今意蘊進行全面性的研究。透過對《唐詩三百首》做有系統性的研究與探討後，對於孫洙的觀點與選詩的理念以及對《唐詩三百首》的整體架構與內涵，有一定程度的理解。本文對編選者孫洙的生平以及《唐詩三百首》的成書傳衍概況加以討論，整理孫洙的生平及《唐詩三百首》的成書傳衍歷程，藉以了解孫洙其人以及《唐詩三百首》和時代背景的緊密聯繫。更進一步追溯《唐詩三百首》的詩學淵源，側重於孫洙的傳承與獨創，透過「分體」、「分期」、「專家」與「主題」四個面向的探究與分析其缺失，從《唐詩三百首》的「古典意義」著手研究，一窺孫洙的詩學觀。又《唐詩三百首》在唐詩選本的古典發展意義上，佔有一席之地，流傳至今，仍然是本具有文化教育精神與時代傳承意義的唐詩讀本，文中最後從《唐詩三百首》的「現代展現」進行深入的研究探討，對於《唐詩三百首》文本的詮釋，以及與兒童文學間的關係和現代教學上的應用，呈現《唐詩三百首》新的時代意義，以解析孫洙《唐詩三百首》的全貌。由研究中可見《唐詩三百首》經歷時間的考驗，展現了唐詩的生命意蘊與人文涵養，創造出自己獨特的歷史價值與時代意義。

目　次

表目次

第一章　緒　論

第一節　研究動機與目的

唐代是中國詩史上集大成的時代，明代胡應麟說「詩至於唐而格備」〔註1〕，劉大杰《中國文學發展史》進一步申論：

> 唐朝是中國詩歌史上的黃金時代。形式方面，無論古體律絕，無論五言七言，都由完備而達全盛之境。內容的豐富，風格的多樣，派別的分立，思潮的演變，呈現著萬花撩亂的景象。……詩歌在唐朝，成爲一種最普遍的文學形式，不只是少數文士的專利品。……通過詩歌的豐富內容，我們可以看出當日社會生活與人民思想感情的表現。〔註2〕

唐詩豐沛的生命力，與多元寬廣的面貌，不僅是唐代文學最豐碩的成果，同時也深深影響著後代。自從科舉制度在唐代紮根之後，詩歌成爲功令之學的一環，學詩是文人的必修課程，寫詩成爲文人生活必備的能力。爲了迎合學習的需要，各種唐詩選本因應而生。〔註3〕

〔註1〕（明）胡應麟：《詩藪》（內編卷一）（上海：上海古籍出版社，1979年），頁1。

〔註2〕劉大杰：《中國文學發展史》（中）（臺北：華正書局，2006年），頁397～398。

〔註3〕邱永昌：《唐詩三百首之星象意象研究》（屏東：國立屏東教育大學國民教育研究所碩士論文，2002年），頁1。

唐人選唐詩之濫觴，歷經兩宋金元踵事增華，至清代康雍乾三朝而達於頂峰。〔註4〕品類浩繁，不勝枚舉，當中不少出自名家手眼，如唐代令狐楚《唐歌詩》、殷璠《河嶽英靈集》，宋代王安石《唐百家詩選》、洪邁《萬首唐人絕句詩》，明代李攀龍《唐詩選》、高棅《唐詩品彙》、陸時庸《唐詩鏡》，清代王士禎《唐人萬首絕句選》、沈德潛《唐詩別裁》等。

然而清代一個默默無聞的編選者——孫洙——所選的《唐詩三百首》，卻超越了歷代名家，而成為中國最普及，影響最廣的詩選集。其中，究竟是什麼原因使然，成為筆者心中的待答問題。

黃永武曾說：「《唐詩三百首》自清初刊刻以來，早已家喻戶曉，它主要的成功因素是所選的詩篇愜於人心，確實是五萬首唐詩中的代表作。」〔註5〕愜於人心且具代表性或許是此書流傳的主要原因，然而「詩」的價值與「書」的價值並不全然相同，創作與編選基本上是不同性質的工作，一本選集所牽涉的問題，遠比一本詩文集更為複雜，因此研究專家詩和研究選集的方法，勢將大異其趣。選本研究，向來不是古典詩領域的主流，孫洙其人其書，也沒有引起太多的注意；目前相關文獻不多，也沒有學位論文針對《唐詩三百首》進行全

〔註 4〕據《清史稿》記載，康雍乾時期御制唐詩選本如下：「全唐詩九百卷。康熙四十六年，彭定求等奉敕編。唐詩三十二卷，附錄一卷。康熙五十二年，聖祖御選。唐宋詩醇四十七卷。高宗御定。熙朝雅頌集首集二十六卷，正集一百八卷。嘉慶九年，鐵保等奉敕編。三體唐詩補注六卷。高士奇撰。唐詩鼓吹箋注十卷。注，錢朝鼒、王俊臣撰；箋，王清臣、陸貽典撰。唐詩選十七卷，唐人萬首絕句選七卷，唐賢三昧集三卷。王士禛編。唐賢三昧集箋注三卷。吳煊、胡棠撰。全唐詩錄一百卷。徐倬編。唐四家詩選八卷。汪立名編。說唐詩二十三卷。戴明說撰。續三體唐詩八卷，唐詩掞藻八卷。高士奇撰。唐詩叩彈集十二卷，續集三卷。杜詔、杜庭珠同編。唐詩貫珠箋釋六十卷。胡以梅編。唐詩別裁集三十卷。沈德潛編。讀雪山房唐詩選四十卷，序例一卷。管世銘編。」節選自（清）趙爾巽等撰，楊家駱校：《清史稿》（卷 148）（臺北：鼎文書局，1981 年），頁 4404～4417。

〔註 5〕黃永武、張高評：《唐詩三百首鑑賞》（臺北：黎明文化事業公司，1986 年），頁 1。

面性的探討，從學術角度來看，還存在著某種程度的研究價值和空間。如今時人評論《唐詩三百首》皆給予正面的肯定，然大家只知《唐詩三百首》是人人琅琅上口的唐詩集，對其編選者孫洙與《唐詩三百首》的內涵沒有太多深入的認識，最先開始關注《唐詩三百首》的是朱自清，其〈《唐詩三百首》指導大概〉寫成後，才陸續有研究《唐詩三百首》的文章，然這些研究大多數集中於《唐詩三百首》的導讀，或是對於詩人、詩作、意象作主題式的研究，而少數幾篇研究《唐詩三百首》的論文，或僅側重版本，或偏重詩教功能，或僅以外顯性的特色作爲研究重點，未能對其內涵有脈絡性、綰合性的探討，在此期望能藉本文，對《唐詩三百首》作全面性的探索，藉以肯定孫洙的貢獻與《唐詩三百首》在唐詩選本中不可忽視的地位。歷來以《唐詩三百首》爲主題的專書研究較少，本文期望彙整過去的成果，在新的方法和架構上，對此書作出完整的報告；預期達到的目的有三：

一、整理孫洙的生平及《唐詩三百首》的成書傳衍歷程，藉以了解孫洙其人以及《唐詩三百首》和時代背景的緊密聯繫。

二、追溯《唐詩三百首》的詩學淵源，側重於孫洙的傳承與獨創，透過「分體」、「分期」、「專家」與「主題」四個面向的探究與分析其缺失，期能對《唐詩三百首》在古典意義上有著更深一層的認識。

三、探討近現代對於《唐詩三百首》文本的詮釋，以及與兒童文學間的關係和現代教學上的應用，呈現《唐詩三百首》新的時代意義。

第二節　前人研究概況文獻回顧

目前對於《唐詩三百首》進行專書研究者寥寥無幾，國內以《唐詩三百首》爲範圍作某種主題研究的論文專著有四本，分別是：

一、邱永昌《唐詩三百首之星象意象研究》〔註6〕

〔註6〕邱永昌：《唐詩三百首之星象意象研究》，屏東：屏東教育大學國民教育研究所碩士論文，2003年。

本文從天文星象的角度分析唐詩，並且歸納唐人對星象的認知與唐詩中運用星象意象的情形，進而了解星象意象的特質以及對唐人生活與文化的影響。

二、莊世明《《唐詩三百首》中杜甫、李商隱七律「情景」研究》〔註 7〕

本文以《唐詩三百首》中所選入杜甫、李商隱七律各十首爲研究對象，探析詩作中情與景的安排，並且分析事象與物象的運用，藉以掌握章法與主旨的關聯，探討其作品情、景的特色。

三、李叔霖《《唐詩三百首》五倫關係之分析》〔註 8〕

本文以中國人際傳播理論之架構，依據五倫關係進行分類、統計及分析，藉以了解唐代詩人筆下的五倫關係。

四、林冉欣《主旨安置於篇外的謀篇形式析論——以《唐詩三百首》為研究範疇》〔註 9〕

本文主要討論《唐詩三百首》中主旨安置於篇外的作品，分析辭章所運用的事材、物材，及材料的組合形式，探討詩人創作的心理基礎，而感受作品帶來的美感效果。

此四篇論文雖皆是以《唐詩三百首》作爲研究對象，但僅是研究其中的某些主題或詩作，並未對文本進行全面而深入的研究探討。

大陸地區對於《唐詩三百首》直接進行專書研究的論文共計八篇，研究的面向也有較爲多元的呈現：

一、阮媛媛《論《唐詩三百首》對中學生人格和審美趣味的陶冶》〔註 10〕

〔註 7〕莊世明：《《唐詩三百首》中杜甫、李商隱七律「情景」研究》，宜蘭：佛光大學文學系碩士論文，2009 年。

〔註 8〕李叔霖：《《唐詩三百首》五倫關係之分析》，臺北：輔仁大學大眾傳播學研究所碩士論文，2010 年。

〔註 9〕林冉欣：《主旨安置於篇外的謀篇形式析論——以《唐詩三百首》爲研究範疇》，臺北：國立臺灣師範大學國文學系在職進修碩士論文，2010 年。

〔註 10〕阮媛媛：《論《唐詩三百首》對中學生人格和審美趣味的陶冶》，武本文從溫柔敦厚的詩教原則與儒家忠君仁愛的倫理道德，以及其內容風格的多樣性，以探討《唐詩三百首》對中學生人格的影響和審美趣味的培養。

二、金桂蘭《〈唐詩三百首〉與清前期詩學》〔註 11〕

本文將《唐詩三百首》與《唐賢三昧集》、《唐詩別裁集》比較分析，並探討其對《唐詩三百首》選編產生的影響，進一步分析孫洙的批注語，觀察其展現的詩學概念及其選編宗旨，最後對其未收〈春江花月夜〉的不足和缺陷補充論證。

三、徐明玉《蒙學詩歌讀本《唐詩三百首》研究》〔註 12〕

本文從選編目的著手，分析其在選詩上內容題材廣泛與結構上分體編排主次分明的特點，透過分析比較，界定其爲童蒙教育後期詩歌教材的性質，深入探悉其詩教功能以及對青少年人文素養形成的影響等。

四、鄒坤峰《〈唐詩三百首〉研究》〔註 13〕

本文以《唐詩三百首》的編選特色爲主，透過對清代主要版本的梳理與社會文化背景的評述，並且以賓納《群玉山頭》〔註 14〕爲例，介紹《唐詩三百首》向西方世界傳播的情況，探求影響《唐詩三百首》成功傳播的各種因素。

五、曹戰強《唐詩三百首研究》〔註 15〕

漢：華中師範大學學科教學碩士論文，2006 年。

〔註 11〕金桂蘭：《〈唐詩三百首〉與清前期詩學》，北京：首都師範大學文藝學碩士論文，2008 年。

〔註 12〕徐明玉：《蒙學詩歌讀本《唐詩三百首》研究》，長春：吉林大學課程與教學論碩士論文，2008 年。

〔註 13〕鄒坤峰：《〈唐詩三百首〉研究》，上海：上海師範大學中國古典文獻學碩士論文，2009 年。

〔註 14〕《群玉山頭》爲《唐詩三百首》最早的英譯本。Witter Bynner、江亢虎合譯：《Jade Mountain: Chinese Anthology; Three Hundred Poems of T'ang Dynasty》，NewYork: Alfred,A., Knopf, 1929 年。

〔註 15〕曹戰強：《唐詩三百首研究》，河北：河北大學中國古代文學碩士論文，2009 年。

本文首先從清代唐宋詩之爭著手，探析《唐詩三百首》在時代背景下所受到的影響，進一步推求其繼承與新變，並且從選詩結構與內涵意識看其特點與對後世的影響。

六、吳倩《〈唐詩三百首補注〉注釋研究》〔註16〕

本文運用訓詁學的理論對陳婉俊《唐詩三百首補注》從校勘、注音、析形、詞語、典故、題解與詩人小傳各方面進行全面性的分析歸納，概括出陳婉俊補注本的內容和特點，並且評論其注釋上的成就和不足之處。

七、黃黽《〈唐詩選〉與〈唐詩三百首〉對比研究》〔註17〕

本文將《唐詩選》和《唐詩三百首》兩個唐詩選本進行對比研究，從兩本唐詩選集的編選目的、成書過程、選目、共選篇目、共選詩人等方面進行分析，並且進一步探究《唐詩三百首》盛行不衰，而《唐詩選》最終卻退出讀者視線的原因。

八、王東旭《論〈唐詩三百首〉與語文教材的古詩選編》〔註18〕

本文將《唐詩三百首》選入的唐詩與現今教學的語文教材（人教版、蘇教版、長春版）選入的唐詩進行對比，從作者、體裁、題材等方面進行對比研究，並進一步闡述《唐詩三百首》對語文教學的啓示作用。

此外，唐詩選本的研究在近幾年來也受到關注，在2005年，有兩本同樣以《清代唐詩選本研究》爲題的博士論文發表，作者分別是韓勝〔註19〕與賀嚴〔註20〕。在此兩本博士論文中《唐詩三百首》是其

〔註16〕吳倩：《〈唐詩三百首補注〉注釋研究》，西安：陝西師範大學漢語言文字學碩士論文，2010年。

〔註17〕黃黽：《〈唐詩選〉與〈唐詩三百首〉對比研究》，烏魯木齊：新疆師範大學中國古代文學碩士論文，2011年。

〔註18〕王東旭：《論〈唐詩三百首〉與語文教材的古詩選編》，長春：東北師範大學學科教學碩士論文，2013年。

〔註19〕韓勝：《清代唐詩選本研究》，天津：南開大學中國古代文學博士論文，2005年。

〔註20〕賀嚴：《清代唐詩選本研究》，南京：南京大學中國古代文學博士論

中研究的一個章節。兩位學者研究的著眼點不同，韓勝注重選本在詩學語境中的歷史發展，賀嚴則是注重選本與社會生活、當代詩學思潮的關係。2013 年，劉萬青《唐詩分體選本研究》〔註 21〕研究重要的唐詩選本的種類與分體探討，《唐詩三百首》亦是其中分析的一部選本，其中對於分體的特色與優缺點多有論述。此三本博士論文都給予《唐詩三百首》在清代品類繁多的唐詩選本中的應有的定位。

本文與鄒坤峰及曹戰強的論文題目相同，然在深入探究的著眼處大不相同，本文主要內容針對《唐詩三百首》在唐詩選本上的價值與意義，留意選編者孫洙詩學思想的承繼與開展，並且對《唐詩三百首》進行細部的論述，期能在前人的研究基礎上，對《唐詩三百首》有著更深入的認識。

最早對於《唐詩三百首》有研究的是朱自清，其〈《唐詩三百首》指導大概〉〔註 22〕對於《唐詩三百首》選入的作者、詩作、體裁或題材的有著全面的介紹，然在論述上較爲淺顯。此外，朱自清在文中提出「選者可能爲孫洙的存疑。」由此開始引起後世對於編選者的關注，經過多方的考證，才確認「蘅塘退士」是孫洙。朱自清〈《唐詩三百首》指導大概〉爲《唐詩三百首》的研究起頭，爲研究《唐詩三百首》最具有代表性的文章。目前國內外學者對於《唐詩三百首》的單篇論文研究大致可分爲六類：一、對於編選者孫洙與《唐詩三百首》編選內涵探析；二、對《唐詩三百首》全面性與版本概覽；三、內容的鑑賞與比較分析；四、藝術特點的品評；五、提出問題與不足之處與商榷；六、地緣性的詩人研究。簡單列表如下：

第一類是對於編選者孫洙與《唐詩三百首》編選內涵探析：

文，2005 年。

〔註 21〕劉萬青：《唐詩分體選本研究》，臺中：逢甲大學中國文學系博士論文，2013 年。

〔註 22〕朱自清：〈《唐詩三百首》指導大概〉，收錄於朱自清：《經典常談》，北京：中華書局，2009 年。

作者	論文名稱	刊物名稱與期別
馬茂元	〈關於孫洙《唐詩三百首》及其編選的指導思想——《唐詩三百首新編》前言〉	《文學遺產》，1985 年，地 1 期
趙承中	〈「唐詩三百首」編著者蘅塘退士及其家世〉	《中國書目季刊》，1996 年 3 月，29 卷第 4 期
洪振快	〈《唐詩三百首》的編選藝術〉	《文史知識》1996 年，第 7 期
徐安琪	〈《唐詩三百首》的審美價值取向〉	《湘潭大學學報》（社會科學版），2000 年，第 3 期
張和增	〈《唐詩三百首》與蘅塘退士孫洙〉	《文史雜志》，2002 年，第 6 期
余訓培	〈選編的藝術：以《唐詩三百首》爲觀照〉	《中國出版》，2006 年，第 3 期
賀嚴	〈《唐詩三百首》的「詩教」內涵〉	《北方論叢》，2010 年，第 5 期
趙承中	〈追尋「蘅塘退士」〉	《讀書》，2011 年，第 6 期
趙承中	〈蘅塘退士與他的遺詩〉	《古典文學知識》，2011 年，第 6 期
趙承中	〈追尋「蘅塘退士」〉	《檔案與建設》，2012 年，第 3 期

第二類是對《唐詩三百首》全面性與版本概覽

作者	論文名稱	刊物名稱與期別
吳小如	〈說《唐詩三百首》〉	《讀書月報》，1957 年，第 2 期
宋哲	〈漫談「唐詩三百首」〉	《建設》，1963 年 10 月，12 卷 5 期
高振中	〈評《唐詩三百首》〉	《延安大學學報》（社會科學版）1980 年，第 2 期
周振甫	〈談談《唐詩三百首》〉	《文史知識》，1981 年，第 1 期

作者	論文名稱	刊物名稱與期別
尹雪樵	〈《唐詩三百首》版本知見錄〉	《圖書館工作與研究》，1994 年，第 3 期
張浩遜	〈《唐詩三百首》縱橫談〉	《中國典籍與文化》，1996 年，第 4 期
王步高	〈對《唐詩三百首》的再認識〉	《中國典籍與文化》，1998 年，第 1 期
邱燮友	〈「唐詩三百首」導讀〉	《中國語文》，1999 年，84 卷 3 期
王水照	〈永遠的《唐詩三百首》〉	《中國韻文學刊》，2005 年，第 1 期
黃瑞云	〈說《唐詩三百首》〉	《中國韻文學刊》，2007 年，第 3 期
黃瑞云	〈說《唐詩三百首》〉	《博覽群書》，2007 年，第 10 期
王莉	〈《唐詩合選》與《唐詩三百首》之比較〉	《文教資料》，2008 年，第 28 期
解國旺	〈唐詩選本中的經典——《唐詩三百首》探秘〉	《名作欣賞》，2009 年，第 10 期
王宏林	〈論《唐詩三百首》的經典觀〉	《文藝理論研究》，2013 年，第 5 期
成松柳	〈《唐詩三百首》六種版本的比較研究〉	《長沙理工大學學報》（社會科學版），2014 年，第 2 期

第三類是內容的鑑賞與比較分析：

作者	論文名稱	刊物名稱與期別
劉新生	〈談《唐詩三百首》所選杜詩〉	《杜甫研究學刊》，1996 年，第 1 期
汪貞干	〈《唐詩三百首疑難詞句辨析》（一）——解「永結無情游，相期邈雲漢」——兼談李白的詩作與月亮〉	《黃石教育學院學報》，1999 年，第 1 期
汪貞干	〈《唐詩三百首》疑義辨析（二）〉	《黃石教育學院學報》，2000 年，第 1 期

作者	論文名稱	刊物名稱與期別
劉紅霞	〈唐詩三百首中登高意象的分類及意蘊闡釋〉	《南京師範大學文學院學報》，2001 年，第 2 期
莊文福	〈「唐詩三百首」中「月」之意象探析〉	《德明學報》，2002 年，第 19 期
孔維勤	〈欣賞唐詩三百首的小秘密〉	《經典與人文》，2003 年，創刊號
劉利國	〈中日「日暮詩」的意象分析——《唐詩三百首》與《新古今和歌集》之比較〉	《外語與外語教學》，2004 年，第 6 期
莊文福	〈「唐詩三百首」中「雪」之意象探析〉	《研究與動態》，2004 年，第 11 期
或彧	〈熟讀唐詩三百首 不會吟詩也會吟〉	《作文教學研究》，2007 年，第 5 期
荊艷鶴	〈從《唐詩三百首》和《百人一首》看中日古典戀歌的異同〉	《新鄉教育學院學報》，2009 年，第 3 期
樊紅武	〈以《唐詩三百首》爲中心來研習唐詩〉	《中華活頁文選》（教師版），2010 年，第 2 期
肖嫵嬪	〈《唐詩三百首》所見樂府詩的史料價值〉	《語文學刊》，2010 年，第 10 期
莫礪鋒	〈《唐詩三百首》佳作解讀 繁簡各得其妙的三首〈長干行〉〉	《文史知識》，2011 年，第 3 期
莫礪鋒	〈《唐詩三百首》佳作解讀：四首〈早朝大明宮〉詩的優劣〉	《文史知識》，2011 年，第 4 期
莫礪鋒	〈《唐詩三百首》佳作解讀 高適〈燕歌行〉的主題〉	《文史知識》，2011 年，第 5 期
莫礪鋒	〈《唐詩三百首》佳作解讀：餘音繞梁的〈江南逢李龜年〉〉	《文史知識》，2011 年，第 6 期
莫礪鋒	〈《唐詩三百首》佳作解讀：詩國中月亮對太陽的思念——杜甫在秦州所寫的懷李白詩〉	《文史知識》，2011 年，第 7 期
王曉明	〈從《唐詩三百首》看唐詩〉	《新作文》（教育教學研究），2011 年，第 15 期

作者	論文名稱	刊物名稱與期別
莫礪鋒	〈《唐詩三百首》佳作解讀：〈八月十五夜贈張功曹〉的奇特結構〉	《文史知識》，2011 年，第 9 期
郭殿忱	〈李白詩異文考——以《唐詩三百首》爲中心〉	《中國韻文學刊》，2011 年，第 4 期
莫礪鋒	〈《唐詩三百首》佳作解讀：請稱崔涂爲「崔孤雁」〉	《文史知識》，2011 年，第 12 期
劉玉娥	〈唐詩三百首中的笛簫詩篇〉	《流行歌曲》，2011 年，第 12 期
邢紅霞	〈杜甫與《唐詩三百首》〉	《快樂閱讀》2012 年，第 11 期
郭殿忱	〈孟浩然詩異文考辨——以《唐詩三百首》爲中心〉	《湖北文理學院學報》，2012 年，第 10 期
袁曉凡	〈青少年課外讀物多模態語篇的解讀——以《唐詩三百首》中的〈靜夜思〉爲例〉	《黃岡師範學院學報》，2012 年，第 5 期
王川	〈中日詠月詩中「月」意象的考察——以《唐詩三百首》與《小倉百人一首》的詠月詩歌爲中心〉	《赤峰學院學報》（漢文哲學社會科學版），2013 年，第 9 期
韓樸	〈《唐詩三百首》裡的「遼」元素〉	《今日遼寧》，2014 年，第 7 期
宋海蟾	〈《唐詩三百首》國俗詞語的語義分析——以「紅」爲例〉	《語文學刊》，2014 年，第 21 期

第四類爲藝術特點的品評

作者	論文名稱	刊物名稱與期別
張娣明	〈《唐詩三百首》中近體詩誇飾藝術〉	《思辨集》，2001 年，第 4 期
吳銅虎	〈淺析《唐詩三百首》的詞序變換現象〉	《漢字文化》，2007 年，第 5 期
葉筑艷	〈淺談影視蒙太奇手法在《唐詩三百首》中的運用〉	《作家》，2008 年，第 16 期

作者	論文名稱	刊物名稱與期別
劉麗芳	〈《唐詩三百首》之結尾藝術探析〉	《語文學刊》，2011 年，第 1 期
朱錢兒	〈動詞詞化模式與主題相關性研究——以《唐詩三百首》爲語料〉	《現代語文》（語言研究版），2012 年，第 5 期
閆絨利	〈隱喻與轉喻的互動關系——以《唐詩三百首》的意象構建爲例〉	《內江科技》，2012 年，第 11 期

第五類爲提出問題與不足之處與商榷

作者	論文名稱	刊物名稱與期別
黃坤堯	〈「唐詩三百首」律絕部分校讀札記〉	《中國書目季刊》，1986 年，20 卷 3 期
楊起予	〈唐詩三百首評注本問題管窺〉	《福建師範大學學報》（哲學社會科學版），1993 年，第 2 期
莫礪鋒	〈《唐詩三百首》中有宋詩嗎？〉	《文學遺產》，2001 年，第 5 期
李定廣	〈近年通行本《唐詩三百首》若干注釋商榷〉	《汕頭大學學報》，2004 年，第 1 期
汪貞干	〈論《唐詩三百首》注釋存在的問題——《〈唐詩三百首〉疑難詞句辨析》前言〉	《黃石教育學院學報》，2006 年，第 1 期
袁慶述	〈從《唐詩三百首》看「拗救」問題〉	《中國文學研究》，2007 年，第 2 期
子規	〈談談《唐詩三百首》中誤收的宋詩〉	《文史雜志》，2007 年，第 3 期
李定廣	〈《唐詩三百首》中有宋詩嗎——與莫礪鋒先生商榷〉	《學術界》，2007 年，第 5 期
凌朝棟	〈論《唐詩三百首》失選賈至、杜甫等唱和詩〉	《渭南師範學院學報》，2007 年，第 6 期
李樹喜	〈《唐詩三百首》五言律絕的「出格」問題〉	《中華詩詞》，2008 年，第 5 期

作者	論文名稱	刊物名稱與期別
楊冰郁	〈《唐詩三百首》五言律「出格」在哪裡——與李樹喜先生商榷〉	《學術界》，2008 年，第 5 期
龔延明	〈唐詩中「少府」是何官？——從喻守真《唐詩三百首詳析》說起〉	《澳門文獻信息學刊》，2010 年 4 月，第 2 期
李德輝	〈《唐詩三百首》爲什麼未選李賀詩〉	《古典文學知識》，2010 年，第 3 期
楊鑒生	〈例談《唐詩三百首》中的經典偏失〉	《長沙大學學報》，2011 年，第 4 期
馬麗紅	〈《唐詩三百首》若干問題解析〉	《蕪湖職業技術學院學報》，2012 年，第 1 期
鄒爽	〈李賀詩未入選《唐詩三百首》原因探析〉	《長春工業大學學報》（社會科學版），2014 年，第 1 期
朱光立	〈《唐詩三百首》中沒有宋詩嗎——與李定廣先生商榷〉	《學術界》，2014 年，第 6 期
李定廣	〈再論《唐詩三百首》中張旭詩爭議——兼答朱光立先生〉	《學術界》，2014 年，第 7 期

第六類爲地緣性的詩人研究

作者	論文名稱	刊物名稱與期別
張金鑑	〈「唐詩三百首」中的河南詩人〉	《中原文獻》，1973 年，5 卷 8 期
江夏客	〈唐詩三百首中的湖北作家點將錄（杜審言、孟浩然、杜甫、綦毋潛、岑參、張繼）〉	《湖北文獻》，1983 年，第 67 期

近代學者從不同角度探討，論述的重點多有不同，大致上看來，目前的研究現況與成果都顯示出《唐詩三百首》在詩學研究上，逐漸受到廣泛的關注，在前人的研究傳承之下，勾畫了《唐詩三百首》的基本輪廓。然綜觀上述的研究成果可發現，對於《唐詩三百首》的研究較缺乏整體性的全面觀照，此也是本文欲研究的理由與價值。

第三節　研究範圍與方法

一、文本選定

《唐詩三百首》自乾隆二十八年（1763）成書至今已有兩百五十多年，孫洙原刻本今已不復見，然歷來有多種不同的刻本、注本流傳，根據孫琴安《唐詩選本提要》〔註 23〕與尹雪樵〈《唐詩三百首》版本知見錄〉〔註 24〕的整理，大致有以下版本：

（一）章燮注疏《唐詩三百首注疏》。

（二）陳婉俊補注《唐詩三百首補注》，此版本甚多，據尹雪樵〈《唐詩三百首》版本知見錄〉整理，此本有 11 種刻本。

（三）李盤根注釋《注釋唐詩三百首》，此書對孫洙之原刻本做了變動，有相當大的差異，其增選 91 首五言排律，並且刪除了部份的原選作品，總計選詩 391 首。

（四）李國松等注《唐詩三百首箋》。

（五）佚名注釋《注釋唐詩三百首》，孫琴安《唐詩選本提要》指出：「《唐詩三百首》爲六卷，此注釋本僅一卷。」

（六）文元輔輯評《唐詩三百首輯評》。

（七）佚名輯評《唐詩三百首輯評》。

（八）和溪浮山夢僑氏纂輯《唐詩三百首旁訓》。

最早的注本可追溯至道光十四年（1834）的章燮注本，章燮之注疏在孫洙的編選本上多有闡發，其後上元女史陳婉俊依章燮之注疏簡明稍詳，又今人金性堯根據《唐詩三百首》重新加注，有更清晰之見解。其中以上元女史陳婉俊的補注本較簡明，流傳最廣。在陳婉俊補注的《唐詩三百首》當中，每首詩之後有「批」，可看出《唐詩三百

〔註 23〕孫琴安：《唐詩選本提要》（上海：上海書店出版社，2005 年），頁 1。（本書初版以《唐詩選本六百種提要》爲名，再版、增補與修訂後，改名《唐詩選本提要》。）

〔註 24〕尹雪樵：〈《唐詩三百首》版本知見錄〉，天津：《圖書館工作與研究》，1994 年，第 3 期。

首》，原有蘅塘退士之註釋與評點，然稍嫌簡略。是故本文所整理《唐詩三百首》之資料數據，主要參考版本有二：（一）（清）蘅塘退士編，（清）陳婉俊注，宋慧點校：《唐詩三百首》，北京：中華書局，2003年。（二）金性堯：《唐詩三百首新注》，上海：上海古籍出版社，1980年。兩版本相互參酌之，又在不同刻本當中，有不同的選詩數量，如：章燮注疏本〔註25〕爲321首。陳婉俊之注本〔註26〕爲313首。今人注本中，所選詩數量，亦有不同：喻守眞注本〔註27〕共收317首。金性堯注本共收313首〔註28〕（與陳婉俊之注本相同）。在統計列表上以此兩本所收313首爲準。本文在引用詩作時，以（清）蘅塘退士編，（清）陳婉俊注，宋慧點校本爲主，在內文標註出處時，直接於引文後標上頁碼。

二、研究方法

本文以在前人的基礎上，對編選者孫洙的生平以及《唐詩三百首》的成書傳衍概況加以討論，更進一步從《唐詩三百首》的「古典意義」與「現代展現」進行深入的研究探討，採取的研究方法有八種：

（一）選本研究法：本文主要對《唐詩三百首》進行深入探究，從孫洙編選內涵探討，使研究能有穩固的基礎。

（二）版本研究法：主要針對《唐詩三百首》版本沿革與出版書籍的整理，以呈現《唐詩三百首》歷經將近兩百五十多年的傳播，所形成的「系統概念」。

（三）比較研究法：在本文中將《唐詩三百首》與不同的詩選集進行比較。先是與《千家詩》大略比較其差異；接著是與《唐詩別裁

〔註25〕（清）章燮註疏，孫孝根校正：《繪圖唐詩三百首注疏》，上海：錦章圖書局，1917年。

〔註26〕（清）蘅塘退士編，陳婉俊注，宋慧點校：《唐詩三百首》，北京：中華書局，2003年。

〔註27〕喻守眞：《唐詩三百首詳析》（重校本），香港：中華書局，2012年。

〔註28〕金性堯：《唐詩三百首新注》，上海：上海古籍出版社，1980年。

集》所選詩作比對，以釐清兩本唐詩選本的關係；最後是與《唐詩品彙》和《唐詩別裁集》在體例選詩上作比較，藉以凸顯孫洙的選詩特點。

（四）分體研究法：統計《唐詩三百首》在各體裁上的選詩情況，整理孫洙在詩體上的安排上所反映出的深意。

（五）分期研究法：將《唐詩三百首》中的詩作，分成初、盛、中、晚唐四期，從分期選詩中，了解孫洙對於唐代各期詩歌發展的掌握情形。

（六）專家研究法：從《唐詩三百首》中所選入的 77 位詩人分析，縱觀孫洙對於詩人選詩的安排，以及其對於詩人、體裁及其詩作的獨到眼光。

（七）主題研究法：將詩歌內容分為十大類主題，對《唐詩三百首》的選詩內容進行討論，呈現其豐富的內在與情感。

（八）教材分析法：整理現今國小、國中到高中的教科書中選用唐詩的情形，使研究能夠由古代的童蒙教學延續至今。

第四節　研究侷限

由於孫洙本人的資料相當少，對於其求學歷程或者是作品等等，皆沒有足夠的資料可以分析、釐清。現今可見的資料皆是學者們的推斷看法，而對於《唐詩三百首》的探究與評價大多是受到朱自清〈《唐詩三百首》指導大概〉〔註 29〕與金性堯《唐詩三百首新注·序》〔註 30〕的啓發而論，並非孫洙本人有明白的解釋。因此，在分析探究時，可能較無法從最真實、最貼近孫洙的本意來深入探究《唐詩三百首》的內涵，此為本文研究上的侷限之處。

〔註 29〕朱自清：〈《唐詩三百首》指導大概〉，收錄於朱自清：《經典常談》，北京：中華書局，2009 年。

〔註 30〕金性堯：《唐詩三百首新注》，上海：上海古籍出版社，1980 年。

第二章　孫洙生平與《唐詩三百首》的成書傳衍歷程

自唐以來，唐詩選集不勝枚舉，編選者不乏大家，也有皇帝御選，但未有一本像《唐詩三百首》這般盛傳不衰，且影響深遠者。然而如此家喻戶曉，盛行不衰的選集，編選者孫洙卻少為人知。絕大多數閱讀過《唐詩三百首》的人，只知道編選者為蘅塘退士，然蘅塘退士孫洙是誰？不但清代史籍材料未留下任何紀錄，地方縣志亦是，後人對他的生平事蹟所知更是少之又少。故本章擬從三個部分探析孫洙生平與《唐詩三百首》的成書傳衍歷程：一、孫洙之發現及其生平，揭開編選者孫洙在歷史上鮮為人知的故事。二、選詩標準與特色，根據蘅塘退士〈唐詩三百首題辭〉說明成書時間：「時乾隆癸未年春日蘅塘退士題」，癸未年為乾隆二十八年（1763），透過乾隆時期的蒙學教育背景，探析《唐詩三百首》的編纂過程與選材標準，品嗅孫洙編輯此教材的教育意涵。三、傳衍歷程，由詩選集的角度來看，《唐詩三百首》所選作品，具有唐詩的代表性，能使人一窺唐詩的風貌與趨向。唐詩的大眾化，可說是因《唐詩三百首》的廣泛流傳而得到了極大的發展，在此章節中，期能梳理《唐詩三百首》與時代背景的緊密聯繫與廣為傳衍之成就。

第一節　孫洙之發現及其生平

蘅塘退士是誰，一直是個謎；近人金性堯（1916～2007）在《唐詩三百首新注・前言》寫著：「人們祇知道這書的編選者叫蘅塘退士。至於他的眞姓名究竟叫什麼，知道的人就不多，更不必說他的生平了。」〔註1〕

最早開始追究這問題的學者是朱自清（1898～1948）。他在〈《唐詩三百首》指導大概〉一文中寫到：

> 本書是清乾隆間一位別號「蘅塘退士」的人編選的。卷頭有〈題辭〉，末尾記著「時乾隆未癸未年春日，蘅塘退士題」。乾隆癸未是公元一七六三年，到現在快一百八十年了。有一種刻本題字下押了一方印章，是「孫洙」兩字，也許是選者的姓名。孫洙的事迹，因爲眼前書少，還不能考出、印證。〔註2〕

朱自清根據刻本題字下押的印章，推測蘅塘退士本名孫洙。由於可掌握的資料有限，朱自清沒能對孫洙的生平做詳細的考證，但朱自清的發現推測，爲後人對蘅塘退士的研究挑起了重要的端緒。金性堯根據朱自清提出的線索，翻閱古籍，抽絲剝繭的大致勾勒出孫洙的生平。現今所見孫洙其人其事，見於金性堯《唐詩三百首新注》的兩則附錄：其一，清人顧光旭（1731～1797）《梁溪詩鈔》卷四十二記載：（《梁溪詩鈔》書影見【附錄一】）

> 孫郡博洙，字苓西，號蘅堂，辛未進士。歷官大城、盧龍、鄒平縣令，改江寧教授。著有《蘅堂漫稿》。蘅堂爲吳容齋工部高足弟子，少工制義，爲人恬退。初宰近畿，上官猶雅重文學之士，而蘅堂自如也。歸老時蔬水常不

〔註1〕金性堯：《唐詩三百首新注》（上海：上海古籍出版社，1980年），頁1。

〔註2〕朱自清：〈《唐詩三百首》指導大概〉，收錄於朱自清：《經典常談》（北京：中華書局，2009年），頁129。

給。〔註 3〕

其二，竇鎮（1847～1928）《名儒言行錄》卷下記載：

孫洙，字臨西，號蘅塘，晚號退士，無錫人。性穎敏，家貧，隆冬讀書，恆以一木握掌中，謂木生火可禦寒。清乾隆九年以庠生中順天舉人，考授景山官學教習，除上元縣教諭。十六年，成進士，歷知直隸盧龍、大城縣事。所至必諮訪民間疾苦，平時與民諄諄講敘如家人父子，或遇事須笞責者，輒先自流涕，故民多感泣悔過。宰大城時，捐廉濬河道，民食其利。公餘之暇，誦讀不輟，恂恂如書生。後罣誤，起復知山東鄒平縣事。庚辰壬午，兩校省闈，所得皆知名士，改江寧府教授。三握邑篆，囊橐蕭然，澹若寒素。每去任，民皆攀轅泣送。歸舉鄉飲大賓，至老不廢。學詩宗少陵，列入《梁溪詩鈔》。著有《蘅塘漫稿》，輯《唐詩三百首》，通行海內。康熙辛卯生，乾隆戊戌卒。〔註 4〕

除了上述兩則記載外，幾乎沒有相關的資料。直到近代長期從事無錫地方史研究的學者趙承中發現蘅塘退士的家譜——清道光庚寅秋重修的四卷本《新安孫氏家乘》，並根據此以及其他相關資料撰寫〈《唐詩三百首》編著者蘅塘退士及其家世〉〔註 5〕一文，隱而不彰的作者面貌才逐漸呈現於世人面前。

今根據趙承中文整理孫洙編年大事表格如下：

〔註 3〕（清）顧光旭：《梁溪詩鈔》（乾隆六十年刊本，現藏國立臺灣大學圖書館五樓善本書室），頁 4a。

〔註 4〕《名儒言行錄》台灣無收藏此書，曾在中國書店 2011 年秋季書刊資料拍賣會上出現。民國 13 年木活字刊印本，當時成交價人民幣 10080 元。本文引用自金性堯收錄於《唐詩三百首新注》中的引文。金性堯：《唐詩三百首新注》（上海：上海古籍出版社，1980 年），頁 372。

〔註 5〕趙承忠〈《唐詩三百首》編著者蘅塘退士及其家世〉，《書目季刊》，1996 年 3 月，第 29 卷第 4 期，頁 65～69。

【表一】孫洙編年大事年表

時間	重要經歷	孫洙年紀
康熙五十年（1711）	出生	一歲
雍正四年（1726）	金匱縣秀才，取得貢生資格，進入國子監學習。	十六歲
乾隆七年（1742）	娶徐蘭英爲繼室	三十二歲
乾隆九年（1744）	順天府舉人，授景山官學教習。	三十四歲
乾隆十年（1745）	會試落第，但名列「明通榜」榜上	三十五歲
乾隆十一年（1746）	上元縣學教諭	三十六歲
乾隆十六年（1751）	考上二甲第十七名進士	四十一歲
乾隆十八年（1753）	大城縣知縣	四十三歲
乾隆二十年（1755）	奉差隨軍護送征準噶爾	四十五歲
乾隆二十一年（1756）	盧龍縣知縣，同年遭罷官	四十六歲
乾隆二十五年（1760）	鄒平縣知縣、山東鄉試考試官	五十歲
乾隆二十七年（1762）	山東鄉試考試官	五十二歲
乾隆二十八年（1763）	與妻子徐蘭英一同完成《唐詩三百首》編選	五十三歲
乾隆三十一年（1766）	江寧府教授	五十六歲
乾隆四十三年（1778）	卒於無錫家中	六十八歲

今根據以上資料，重整如下：

孫洙（1711～1778），字臨西，一作苓西，號蘅塘，晚年又號退士。

其遠祖孫萬登，爲唐代左執金吾上將軍，至孫洙已三十世。其曾祖孫繼遠在康熙三年（1664）至三十七年（1698）間自安徽休寧，遷居無錫。（無錫地區在雍正年間，曾劃分成無錫與金匱兩個縣，孫家則是居住在金匱縣，現今的無錫市錫山區市東鄉）。孫洙的祖父孫允膺，飽讀詩書，善詩，著有《嘉蔭樓詩詞合集》。父親孫鍾是位有詩才的國學生，著有《閑吟草》詩集。康熙五十年（1711），孫洙出生在常州府無錫縣這個書卷味濃厚的文人家庭裡。

孫洙幼年時家境貧寒，但在家風的薰陶下，孫洙依然聰敏好學努力讀書，從邑中吳容齋學習《易經》，爲其高足弟子。據傳冬季天寒，家中貧困無力備炭火取暖，他認爲「木能生火」，便在讀書時手握木塊來抵禦寒冷。由於學習勤奮，孫洙在學業大有長進，雍正四年（1726），十六歲便通過了童生院試，做了金匱縣秀才，後援例取得貢生資格，寄寓京師進入國子監深造學習。然孫洙的仕途並不順遂，直到乾隆九年（1744），三十四歲時才中順天府舉人，通過考選授景山官學教習的職位。乾隆十年（1745），參加會試落第，但根據當時有一「明通榜」的規定，在落第的舉人當中選出文理明通的人，去補授出缺的地方官職，孫洙當時名列榜上。乾隆十一年（1746），被委派爲上元縣（現今的江蘇省南京市江寧區）縣學的正式教師。他在學署後方的空地建了三楹堂屋，當作暫時客居的地方，題名「一枝巢」，在辦公教書處理公事之餘，孫洙不改其書生本色，就在這幽靜的環境裡專心念書增進自己，以期謀取更好的前途。

乾隆十六年（1751），四十一歲的孫洙終於考上二甲第十七名進士，結束了五年的教書生活。第二年（1753），前往河北順天府的偏邑—大城縣擔任知縣，此地土地貧瘠，時常鬧災荒，當地百姓辛勞工作一年，但收成僅能勉強納賦供役。孫洙到任後，積極用心深入民間，瞭解百姓之苦，爲了預防災變，他甚至捐出自己的俸祿疏浚子牙河道，在他與百姓的共同努力下，從乾隆十八年（1753）起，大城縣連續三年獲得豐收。在這段期間，孫洙因全心全意處理公務，便居住在官署東偏當作廚房用的老房子裡，居住環境地勢低窪、門戶窄小，牆壁四周塵土灰黑，爲忙公務，孫洙常常顧不上自己的休息時間，更沒有空閒想到修葺、整理住所這件事。直到乾隆十八年（1753）的冬天，公事較穩定，百姓生活有所改善後，他將住所簡單的翻修後，取《易傳》「善補過也」之意，題名「補莊」。孫洙在辦公之餘仍然十分好學，在房中放置大量書籍，一有空閒便退處在屬於自己的一方空間誦讀書籍，倚欄長嘯。

乾隆十九年（1754）七月，一直被清王朝視爲禍患的準噶爾部落，因諸王爭立發生內亂。乾隆二十年（1755），孫洙奉差隨定北軍出師護送征準噶爾，這趟差事雖然辛苦，但卻喚醒了孫洙想要建功立業、爲國效力的豪情壯志。乾隆二十一年（1756），調任直隸河北盧龍縣擔任知縣。同年，不知具體事由爲何受牽連，遭人讒陷而被罷官。隔了幾年平復後，朝廷派他前往山東鄒平縣擔任知縣，朝廷知道他學問才識豐富，特授予「文林郎」的正七品文散官階，在乾隆二十五年（1761）和二十七年（1763），兩次命他擔任山東鄉試的同考官的閱卷，他嚴格把關，所選出的皆爲一時俊才。

孫洙在乾隆七年（1742），娶徐蘭英爲繼室，在鄒平縣擔任知縣的六、七年當中，他的繼室妻子徐蘭英一直陪伴左右。乾隆二十八年（1763），與妻子徐蘭英一同完成《唐詩三百首》編選。乾隆三十一年（1766），遷江寧府（現今的南京市）教授。乾隆四十三年（1778），卒于無錫家中，享年六十八歲，葬在無錫縣景雲鄉城南陳灣里。除了《唐詩三百首》之外，還著有《蘅塘漫稿》（已佚），目前可見傳世詩作僅存〈補莊〉、〈奉檄送定北軍出居庸關馬上作〉、〈花馬行〉三首〔註 6〕、《排悶錄》十二卷、《異聞錄》十二卷等著作傳世。〔註 7〕

孫洙待人寬厚、爲官清廉，擔任知縣官職，囊橐蕭然，告老退職後，生活經常衣食不濟。其任職期間，諮訪民間疾苦，與百姓諄諄講敘，如同家人一般。斷案尚未笞責前先流涕，因此縣民多感泣悔過。當孫洙離職赴新任時，縣民皆不捨攀轅泣送。又孫洙曾任教

〔註 6〕孫洙之〈補莊〉與〈奉檄送定北軍出居庸關馬上作〉在（清）顧光旭：《梁溪詩鈔》（乾隆六十年刊本）有記載，而〈花馬行〉三首詩作，筆者翻閱古籍未能尋獲。

〔註 7〕孫洙傳世之作《排悶錄》與《異聞錄》，筆者均無尋獲，在臺灣並無蒐藏。趙承忠〈《唐詩三百首》編著者蘅塘退士及其家世〉，《書目季刊》，1996 年 3 月，第 29 卷第 4 期，頁 69。

職，常諮訪民間，與百姓諄諄講敘，其對於教育之熱忱可略窺一斑，是故孫洙在原序中表明：「專就唐詩中膾炙人口之作，擇其尤要者，每體得數十首，共三百餘首，錄成一編，爲家塾課本。」〔註 8〕因此最早作注本的章燮便說：「余註之原爲家塾子弟起見，非敢以示人也。」〔註 9〕。又趙承忠〈《唐詩三百首》編著者蘅塘退士及其家世〉說：「也許是蘅塘退士官卑職微的緣故，也許是他的這部唐詩選本屬於童蒙讀物」〔註 10〕，故成書之時未受到青睞與重視。又朱自清在〈《唐詩三百首》指導大概〉說：「這部選本並不成爲古典，它跟古文觀止一樣，只是當年的童蒙書，等於現在的小學用書。」〔註 11〕作爲村塾教育的基礎教材，向來不受重視。大家往往以三家村兔園冊子相識，《唐詩三百首》在當時僅爲一本普通的唐詩選本，編選者孫洙在歷史上也非一代大家，自然不受到重視。然《唐詩三百首》流傳至今，在民間基礎教育與社會教育上有重要貢獻，在朱自清、金性堯、趙承中三位學者的抽絲剝繭下，孫洙的生平才得以揭開面紗讓後人看見。

第二節　選詩標準與特色

在明清時期《千家詩》爲學童的學詩啓蒙讀本，然孫洙認爲《千家詩》「隨手掇拾，工拙莫辨，且止五七律絕二體」〔註 12〕，而引起編選《唐詩三百首》的動機，其編選目的是爲了村塾啓蒙教育。關於

〔註 8〕（清）蘅塘退士編，陳婉俊注，宋慧點校：〈附錄・蘅塘退士原序〉《唐詩三百首》（北京：中華書局，2003 年），頁 375。

〔註 9〕（清）章燮註疏，孫孝根校正：《繪圖唐詩三百首注疏》，上海：錦章圖書局，1917 年。

〔註 10〕趙承忠〈《唐詩三百首》編著者蘅塘退士及其家世〉，《書目季刊》，1996 年 3 月，第 29 卷第 4 期，頁 65。

〔註 11〕朱自清：〈《唐詩三百首》指導大概〉，收錄於朱自清：《經典常談》（北京：中華書局，2009 年），頁 129。

〔註 12〕（清）蘅塘退士編，陳婉俊注，宋慧點校：〈附錄〉，《唐詩三百首》（北京：中華書局，2003 年），頁 375。

《唐詩三百首》的特點，金啓華在《唐詩三百首匯評・序》說道：

> 在清代詩派林立、詩論紛紜的情況下，有所謂王士禎的神韻說，沈德潛的格調說，袁枚的性靈說，翁方綱的肌理說，各行其是，各立門户。孫洙名氣遠遜當時諸公，而選本流行之廣，卻超越諸家。這是怎麼一回事？當然他是受他們的影響，而又跳出他們的牢籠，揚其所長，避其所短，不偏不倚，擇善而選。使佳篇盡入其篇中，精品光耀於目前。〔註13〕

由此可知《唐詩三百首》能在眾多唐詩選本當中流傳盛行至今，必有其重要的原因，孫洙對於《唐詩三百首》的編選，具有創發性與時代意義，是故以下就「乾隆時期蒙學教育背景」、「編選目的與標準」兩點探析，期能梳理《唐詩三百首》的選詩標準與特色、與時代背景的聯繫以及選家的思想內涵。

一、乾隆時期蒙學教育背景

蒙學是所有知識學習的基礎，早在《周易》中便提出：「蒙以養正」〔註14〕的教育理念。將啓蒙教育視為陶冶健全的人格，激活啓發智慧，奠定人生發展的厚實基礎。《禮記・學記》進一步言及具體的蒙學制度：

> 古之教者，家有塾，黨有庠。比年入學，中年考校。一年視離經辨志，三年視敬業樂群，五年視博習親師，七年視論學取友。謂之小成九年，知類通達強立而不反謂之大成。〔註15〕

〔註13〕金啓華：《唐詩三百首匯評》（南京：東南大學出版社，1997年），頁2～3。

〔註14〕（魏）何晏集解，（宋）邢昺疏：《重栞宋本周易注疏附校勘記》，收入於（清）阮元校勘《重刊宋本十三經注疏附校勘記》（清嘉慶二十年（1815）南昌府學刊本）（臺北：藝文印書館，1981年），頁23。

〔註15〕（漢）鄭玄注，（唐）孔穎達正義，（唐）賈公彥疏：《重栞宋本禮記

《禮記・內則》又言：

> 六年，教之數與方名。七年，男女不同席，不共食。八年，出入門戶及即席飲食，必後長者，始教之讓。九年，教之數日。十年，出就外傅，居宿於外，學書計。衣不帛襦袴禮帥初，朝夕學幼儀；請肄簡諒。〔註 16〕

可知最晚到了漢代，童蒙的知識、禮儀、品格教育，已有具體的階段性的規劃，這是古代蒙學的基礎。至宋代朱熹（1130～1200），蒙學教育有了大幅的進展；在理論方面，朱熹將小學教育納入整體教育的一環，賦予端正社會風氣的功能，如其《小學・原序》曰：

> 古者小學，教人以灑掃應對進退之節、愛親敬長隆師親友之道，皆所以爲脩身、齊家、治國、平天下之本。而必使其講而習之於幼稺之時，欲其習與智長、化與心成，而無扞格不勝之患也。〔註 17〕

在實務方面，則親力親爲編纂了近十種童蒙教材。在此之前，流行的蒙學教材不外《千字文》、《百家姓》、唐顏師古注釋《急就章》、李瀚《蒙求》，及無名氏的《太公家教》和杜嗣先的《兔園冊府》等六種蒙學教材，這些教材大部分著重在認字習字及生活常識等方面，在內容和深度上稍嫌不足。〔註 18〕近人陳進德《明清啓蒙教材研究》中說：

注疏附挍勘記》，收入於（清）阮元校勘《重刊宋本十三經注疏附校勘記》（清嘉慶二十年（1815）南昌府學刊本）（臺北：藝文印書館，1981 年），頁 649。

〔註 16〕（漢）鄭玄注，（唐）孔穎達正義，（唐）賈公彥疏：《重栞宋本禮記注疏附挍勘記》，收入於（清）阮元校勘《重刊宋本十三經注疏附校勘記》（清嘉慶二十年（1815）南昌府學刊本）（臺北：藝文印書館，1981 年），頁 538。

〔註 17〕（宋）朱熹：《小學》，收錄於（宋）朱熹撰，朱傑人、嚴佐之、劉永翔主編：《朱子全書》（第 13 冊）（上海：上海古籍出版社、合肥：安徽教育出版社，2002 年），頁 393。

〔註 18〕何祚璞：《朱熹蒙學研究》（臺北：臺北市立教育大學中國語文學系語文教學碩士論文，2007 年），頁 156。

> 朱熹對於小學教育的關注，不僅在於理論的提出，他更投入編纂啓蒙教育之教材。他的著作中用於啓蒙教學的接近十種，其中以《小學集解》與《童蒙須知》影響最爲深遠，成爲明清時期蒙學施教的理想典範。《小學集解》收錄古今聖賢的嘉言善行，偏重經學、理學知識的性的灌輸，《童蒙須知》則著眼於兒童日常生活的衣著言談灑掃應對之類的行爲舉止的規範。朱熹同時注意到兒童的身心發展，務求小學的教學內容應淺近、具體，因此在養成兒童良好習慣之上著墨甚多。〔註19〕

以此，康熙皇帝特別推崇朱熹，謂其「孔孟之後，有裨斯文者，朱子之功最爲弘巨」〔註20〕，「以朱子昌明聖學」〔註21〕，「詔宋儒朱子配享孔廟，在十哲之次」〔註22〕，以朱熹爲「天下萬世學者樹之標準」〔註23〕。到乾隆三年時，乾隆皇帝更御書：「宋太師徽國文公朱熹，婺源家廟，扁曰：『百世經師』。」〔註24〕

而《小學》一書，康熙《聖祖仁皇帝實錄》中記載：「童生內、有將經書小學、眞能精熟、及能成誦三經五經者、該學臣酌量優錄。論題、將性理中太極圖說、通書、西銘、正蒙等書、一併命題。」

〔註19〕陳進德：《明清啓蒙教材研究》（臺北：臺北市立師範學院應用語言文學研究所碩士論文，2005年），頁17。

〔註20〕（清）馬齊、張廷玉、蔣廷錫等修纂：《聖祖仁皇帝實錄》（卷249），收錄於中華書局編輯部：《清實錄》（第六冊）（北京：中華書局，1986年），頁466。

〔註21〕（清）趙爾巽等撰，楊家駱校：〈禮三志〉，《清史稿》（卷84）（臺北：鼎文書局，1981年），頁2534。

〔註22〕（清）趙爾巽等撰，楊家駱校：〈聖祖玄燁本紀〉，《清史稿》（卷八）（臺北：鼎文書局，1981年），頁281。

〔註23〕（清）馬齊、張廷玉、蔣廷錫等修纂：《聖祖仁皇帝實錄》（卷12），收錄於中華書局編輯部：《清實錄》（第四冊）（北京：中華書局，1986年），頁363。

〔註24〕（清）慶桂、董誥等奉敕修纂：《高宗純皇帝實錄》（卷68），收錄於中華書局編輯行：《清實錄》（第十冊）（北京：中華書局，1986年），頁94。

〔註 25〕至乾隆八年（1743），大學士鄂爾泰、高斌、周學健等人，進一步建議奏請將朱熹《小學》頒行：

朱子所輯小學一書。始自蒙養爲立教之本。繼以明倫爲行道之實。終以敬身爲自修之要。於世教民心。甚有裨補。請將内廷所藏小學善本。頒行直省刊布。并於宣講聖諭廣訓之後。切諭紳衿耆老廣爲傳告。俾生其慕善畏惡之心。革其頑惰刁詐之習於災屬民人尤爲有益。至童生府縣試。即請將小學與孝經。一體命題。試論一道。院考覆試。亦試小學孝經論一篇等語查學院覆試。用孝經小學論。原係現行之例。但近來學臣。或有不以小學命題者。或有視爲具文者。嗣後應令學政於覆試論。務用小學命題。凡府縣試。亦令於覆試時。用小學命題。作論一篇。必通曉明順者。方許錄送學臣考試。飭部令各直省通行。再查小學刊布甚廣。所請内廷刊頒之處。毋庸議。從之。〔註 26〕

乾隆皇帝認爲《小學》有著明倫行道、敬身自修的重要內涵，對於世教民心，亦有裨益用途，是部蒙養立教的優良教材，因此，將其列爲童生的考試重要用書。由於朱熹在清代受到高度重視，因此其童蒙教育思想得到普遍廣泛的發展。

朱熹的教育思想一方面延續傳統禮樂射御書數，注重傳統知識的傳授與生活禮儀的應對進退，強調從小培養良好的行爲習慣。另一方面，更重視「莊敬誠實」、「意誠心正」的思想教育：

古人便都從小學中學了，所以大來都不費力，如禮樂射御書數，大綱都學了。及至長大，也更不大段學，便只理會

〔註 25〕（清）馬齊、張廷玉、蔣廷錫等修纂：《聖祖仁皇帝實錄》（卷 202），收錄於中華書局編輯部：《清實錄》（第六冊）（北京：中華書局，1986 年），頁 61。

〔註 26〕（清）慶桂、董誥等奉敕修纂：《高宗純皇帝實錄》（卷 185），收錄於中華書局編輯部編：《清實錄》（第 11 冊）（北京：中華書局，1986 年），頁 382～383。

窮理、致知工夫。而今自小失了，要補填，實是難。但須莊敬誠實，立其基本，逐事逐物，理會道理。待此通透，意誠心正了，就切身處理會，旋旋去理會禮樂射御書數。今則無所用乎御。如禮樂射書數，也是合當理會底，皆是切用。〔註27〕

不僅如此，朱熹更認爲大學、小學目標一致，所謂「學之大小，固有不同，然其爲道，則一而已。是以方甚幼也，不習之於小學，則無以收其放心，養其德性，而爲大學之基本。及其長也，不進之於大學，則無察其義理，措之事業，而收小學之成功。」〔註28〕教育重於德行，明於義理，教育薰陶是以小學爲根基，大學爲拓展。乾隆時期的教育，循朱熹的思想脈絡而行，根據《高宗純皇帝實錄》乾隆元年六月上：

居講席者。固宜老成宿望。而從遊之士。亦必立品勤學。爭自濯磨。俾相觀而善。庶人材成就。足備朝廷任使。不負教育之意。若僅攻舉業。已爲儒者末務。况藉爲聲氣之資。游揚之具。內無益於身心。外無補於民物。即降而求文章成名。足希古之立言者。亦不多得。寧養士之初旨耶。該部即行文各省督撫學政。凡書院之長。必選經明行修。足爲多士模範者。以禮聘請。負笈生徒。必擇鄉里秀異。沉潛學問者。肄業其中。其恃才放誕。佻達不羈之士。不得濫入書院中。酌倣朱子白鹿洞規條。立之儀節。以檢束其身心。倣分年讀書法。予之程課。使貫通乎經史。有不率教者。則擯斥勿留。學臣三年任滿。諮訪考核。如果教術可觀。人材興起。各加獎勵。六年之後。著有成效。奏

〔註27〕（宋）朱熹：《朱子語類》（一），收錄於（宋）朱熹撰，朱傑人、嚴佐之、劉永翔主編：《朱子全書》（第 14 冊）（上海：上海古籍出版社、合肥：安徽教育出版社，2002 年），頁 269。

〔註28〕（宋）朱熹：《四書或問》，收錄於（宋）朱熹撰，朱傑人、嚴佐之、劉永翔主編：《朱子全書》（第 6 冊）（上海：上海古籍出版社、合肥：安徽教育出版社，2002 年），頁 505。

請酌量議敘。諸生中材器尤異者。准令薦舉一二。以示鼓勵。〔註 29〕

又乾隆三年十月下記載：

諭、士人以品行爲先。學問以經義爲重。故士之自立也。先道德而後文章。國家之取士也。黜浮華而崇實學。我朝養士。已將百年。漸摩化導。培護甄陶。所以期望而優異之者。無所不至。爲士者當思國家待士之重。務爲端人正士。以樹齊民之坊表。至於學問必有根柢。方爲實學。治一經必深一經之蘊。以此發爲文辭。〔註 30〕

對統治者來說，穩定民心、鞏固人民思想爲首要，而教育是最佳的手段。教育的普及，使君王對於統治駕馭人民與言論思想行爲有一定程度的箝制，乾隆時期重視朱子學，以朱子之學推崇教育，強調化民成俗的重要。在教育的過程中，啓蒙基礎教育階段爲整個教育過程中的基石，兒童所欲學習的知識與做人處事的道理，是個不可忽視的重要課題。教育與學術思潮息息相關，乾隆時期的教育方針深受朱熹影響，「士人以品行爲先。學問以經義爲重」，選才以德行，教學以經義，品性道德，並不是因應科舉考試所需，而是形塑人格所備。對於教育期望「使一鄉之人皆知學，則風俗自變，禮義自生」〔註 31〕朱熹的教育思想牽動了乾隆時期的童蒙教育發展，不僅在政治上獲得認同，教育上更延續了朱熹對於教育的重視，使得教育有了平民化的拓展，讓學術走入大眾的生活。乾隆時期推崇朱熹的教育思想，不僅提升當時

〔註 29〕（清）慶桂、董誥等奉敕修纂：《高宗純皇帝實錄》（卷 20），收錄於中華書局編輯部：《清實錄》（第九冊）（北京：中華書局，1986 年），頁 487～488。

〔註 30〕（清）慶桂、董誥等奉敕修纂：《高宗純皇帝實錄》（卷 79），收錄於中華書局編輯部：《清實錄》（第十冊）（北京：中華書局，1986 年），頁 243～244。

〔註 31〕（清）江峰青，顧福仁等修纂：《浙江省·嘉善縣志》（卷五），收錄於光緒十八年刊本：《中國方志叢書》（華中 59 號）（臺北：成文出版社，1969 年），頁 35b。

的教育水準，擴展了教育的影響力，對於教育的逐漸普及可說功不可沒。而根據劉鶚（1857～1909）《老殘遊記》中一段老殘與書店掌櫃的對話：

> 老殘道：「我姓鐵，來此訪個朋友的。你這裏可有舊書嗎？」掌櫃的道：「你老瞧！這裏崇辨堂墨選、目耕齋初二三集。再古的還有那八銘塾鈔呢。這都是講正經學問的。要是講雜學的，還有古唐詩合解、唐詩三百首。再要高古點，還有古文釋義。還有一部寶貝書呢，叫做性理精義，這書看得懂的，可就了不得了！」……掌櫃的道：「……學堂裏用的三、百、千、千，都是在小號裏販得去的，一年要銷上萬本呢。」老殘道：「貴處行銷這『三百千千』，我到沒有見過。是部什麼書？怎樣銷得這們多呢？」掌櫃的道：「噯！別哄我罷！我看你老很文雅，不能連這個也不知道。這不是一部書，『三』是三字經，『百』是百家姓，『千』是千字文；那一個『千』字呢，是千家詩。這千家詩還算一半是冷貨，一年不過銷百把部；其餘三、百、千，就銷的廣了。」〔註 32〕

由書店老闆的話可知，《唐詩三百首》在當時屬於「雜學」，並非「正經學問」，小學所授與的是知識與做人處事的道理，而讀詩則可增加識字與各方面的能力，學童在學習朱子小學之外，「雜學」之書籍亦爲其閱讀學習的對象。可見在當時，朱子小學與讀詩，兩者並行不悖，而《唐詩三百首》在當時，正是讀詩選本中的佼佼者。

二、《唐詩三百首》的編選

（一）編選者

關於《唐詩三百首》的編選者，筆者整理前人之論述如下：1、

〔註 32〕（清）劉鶚：《老殘遊記》（臺北：桂冠圖書有限公司，1983 年），頁 77～78。

鴛湖散人：「輯《唐詩三百首》，徐夫人亦參以見解，互相商榷。」〔註33〕；2、金性堯：「蘅塘退士編選時，他的能詩的續娶夫人徐蘭英也參與其事，實際是夫婦合編。」〔註34〕；3、黃永武：「他夫妻倆所選作品，綜合了各家選本的長處，首首令人喜愛。」〔註35〕；4、趙承中：「在徐蘭英的鼎力相助下，孫洙編選的《唐詩三百首》告成。」〔註36〕；5、王步高：「《唐詩三百首》是他與續娶夫人徐蘭英共同完成。」〔註37〕；6、邱燮友：「他與妻子徐蘭英互相商榷，編成《唐詩三百首》。」〔註38〕由前人的論述可知，《唐詩三百首》的編選過程，歷來多認爲孫洙的繼室妻子徐蘭英也參與其中，夫妻二人共同編選。

（二）編選理念

關於編纂原由，孫洙在原序中開宗明義云：

> 世俗兒童就學，即授《千家詩》，取其易於成誦，故流傳不廢。但其詩隨手掇拾，工拙莫辨，且止五七言律絕二體，而唐宋人又雜出其間，殊乖體製，因專就唐詩中膾炙人口之作，擇其尤要者，每體得數十首，共三百餘首，錄成一編，爲家塾課本。俾童而習之，白首亦莫能廢，較《千家詩》不遠勝耶？諺云：「熟讀唐詩三百首，不會吟詩也會

〔註33〕（清）鴛湖散人：〈蘅塘退士小傳〉，《唐詩三百首集釋》（臺北：藝文印書館，1977年），頁7。

〔註34〕金性堯：〈前言〉，《唐詩三百首新注》。（上海：上海古籍出版社，1980年），頁10。

〔註35〕黃永武：〈《唐詩三百首》敘說〉，收錄於中華文化復興運動委員會：《詩、詞、曲的研究》（臺北：巨流圖書公司，1991年），頁76。

〔註36〕趙承忠：〈《唐詩三百首》編著者蘅塘退士及其家世〉，《書目季刊》，1996年3月，第29卷第4期，頁69。

〔註37〕王步高：〈怎樣讀《唐詩三百首》〉，《唐詩三百首匯評》（南京：東南大學出版社，1997年），頁7。

〔註38〕邱燮友註譯：〈自序〉，《新譯唐詩三百首》（臺北：三民書局，2003年），頁3。

吟。」請以是編驗之。〔註 39〕

孫洙認爲「《千家詩》隨手掇拾，工拙莫辨」，故選編《唐詩三百首》之目，乃在期許人人「童而習之，白首亦莫能廢」，「熟讀唐詩三百首，不會吟詩也會吟」，一日學詩，終身受用。如此，《唐詩三百首》不僅爲蒙學讀物，也是成人適用的社會教育中之唐詩選集。孫洙原意是作爲家塾課本之用，如今卻凌駕於古今唐詩選本之上，可說是啓蒙教材中的惟一變數。〔註 40〕孫紅昺說：「研究唐詩多是各立專題，各專一家，或杜甫、或李白、或白居易、或王維，很少有人去下功夫研究這類『拼盤式』的選本。其實『拼盤』各有各的風格，也是自成一家，亟需研究。」〔註 41〕由前人之說點出《唐詩三百首》不應只是被定位於啓蒙讀物而已，筆者認爲實際上《唐詩三百首》適用於各階段的教育當中，是本有教育研究價値之書籍，關於《唐詩三百首》的編選標準以下分爲四點探析：1、突破《千家詩》選詩侷限。2、以《唐詩別裁集》爲藍本。3、遙寄《詩經》微意。4、傳達杜詩精神。

1、突破《千家詩》選詩侷限

孫洙編選《唐詩三百首》是爲突破《千家詩》在選詩上的侷限，《千家詩》最原始的版本爲南宋詩人劉克莊（1187～1269）所編《後村千家詩》，全名爲《分門纂類唐宋時賢千家詩選》，全書共收錄 368 位詩人的作品，其中有少數南北朝和五代詩人之作，選詩 1281 首。《千家詩》選輯標準以律詩和絕句爲限，分時令、節候、氣候、晝夜、百花、竹林、天文、地理、官室、器用、音樂、禽獸、昆蟲、

〔註 39〕筆者發現，「不會吟詩也會吟」一句，「吟」字不該兩出。俗諺原爲：「不會作詩也會吟」，此處應爲孫洙誤植。（清）蘅塘退士編，陳婉俊注，宋慧點校：〈附錄・蘅塘退士原序〉《唐詩三百首》（北京：中華書局，2003 年），頁 375。

〔註 40〕宋健行：《我國傳統啓蒙教材研究——以臺灣地區爲觀察重心》（花蓮：國立花蓮師範學院民間文學研究所碩士論文，2001 年），頁 42。

〔註 41〕孫紅昺：《唐詩三百首淺釋》（廣東：廣東高等教育出版社，1994 年），頁 2。

人品等十四類，〔註 42〕分別選輯唐五代及宋人的詩作，其中以宋詩爲多。〔註 43〕現在通行的《千家詩》版本相傳是由宋代謝枋得（1226～1289）與明代王相（生卒年不詳）以此爲基礎選編七言律詩定名《重定千家詩》與王相所選編的《五言千家詩》合併而成，亦有「舊題爲謝枋得選、王相注。謝選或有可能，王相（或他人）恐尚有所增補，因書中雜有明人之作。由於材料不足，已很難確考」〔註 44〕一說。作爲一本兒童學詩的村塾啓蒙教材，孫洙有著自己的見解，《唐詩三百首》與現今通行的《千家詩》依時代、體裁而言，是兩種不同的思維、不同的系統，以下就兩本詩選集作簡單大略的分析：

【表二】《唐詩三百首》與《千家詩》大略比較表

	《唐詩三百首》	《千家詩》〔註 45〕
編選者	孫洙與其繼室妻子徐蘭英	《千家詩》最早的傳本是南宋代劉克莊編選的《分門纂類唐宋時賢千家詩選》。今所流傳的版本爲宋人謝枋得與明代王相在此基礎編《重定千家詩》與《五言千家詩》的合印本。
成書年代	清乾隆二十八年（1763）	僅能確定成書最遲於明代
分類	按詩體分類，以詩人爲序，體現唐代社會各種面相，不僅限於士人生活。	按詩體分類，以四季節令爲序，體現農耕社會四季生活（士人生活爲主）的方面。
詩家	僅收唐代詩人之作，共 77 位。	唐代 65 位，宋代 53 位，五代 2 位，明代 2 位，無從查考年代的無名氏作者 2 位，共 122 位。

〔註 42〕（宋）劉克莊編，胡問依、王皓叟校注：〈前言〉，《後村千家詩校注》（貴州：貴州人民出版社，1986 年），頁 1。

〔註 43〕張哲永：《千家詩評注》（上海：華東師範大學出版社，1994 年），頁 1。

〔註 44〕蒙萬夫、閻琦主編：〈序〉，《千家詩鑑賞辭典》（西安：陝西人民教育出版社，1991 年），頁 2。

〔註 45〕張立敏注：《千家詩》，北京：中華書局，2009 年。

	《唐詩三百首》	《千家詩》〔註45〕
詩作體材	五言古詩 33 首，樂府 7 首，七言古詩 28 首，樂府 14 首，五言律詩 80 首，七言律詩 53 首，樂府 1 首，五言絕句 29 首，樂府 8 首，七言絕句 51 首，樂府 9 首，共計 313 首。	七言絕句 94 首，七言律詩 48 首，五言絕句 39 首，五言律詩 45 首，共計 226 首。

唐詩中所呈現的是對於社會現實與人民生活的體驗；在這樣的生活、思想基礎上，繼承文學遺產的優良傳統，在《詩經》、《楚辭》、樂府歌辭中吸取反應現實的創作精神，〔註46〕如同聞一多對於詩歌與生活的密切關係的闡釋，他說：

> 詩似乎也沒有在第二個國度裡，像它在這裡發揮過的那樣大的社會功能。在我們這裡，一出世，它就是宗教，是政治，是教育，是社交，它是全面的生活。維繫封建精神的是禮樂，闡釋禮樂意義的詩，所以詩支持了那整個封建時代的文化。最顯著的例是唐朝。那是一個詩最發達的時期，也是詩與生活拉攏得最緊的一個時期。〔註47〕

孫洙選唐詩，並在選詩上準確概括的反映唐詩的全貌，呈現出與《千家詩》的不同，是故筆者認爲孫洙選輯《唐詩三百首》作爲家塾課本，有著相當大的教育抱負與情志寄託在其中，讀詩不該只是爲了科舉考試〔註48〕，而是爲了人文與審美素養的培養。

〔註46〕劉大杰：《中國文學發展史》（中）（臺北：華正書局，2006 年），頁 398～399。

〔註47〕聞一多：《聞一多全集》（第十卷）（武漢：湖北人民出版社，1993 年），頁 17。

〔註48〕《高宗純皇帝實錄》記載乾隆二十三年七月上：「禮部議覆、署湖北巡撫莊有恭奏稱、各省鄉試及歲科兩試。功令概用律詩。教官爲士子觀法。請令一體習詩。三年後學臣考試。不能詩者勒休。查教官學行兼重。未便因不能詩而遽落其職。但現在士子功令試詩。教官職列師儒。豈可不諳篇什。應令學臣按臨日。兼試律詩。總覈學行。以定黜陟。從之。」（清）慶桂、董誥等奉敕修纂：《高宗純皇帝實

2、以《唐詩別裁集》為藍本

一般學者認爲《唐詩三百首》是以沈德潛（1673～1769）《唐詩別裁集》爲藍本，金性堯在《唐詩三百首新注・前言》中說：

> 近代學者曾指出，《唐詩三百首》是以沈德潛的《唐詩別裁集》爲藍本的。沈氏論詩，崇尚「委折深婉，曲道人情」，「氣味渾成」，因此，蘅塘退士在評語中，也有「四句一氣旋折，神味無窮」，「一氣貫注，無斧鑿痕跡」，「唐人馬嵬詩極多，惟此首得溫柔敦厚之意」一類的話；同時又吸收嚴羽、王士禎等論點，故有「憑空落筆，若不著題而自有神會」等說法。在選材取捨上，他則依傍《別裁集》而又有自己的主見。〔註49〕

筆者將《唐詩三百首》與《唐詩別裁集》〔註50〕兩唐詩選本所選詩作比對一番，發現《唐詩三百首》所收錄詩作有相當高的比例見於《唐詩別裁集》中，如【表三】所呈現：

【表三】《唐詩三百首》選詩見於《唐詩別裁集》數量比例表

《唐詩三百首》詩體	選詩數量	《唐詩別裁集》詩體	見於《唐詩別裁集》詩作數量	比例
五言古詩	33	五言古詩	36	90%
樂府	7			
七言古詩	28	七言古詩	35	83%
樂府	14			

錄》（卷566），收錄於中華書局編輯部：《清實錄》（第16冊）（北京：中華書局，1986年），頁179。

〔註49〕金性堯：《唐詩三百首新注》（上海：上海古籍出版社，1980年），頁6～7。

〔註50〕（清）沈德潛：《唐詩別裁集》，上海：上海古籍出版社，1979年。

《唐詩三百首》詩體	選詩數量	《唐詩別裁集》詩體	見於《唐詩別裁集》詩作數量	比例
五言律詩	80	五言律詩	58	73%
七言律詩	53	七言律詩	41	76%
樂府	1			
五言絕句	29	五言絕句	28	76%
樂府	8			
七言絕句	51	七言絕句	31	52%
樂府	9			
合計	313		229	73%

不僅如此，在孫洙的批註語中，亦可見以《唐詩別裁集》爲藍本的影子，如：白居易〈草〉批註：「《唐詩別裁》作〈賦得古原草送別〉」（頁 216）；劉長卿〈自夏口至鸚鵡洲夕望岳陽寄元中丞〉批註：「《唐詩別裁》作阮中丞」（頁 259）。由此可見，孫洙選詩在以《唐詩別裁集》爲藍本的基礎上，同時兼顧《唐詩三百首》爲家塾課本的編纂核心價值，有主見的編選成書。

3、遙寄《詩經》微意

關於《唐詩三百首》的選詩在不同注本中數量大有不同，筆者翻閱不同注本發現，關於《唐詩三百首》之選詩數量前人注疏本中大有不同：一、道光十五年最早作注之章燮注疏本，計有 321 首，又章燮於注疏本中明確註明，增補 11 首，其中增選張九齡〈感遇〉兩首，李白〈子夜四時歌〉三首、〈長干行〉一首、〈行路難〉兩首，杜甫〈詠懷古跡〉三首，由此可知，原編選數量應爲 310 首。〔註 51〕二、陳婉俊之注本爲 313 首。四藤吟社主人〈序〉：「書中體例，悉仍其舊。惟少陵〈詠懷古蹟〉詩本五首，蘅塘止錄其二，不免挂漏，今刻仍爲補

〔註 51〕（清）章燮註疏，孫孝根校正：《繪圖唐詩三百首注疏》，上海：錦章圖書局，1917 年。

入，俾讀者得窺全豹。」〔註 52〕金性堯在《唐詩三百首新注・前言》也提到：「孫洙原選衹二首，四藤吟社主人又加了三首，使與杜詩原數五首合。」扣除四藤吟社本所增，原編選數量亦爲 310 首。〔註 53〕此外，今人注本中，所選詩數量，亦有不同：一、金注本共收 313 首（與陳婉俊之注本相同）。二、喻注本共收 317 首。在前人之論述中可確定孫洙《唐詩三百首》原刻本選詩共計 310 首。孫洙選詩數量，隱含了選編此書的意涵。朱自清說：

> 編者顯然同時在模仿《三百篇》，《詩經》三百零五篇，連那有目無詩的六篇算上，共三百一十一篇，本書三百一十篇，絕不是偶然巧合。編者是怕人笑他僭妄，所以不將這番意思說出。〔註 54〕

朱自清點出孫洙選詩較《詩經》少選一篇，不僅是讀書人不敢僭越前賢的謙遜之舉，更有著對此書價値功用之盼。《詩經》三百思無邪，篇篇都是作者眞誠流露毫無虛假的心聲。《論語・陽貨篇》中孔子說道：「小子！何莫學夫詩？詩，可以興，可以觀，可以群，可以怨，邇之事父，遠之事君，多識於鳥獸草木之名。」〔註 55〕《唐詩三百首》

〔註 52〕（清）蘅塘退士編，陳婉俊注，宋慧點校：〈附錄・四藤吟社主人序〉，《唐詩三百首》（北京：中華書局，2003 年），頁 377。

〔註 53〕金性堯：《唐詩三百首新注》，（上海：上海古籍出版社，1980 年），頁 9。

〔註 54〕朱自清：〈《唐詩三百首》指導大概〉，收錄於朱自清：《經典常談》（北京：中華書局，2009 年），頁 130。

〔註 55〕（宋）朱熹集註，蔣伯潛廣解：〈陽貨篇〉《廣解語譯四書讀本——論語》（臺北：啓明書局，1981 年），頁 267～268。蔣伯潛廣解曰：「《詩經》爲文學作品，感人最易，可以興感人之情意，激發情感、意志，使人奮發有爲，故曰『可以興』。詩皆美刺政治，抒寫人情之作，可以考見得失，了解人情，並可以觀察各時代各地方之風俗，春秋時列國大夫多賦詩見志，故曰『可以觀』。詩教溫柔敦厚，可以互相啓發，互相砥礪，引起感情共鳴，培養群體意識且通於樂，樂以和爲主，故曰『可以群』。詩所以寫哀怨之情，亦用諷刺的形式針砭社會不合理現象，但怨而不怒，哀而不傷，不務言理而言情，不務勝人而感人，故曰『可以怨』。小之則寫家庭之情感，懂得倫理道德，故近之可以事父；

中選詩不只溫柔敦厚，更以此爲準則：詩興能激發情感、意志，如孟郊〈遊子吟〉（頁 49）母愛光輝溢於言表、陳子昂〈登幽州臺歌〉（頁 53）念遠深情哀愴動人，詩中情感感人眞摯，使人奮發有爲。詩觀能解民情察風俗，如孟浩然〈過故人莊〉（頁 194）農家生活景象如現眼前、王建〈新嫁娘詞〉（頁 301）新嫁娘下廚之心情，躍然紙上。詩群能啓發砥礪群和，如王之渙〈登鸛雀樓〉（頁 296）欲窮千里需更上一層，意蘊深遠；王勃〈杜少府之任蜀州〉（頁 164）海內知己，天涯比鄰，言近旨遠。詩怨能言情感人不怒不傷，如白居易〈草〉（頁 216）、王翰〈涼州曲〉（頁 328）讀來曠達，實則哀慟，對戰爭有著不平之感。《唐詩三百首》作者面廣，流派紛見，體裁眾多，多方面的反映了那個時代複雜的社會生活，人的複雜的思想感情。〔註 56〕連周作人都說：「不佞的詩的知識，實在還有從《唐詩三百首》來的。」〔註 57〕孫洙所選之詩不限於大家，簡明易懂貼近生活情境的詩作爲其重要選擇。以貼合生活的情景與融入道理的詩歌教育於其中，使人讀來更容易接受，進而琅琅上口。

4、傳達杜詩精神

孫洙選詩帶有個人濃厚的興趣取向與想法，據《名儒言行錄》指出孫洙「學詩宗少陵」〔註 58〕，從其目前可見傳世詩作〈補莊〉與〈奉檄送定北軍出居庸關馬上作〉可見其在創作上傳達的精神：

> 我生自悔不爲田舍翁，薄田一頃勤春農。誤戴儒冠學干祿，廿年狂走迷西東。廣文一官嗟獨冷，會遭勝地幽興濃。秦淮十里泛煙月，珠簾夾岸琪花紅。酒闌人醉逐歸路，畫船

大之則陳政治之美刺，培養忠孝觀念，故遠之可以事君。其中多託物比興，用鳥獸草木爲譬，故其緒餘，又足以資多識也。」，頁 187～188。

〔註 56〕金性堯：《唐詩三百首新注》（上海：上海古籍出版社，1980 年），頁 3。

〔註 57〕周作人：〈讀晚明小說選注〉，收錄於陳子善，張鐵榮編：《周作人集外文》（海南：海南國際新聞出版中心，1993 年），頁 484～486。

〔註 58〕金性堯：《唐詩三百首新注》（上海：上海古籍出版社，1980 年），頁 372。

> 猶遶笙歌叢。閒餘隙地搆虛館，一枝聊復巢高松。花竹清幽人絕跡，午窗簷鐸聲玲瓏。捣來畿輔宰偏邑，運乖所至招灾凶。前年憂潦近憂旱，孽萌時復驚蝗螽。民貧土瘠勉供役，檄書旁午疲驕驄。服官幾載席未煖，蕭條廨舍徒塵封。偶因休沐得小憩，庭戶湫隘膝僅容。署傍數椽頗幽敞，聊除塊礫披蒿蓬。圖書晏暇稍羅列，一樽相屬姑開胷。迹類亡羊悔遲晚，心懷鍊石難磨礱。俯仰身世勉無咎，易占有象吾誰從。故園三徑詎堪問，誅茅何處尋雲峯。亦知無何眞我里，一廛暫闢留塵踪。憑軒長嘯計眞得，仰看雲外排錦鴻。〔註 59〕（〈補莊〉）

> 天門初開日曈曨，天戈北伐誅頑兇。虎貔壯士百千隊，身騎寶馬腰懸弓。雷電動地碾飛轂，霜踪蹴踏紛騰空。前驅後乘各爭發，高牙遠出臨居庸。居庸形勢足險要，萬山奔赴環宸宮。凌霄絕壁夾陰壑，峆岈微啓巖關重。崖崩石亂路疑絕，徑開一線車徒通。山巔戍樓動悲角，旌竿雲矗旗搴風。天寒日暮道途遠，高原駐陣依崇墉。玉帳光寒刁斗靜，軍門列炬千燈紅。國家承平百餘載，萬方寧謐無傳烽。蠢茲小醜負絕域，久梗聖化皋椕幪。矧今殘黨自戕虐，天之所棄其誰容。桓桓斧鉞正天討，摧朽寧久煩車攻。鯫生目未覩兵革，短衣匹馬如從戎。凱旋會計入關日，獻俘樽下看論功。〔註 60〕（〈奉檄送定北軍出居庸關馬上作〉）

〈補莊〉反映出孫洙對於宦遊生活的倦怠與徬徨，此詩的情感類似杜甫〈樂遊園歌〉中所寫下的「此身飲罷無歸處，獨立蒼茫自詠詩」〔註 61〕之感慨。而〈奉檄送定北軍出居庸關馬上作〉則是另一番情

〔註 59〕（清）顧光旭：《梁溪詩鈔》（乾隆六十年刊本，現藏國立臺灣大學圖書館五樓善本書室），頁 4b～5a。

〔註 60〕（清）顧光旭：《梁溪詩鈔》（乾隆六十年刊本，現藏國立臺灣大學圖書館五樓善本書室），頁 5。

〔註 61〕（唐）杜甫著，（清）仇兆鰲注：《杜詩詳注》（臺北：里仁書局，1980

調，孫洙將前往居庸關途中的所見所聞記錄下來，將戰事的種種以及他對戰況的樂觀估計，清楚的呈現其中。趙承中評此詩：「全詩雄渾蒼涼，氣勢壯闊，深得盛唐邊塞詩的遺韻。而該詩的語言風格沉郁頓挫，又頗類『詩史』杜甫的筆法。」〔註 62〕從孫洙的詩作中可看出其「達則兼善天下，窮則獨善其身」的儒家思想，以天下爲己任，積極入世的態度，正是滿懷抱負的知識份子之人格特點。

《唐詩三百首》中共收錄唐代詩家七十多人，杜甫詩作共收 39 首：五言古詩 5 首，七言古詩 5 首，樂府 4 首，五言律詩 10 首，七言律詩 13 首，五言絕句 1 首，七言絕句 1 首，約佔 12.5%，在七十多位詩人的詩作當中高居第一。生於書香世家的杜甫，以「至君堯舜上，再使風俗淳」〔註 63〕爲追求的理想。《四庫全書總目提要》提及：「杜甫源出於國風二雅。而性情眞摯。亦爲唐人第一。」〔註 64〕筆者認爲，孫洙如此安排與選詩三百遙寄《詩經》微意，欲藉詩傳達「風俗淳」的理想，有著一定程度的關聯。杜甫詩作，鎔鑄爲對生命苦難的承擔，在詩作中呈現對人生的洞澈和負載，如〈春望〉「國破山河在，城春草木深。感時花濺淚，恨別鳥驚心。」（頁 177）、〈蜀相〉「三顧頻煩天下計，兩朝開濟老臣心。出師未捷身先死，長使英雄淚滿襟！」（頁 248）兩首作品充滿悲壯的愛國情懷、〈兵車行〉「車轔轔，馬蕭蕭，行人弓箭各在腰。耶孃妻子走相送，塵埃不見咸陽橋。牽衣頓足攔道哭，哭聲直上干雲霄。」（頁 146）從生活經歷洞察歷史事件之借鑑。筆者認爲《唐詩三百首》在眾多詩家中收錄杜詩最多，不僅有著儒學傳統積極的入世的言志興發，更欲將

年），頁 101。

〔註 62〕趙承忠：〈《唐詩三百首》編著者蘅塘退士及其家世〉，《書目季刊》，1996 年 3 月，第 29 卷第 4 期，頁 68。

〔註 63〕（唐）杜甫著，（清）仇兆鰲注：〈奉贈韋左丞丈二十二韻〉《杜詩詳注》（卷一）（臺北：里仁書局，1980 年），頁 74。

〔註 64〕（清）永瑢：《四庫全書總目提要》（上海：商務印書館，1933 年），頁 4223。

此信念藉詩傳衍。

孫洙「專就唐詩中膾炙人口之作，擇其尤要者」〔註 65〕編錄，不僅擇要者，更多選錄貼近百姓生活之作，也難怪眾多唐詩選本流傳至今，我們對於「晚唐詩人李商隱、杜牧和盛唐詩人王昌齡等能如今天這樣熟悉，很大程度上得益於《唐詩三百首》，若無此書，他們的一些作品很難如今日這樣婦孺皆知。」〔註 66〕其享譽極高，風行海內，幾至家置一冊。〔註 67〕在現今教育中，是本廣受大眾接受的唐詩選本。筆者認爲孫洙選材不僅符合當時潮流〔註 68〕，內容平實，各體兼顧，流派普及，立論亦公允。〔註 69〕其選詩眞實的透露出，詩教應當是情眞意切，用心體驗生活且終身受用的思想。

第三節　傳播概況

唐詩選本之數量，據孫琴安《唐詩選本六百種提要‧自序》指出：

〔註 65〕（清）蘅塘退士編，陳婉俊注，宋慧點校：〈附錄‧蘅塘退士原序〉，《唐詩三百首》（北京：中華書局，2003 年），頁 375。

〔註 66〕鄭樹森：〈「具體性」與唐詩的自然意象〉，收入於葉維廉：《中國古典文學比較研究》（臺北：黎明文化事業公司，1977 年），頁 15。

〔註 67〕（清）蘅塘退士編，陳婉俊注，宋慧點校：〈附錄‧四藤吟社主人序〉，《唐詩三百首》（北京：中華書局，2003 年），頁 377。

〔註 68〕《唐詩三百首》所選詩作以杜甫、王維、李白、李商隱四家詩爲最多，據清人永瑢編《四庫全書總目提要》點明乾隆御定唐詩四家：「【御選唐宋詩醇四十七卷】乾隆十五年御定。凡唐詩四家。曰李白。曰杜甫。曰白居易。曰韓愈。……蓋李白源出離騷。而才華超妙。爲唐人第一。杜甫源出於國風二雅。而性情眞摯。亦爲唐人第一。自是而外。平易而最近乎情者。無過白居易。」（清）永瑢：《四庫全書總目提要》（上海：商務印書館，1933 年），頁 4223。

〔註 69〕「蘅塘退士選詩的標準，就詩體而言，兼及各體，包括古體、近體、樂府三類，然以近體爲多。就詩家而言，以杜甫、李白、王維、李商隱四家詩爲最多，其他唐詩四期的作家，也能分配均勻，不失大體。就內容而言，無論紀行、詠懷、送別、贈答、登高、懷古、邊塞、閨怨、詠物、宮體、艷情，都能選出各類的代表作。」邱燮友註譯：〈自序〉，《新譯唐詩三百首》（臺北：三民書局，2003 年），頁 6。

「唐詩選本經大量散佚，至今尚存三百餘種。」〔註 70〕在此高數量選本之中，《唐詩三百首》可能是傳播最廣的選集。自清乾隆癸未年（1763）成書，至今二百五十多年，經過時代的變遷，風靡不廢，家喻戶曉，爲古典詩歌教育的主要讀本。由於人們的接受度相當高，因此各種版本及註釋本越來越多，〔註 71〕爲了瞭解此書的傳播概況，以下分別從文獻記載事實及版本刊刻與銷售狀況略作說明。

一、《唐詩三百首》傳播之記載

一本書之傳播，與其功能、類別有密切關係。孫琴安在《唐詩選本提要》中提出唐詩選本不斷的梓行問世，大概有四次的高潮。〔註 72〕

〔註 70〕孫琴安：《唐詩選本提要》（上海：上海書店出版社，2005 年），頁 1。

〔註 71〕「《唐詩三百首》由於廣爲流傳，且深受喜愛，各種版本越來越多，因著重的立場不同，各種《唐詩三百首》屢出不輟：有延續註釋爲主的，如鶯湖散人《唐詩三百首集釋》；有著重各詩作法作意分析的，如喻守眞《唐詩三百首詳析》；有搜錄各家對每首詩評論者，如彭國棟《唐詩三百首詩話薈編》、王步高《唐詩三百首匯評》；有以語體文作注，切合現代語言的，如金性堯《唐詩三百首新注》；有用心於作品賞析者，如黃永武和張高評合著《唐詩三百首鑑賞》；有爲讓一般讀者瞭解與接受，增列詩的全譯的，如邱燮友《新譯唐詩三百首》；更有迎合兒童閱讀需求，增進兒童閱讀興趣，增加注音符號標示，甚至繪圖加強意象的，如吳兆基編著《唐詩三百首》圖文本。」陳進德：《明清啓蒙教材研究》（臺北：臺北市立師範學院應用語言文學研究所碩士論文，2005 年），頁 14。

〔註 72〕孫琴安在《唐詩選本提要》中提出唐詩選本不斷的梓行問世，大概有四次的高潮：「第一次高潮是在南宋時期，引起的主要原因是由於洪邁向宋孝宗趙昚進呈《萬首唐人絕句》，得到宋孝宗的重賞，在此影響下此時期出現許多專選唐絕句的選本。此次引起的根本原因，全在於封建統治階級得重視和獎勵。第二次高潮是在明代嘉靖、萬曆年間，詩壇上自由爭論的詩人們自發的論詩主張引起，明初以來，有些詩人對臺閣體不滿，其中以高棅、李攀龍等幾家力倡盛唐之詩家以反對，恰好在明代萬曆、天啓年間是個思想十分活躍與出版業飛躍發展的時期，自李攀龍《唐詩選》問世後，各種各樣的唐詩選本如雨後春筍，竟相出世。雖然其中也有一些不專重盛唐人詩的選本，但此次高潮基本上還是在「詩必盛唐」的口號下掀起，是以選盛唐詩爲其主要的內容和特點。第三次高潮是在清初康熙年間，這第四次的高潮出現在乾隆二十二年（1757）以後，《唐詩三百首》恰好成書於第四次高潮時，據《清稗類鈔・李氏兄弟之詩文》記載：

> 錫瓚，字秬香，所選《能與集》，與晚年自號蘅塘退士所選之《唐詩三百首》，尤爲膾炙人口。其於《三百首》，則自署曰「蘅塘退士」，蓋晚年所輯也。二書皆制舉家之圭臬。〔註73〕

次高潮產生的原因，一方面來自以康熙爲首的統治階級的重視，一方面來自清初詩壇的論爭。康熙爲了統治穩定政權，非常重視歷朝各代的文化整理，不僅御定了《全金詩》、《四朝詩》、《題畫詩》、《歷代賦匯》等大型文獻總集，並且完成了規模最大的《全唐詩》的修纂工作，康熙親爲作序。1706 年，徐倬進呈《全唐詩錄》一百卷，康熙大喜，且親制序文，賜帑金刊版。1713 年，康熙又命陳廷敬等編選了《御選唐詩》三十二卷，並御制序文，這些對當時的詩壇和唐詩選本的發展帶來巨大影響。從詩壇的情況來說，以錢謙益爲首的清初詩人，對明高棅、李攀龍等人論唐詩態度甚爲不滿，故極力抨擊，除著書立說外，另一個重要的途徑就是選唐詩。你專選初、盛，我偏選中、晚。杜紹、杜庭珠的《中晚唐詩叩彈集》、顧有孝的《唐詩英華》等均由此出籠。繼後主盟詩壇的王士禎對唐詩選本也極爲重視，不僅親自選擇，手錄多種，而且對古代各種著名的唐詩選本，均一一加以批閱研讀，僅《帶經堂詩話》一書，其中談及唐詩選本就達二十餘次之多。另一方面，清初詩壇的唐詩派和宋詩派論爭也很激烈，厲鶚、吳之振等提倡宋詩，故《宋詩紀事》、《宋詩鈔》等紛紛問世；王士禎、高士奇等提倡唐詩，故《唐賢三昧集》、《唐詩掞藻》等紛紛問世。在封建統治階級的重視和當時詩壇爭論的情況下，釀成了這次唐詩選本的高潮出現。是以初、盛唐詩和中、晚唐詩，以及宋詩和唐詩之間的爭論爲其主要內容和特點。第四次高潮出現在清乾隆二十二年（1757）以後，這次高潮是由於科舉考試制度的改革引起。清初的考試制度，其他各種文體都具備，獨缺詩。乾隆即位，發現科場論判，千卷雷同，並有臨場擬作或強記抄襲之弊，於是在乾隆丁丑（1757）春季，特諭將會試二場的表文改爲考五言排律。頓時，各種各樣專選唐人應制應試詩的選本竟相出世，所以，這次高潮是與當時科舉制度的改革有著密切關係，並且是以選唐人應試詩爲其主要內容和特點。」孫琴安：〈自序〉，《唐詩選本提要》（上海：上海書店出版社，2005 年），頁 6～9。

〔註73〕（清）徐珂：《清稗類鈔》（北京：中華書局，1984 年），頁 3881～3882。

其中的《能與集》爲八股文集，《唐詩三百首》則爲詩選集，清代的科舉考試，是以八股文與試帖詩爲主，此兩本書籍在當時，可說是欲參加科舉考試的人們的參考教材。由記載可知，《唐詩三百首》因科舉考試而在舊時代成爲科舉制義的輔助教材，是幫助學習的考試用書。次爲村塾啓蒙，此又爲最大宗之功能，據清末民初劉禺生（1875～1952）《世載堂雜憶・清代之科舉》記載：

> 蒙學所授，不過識字，能寫能讀，便於工商應用而已，略似今之初級小學。等而上之，兒童有志應考，長乃讀習舉業，教師多延請秀才任之，而蒙館教師則多屢考不得秀才之人也。其教法分男女，女則教女兒經，讀幼學，講故事；男則讀論語、孟子、大學、中庸，讀畢，更讀詩經、書經、禮記、春秋左傳，詩則授唐詩三百首，字則習楷帖，古文則習古文觀止，旁及綱鑑易知錄。〔註 74〕

當時童蒙教育傳授的知識中，對男性而言，是爲工商應用，爲成年後社會教育之基礎，因此在舊時代此書又發揮著社會教育的功能。

光緒七年（1881）刊刻之《山西・榆社縣志》可見清人王家坊（生卒年不詳）、葛士達（生卒年不詳）〈酌定義學章程〉曾描述當時詩歌教學之狀況：

> 春夏之間，日晷漸長，正課有暇，每日撿教《唐詩三百首》或律詩一首，或古風一段，《唐詩三百首》，選法最爲講究，其中各體具備，熟讀深思，一生受益不少，所謂：『熟讀唐詩三百首，不會吟詩也會吟』。〔註 75〕

甚至聰慧有才之女性亦有讀《唐詩三百首》者，清末徐珂（1869～1928）所撰《清稗類鈔・俞小霞飼蠶吟詩》：

〔註 74〕劉禺生撰，錢實甫點校：《世載堂雜憶》（北京：中華書局，1960 年），頁 2～3。

〔註 75〕（清）王家坊、葛士達：〈酌定義學章程〉，《山西・榆社縣志》（卷之三），根據清光緒七年刊本影印。收入於《中國方志叢書》（華北地方冊 403）（臺北：成文出版社，1968 年），頁 16b。

> 俞小霞，皖南農家女也。性聰穎，聞村塾童子讀《千家詩》，入耳若有所悟，復聞，便能誦。一日，晨起採桑，得「萬籟無聲蠶正眠」句，因自喜，反覆吟誦不置。復購通行之《唐詩三百首》，乞鄰兒教之讀，於是遂能詩。

女性讀此書，表示此書已進入家庭，逐漸成爲常民生活用書。其進度是先讀《千家詩》後讀《唐詩三百首》，可見《唐詩三百首》或許可作爲與《千家詩》同時並行的學詩教材。

從前人的論述中可知，唐詩三百首具有多種功能，故有廣大的多層面的讀者群。張滌華《古代詩文總集選介・唐詩三百首》：「過去有人做過統計，唐詩總集共有一百二十七種（實尚不只），其中擁有讀者最多的，以此書爲第一。……僅在一九五六年下半年以後的一年多的時間內，各地重印此書，總印數就達到七十多萬冊。」〔註 76〕如同朱自清所說：「這部詩選很著名，流行最廣，從前是家絃戶誦的書，現在也還是相當普遍的書。」〔註 77〕汪中也說：「這是一本普及課本，在時間和地域來講，他到現在還是廣泛的被大眾所稱道，絕對可列爲永久性的優良讀物。」〔註 78〕儘管今日仍有多種唐詩選本問世，但就影響的廣度或深度來看，《唐詩三百首》仍爲現代學詩的初級教材的好選本，誠如王步高說：「今人講古近體詩的平仄、韻律等各方面的各種典型情況，似乎均不難從《唐詩三百首》中找到例證。寫詩中可能遇到的各種問題，可以在《唐詩三百首》中不同程度的找到答案。」〔註 79〕《唐詩三百首》歷經傳衍，流傳至今，孫洙的期許果眞實現了。

〔註 76〕張滌華：《古代詩文總集選介》（臺北：國文天地雜誌社，1990 年），頁 87。

〔註 77〕朱自清：〈《唐詩三百首》指導大概〉，收錄於朱自清：《經典常談》（北京：中華書局，2009 年），頁 129。

〔註 78〕汪中：〈談七言古詩〉，收錄於中華文化復興運動委員會：《詩詞曲的研究》（臺北：中華文化復興運動推行委員會，1991 年），頁 130。

〔註 79〕王步高：《唐詩三百首匯評》（南京：東南大學出版社，1997 年），頁 6。

二、《唐詩三百首》之出版與銷售

乾隆二十八年（1763）孫洙選編完成的《唐詩三百首》原刻本今已不復見，現今所見最早刊本《唐詩三百首註疏》是相隔七十年後，道光十四年（1834）浙江建德的章燮註疏本。章燮（1783～1852）依照孫洙之序說明編輯原由是爲家塾教材，由於孫洙選編時較簡單，章燮便事注義疏、說明作法與引用評語，加深《唐詩三百首》做爲家塾課本之功用。後來上元女史陳婉俊（生卒年不詳）作《唐詩三百首補注》，保留孫洙對每首詩簡單的註解與評點的原貌，此補注本對於瞭解孫洙編選原意有相當大的助益。不僅如此，又依章氏本爲據而詳加，在《唐詩三百首補注·凡例》中提出：「但詮實事，以資檢閱。其詩中義蘊之深，意境之妙，讀者宜自領取，無庸強就我範，曲爲之說，反汨初學性靈也。」〔註 80〕、「凡詩中用事，即引本事以正之者爲正注；至尋源泝流，博采他書以相證者爲互注。正注非陳隋以上之書不列於篇，而互注則自唐宋及明，間爲采入，然必有按某書某某云字樣以別之，終不敢以口吻爲策府也。」〔註 81〕由此可見，陳婉俊補注嚴謹，較爲簡明，具有極高的素養與價值。因此，此補注本流傳至今，盛行廣佈，其中四藤吟社版本，更是現今所見採用廣傳之底本。

清代爲進行思想統治，特別重視教育。自太祖起，常以書籍之印刷出版作爲政治之輔具；清代書坊最多者爲北京，約有百餘家，次爲蘇州，再次爲廣州。北京爲金、元、明、清的首都，是政治經濟文化的中心。明、清兩代各國使節多來北京購書，印書業素稱興盛。〔註 82〕隨著朝廷對文化教育的日漸重視，讀書人日漸增多，對

〔註 80〕（清）蘅塘退士編，陳婉俊注，宋慧點校：《唐詩三百首》（北京：中華書局，2003 年），頁 373。

〔註 81〕（清）蘅塘退士編，陳婉俊注，宋慧點校：《唐詩三百首》（北京：中華書局，2003 年），頁 373。

〔註 82〕張秀民：《中國印刷史》（上海：上海人民出版社，1989 年），頁 546～548。

於書籍的需求量增大，推動了以印刷出版業的蓬勃發展，刻書業更是遍佈全國，陳進德《明清啓蒙教材研究》提到：

> 清代的坊間刻書較明朝更爲興盛，除滿足一般市民需求，蒙學讀物的刊刻量也很大。蘇州是清初刻書出版業的集中地之一。其中，創設於明代後期位於蘇州的掃葉山房，除刻印經、史、子、集四部之書以及筆記小說，同時也刻印村塾所用經史讀本，多達數百餘種。至光緒年間，還在上海、漢口等處開設分號，到同、光年間，掃葉山房刻書種類更多，數量更大，行銷大江南北，《千家詩》，《龍文鞭影》初、二集附《童蒙四字經》（其他刻本無附《四字經》者）。刻印字畫清晰，惠及村塾蒙童。……另外總號設於重慶的善成堂，爲晚清規模較大、刻書較多的書肆之一。在成都、南昌、漢口、山東東昌、濟南、北京等地設有分號。所刻書也多經史小說之類，行銷南北各地，刻印有《唐詩三百首補注》、《說唐前傳》、《第一才子書》、《幼學故事瓊林》等蒙學讀物。〔註83〕

不僅如此，清代印本書籍受到朝鮮、越南、緬甸各國使節的歡迎，被購買回國。道光帝又作爲政府禮品與俄國交換，同治帝又送到美國九百多冊。〔註84〕由此可知，《唐詩三百首》的廣爲流傳，與印刷出版業的興盛有著極大的關聯。

前人對於《唐詩三百首》的版本刊刻，有著相當仔細的整理，今根據（一）陳伯海、朱易安編《唐詩書錄》〔註85〕、（二）孫琴安《唐詩選本提要》〔註86〕、（三）尹雪樵〈《唐詩三百首》版本知見錄〉〔註87〕、

〔註83〕陳進德：《明清啓蒙教材研究》（臺北：臺北市立師範學院應用語言文學研究所碩士論文，2005年），頁12～13。

〔註84〕張秀民：《中國印刷史》（上海：上海人民出版社，1989年），頁547。

〔註85〕陳伯海、朱易安編：《唐詩書錄》，濟南：齊魯書社，1988年。

〔註86〕孫琴安：《唐詩選本提要》，上海：上海書店出版社，2005年。

〔註87〕尹雪樵：〈《唐詩三百首》版本知見錄〉，天津：《圖書館工作與研究》，

（四）韓勝《清代唐詩選本研究》〔註 88〕、（五）鄒坤峰：《《唐詩三百首》研究》〔註 89〕、（六）國家圖書館館藏。整理《唐詩三百首》版本沿革與出版書籍，整理表格如下：（現代出版專書以各出版社初版爲主，再版印刷未列入。）

【表四】《唐詩三百首》版本刊刻一覽表

版本分類總覽
（一）（清）蘅塘退士《唐詩三百首》六卷
（二）（清）章燮注《唐詩三百首注疏》六卷
（三）（清）陳婉俊補注《唐詩三百首補注》八卷
（四）（清）李盤根注釋《注釋唐詩三百首》
（五）（清）吳宗麟重編《唐詩初選》二卷
（六）《唐詩三百首》一卷
（七）《唐詩三百首》二卷
（八）《繪圖唐詩三百首》四卷
（九）注釋者佚名《唐詩三百首注釋》二卷
（十）（清）文元輔輯評《唐詩三百首輯評》六卷
（十一）輯評者佚名《唐詩三百首輯評》二卷
（十二）（清）和溪浮山夢僑氏纂輯《唐詩三百首旁訓》
（十三）（清）李松壽、李筠壽同箋並補傳《唐詩三百首箋》六卷
（十四）《注釋唐詩三百首》
（十五）丁鶴廬、柯岩舊樵集句《唐詩三百首集聯》
（十六）張蕁孫注《新體評注唐詩三百首》
（十七）世界書局編輯《新體廣注唐詩三百首讀本》
（十八）朱益明譯《評注唐詩三百首》（或《唐詩三百首評注》）六卷

1994 年，第 3 期。

〔註 88〕韓勝：《清代唐詩選本研究》，北京：中國社會科學出版社，2010 年。

〔註 89〕鄒坤峰：《《唐詩三百首》研究》，上海：上海師範大學人文與傳播學院中國古典文獻學碩士論文，2009 年。

（十九）薛恨生標點《唐詩三百首》	
（二十）朱鑫柏注釋《白話解釋唐詩三百首》六卷	
（二十一）陳伯陶標點《唐詩三百首（新式標點）》	
（二十二）夢花館主注釋《白話注釋唐詩三百首》	
（二十三）朱麟注《注釋作法唐詩三百首》	
（二十四）范叔寒注《白話句解唐詩三百首》	
（二十五）痴梅改訂《改訂唐詩三百首二卷》	
（二十六）于慶元選編本	
（二十七）其他善本書	
（二十八）喻守眞編注《唐詩三白首詳析》	
（二十九）俞守仁評析《唐詩三百首評析》（《唐詩三百首詳析》）	
（三十）金性堯注《唐詩三百首新注》	
（三十一）沙靈娜譯 何年注釋 陳敬容校訂《唐詩三百首全譯》（蘅塘退士本）	
（三十二）現代出版新注評析本	
（三十三）現代出版與其他書籍合訂本	
（三十四）方言讀本	
（三十五）其他語言翻譯本	
（三十六）蔡志忠漫畫本	
（三十七）攝影／彩圖／書畫讀本	
（一）（清）蘅塘退士《唐詩三百首》六卷	
善本書	
清江南狀元閣刻本，陳伯海、朱易安編《唐詩書錄》著錄	筆者未見
清道光十九年（1839）涇邑西城一正堂刻本，國家圖書館、中國國家圖書館藏	
清咸豐二年（1852）小石山房刻本，陳伯海、朱易安編《唐詩書錄》著錄	筆者未見
清咸豐五年（1855）刻本，國家圖書館	
清同治九年（1870）常熟黃氏藝文堂刻本，國家圖書館、中國國家圖書館藏	

清光緒元年（1875）姑蘇小西山房刻本，國家圖書館藏	
清光緒五年（1879）文星堂刻本，國家圖書館藏	
清光緒十一年（1885）刻本，國家圖書館藏	
清光緒十五年（1889）常熟陸氏飛鴻閣刻本，國家圖書館藏	
1937 年上海國學整理社鉛印本，上海復旦大學藏	筆者未見
1947 年上海世界書局鉛印本，上海復旦大學藏	筆者未見
民國間商務印書館鉛印本，國家圖書館藏	
現代出版專書	
1933 年上海：商務印書館	1982 年臺南：信宏出版社
1942 年長沙：民治書局	1984 年臺南：大夏出版社
1942 年重慶：鴻文書局	1985 年臺南：西北出版社
1947 年上海：廣益書局	1986 年臺南：大孚出版社
1948 年上海：啓明書局	1988 年湖南：岳麓書社
1956 年臺北：文光出版社	1988 年臺北：天龍出版社
1958 年香港：廣智出版社	1988 年浙江：浙江古籍出版社
1959 年北京：中華書局	1988 年臺南：信宏出版社
1959 年高雄：大眾出版社	1991 年臺北：雷鼓出版社
1963 年臺南：大東出版社	1993 年臺北：文化出版社
1971 年臺北：易知出版社	1994 年臺南：大佑出版社
1971 年臺南：正言出版社	1996 年臺南：久成出版社
1972 年臺北：悠悠出版社	1996 年臺北：眾生文化出版社
1973 年臺南：王家出版社	1997 年臺南：能仁出版社
1973 年臺南：綜合出版社	1998 年南京：江蘇古籍出版社
1976 年臺南：新世紀出版社	1998 年南京：廣陵古籍刻印社
1977 年臺南：利大出版社	2000 年香港：三聯書店
1978 年北京：中華書局重印	2000 年臺南：翰揚文化出版社
1978 年臺北：偉文圖書公司	2000 年臺北：嘉文出版社
1978 年臺北：維新出版社	2001 年臺南：大正出版社
1978 年臺北：五洲出版社	2002 年上海：上海古籍出版社

1979 年臺北：廣文書局	2003 年臺北：華文網出版社
1979 年臺南：大府城出版社	2006 年臺北：新潮社出版社
1981 年臺北：大展出版社	2009 年臺北：牛津家族國際出版社
1981 年臺南：文國出版社	2009 年臺北：華威國際出版社
1982 年臺北：名家出版社	2010 年哈爾濱：哈爾濱出版社
1983 年臺北：將門出版社	出版年不詳上海：商務印書館

（二）（清）章燮注《唐詩三百首注疏》六卷

章燮注疏的《唐詩三百首注疏》經「子墨客卿」校正，並對注解校正語十來條，〔註 90〕但仍使用章燮注疏本的原書名，此版本有些商坊又把「子墨客卿」所做的〈唐詩三百首注釋序〉刪去翻印，〔註 91〕而後又有孫孝根校正，因此同樣是章燮的《唐詩三百首注疏》有了不同版本。然校正本大體保持了章燮注疏本的原書面貌，本文將此歸爲同一種版本。

善本書	
清道光十四年（1834）漁古山房刻本，國家圖書館、北京圖書館藏	
清道光十五年（1835）裕德堂刻本，河南省圖書館藏	筆者未見
清道光十七年（1837）立言堂刻本，天津圖書館藏	筆者未見
清道光二十年（1840）經綸堂刻本，河南省圖書館藏	筆者未見
清道光二十一年（1841）桐石山房刻本（存卷一至四），國家圖書館、天津師範大學藏	
清道光二十一年（1841）姑蘇會文堂重刻本，陳伯海、朱易安編《唐詩書錄》著錄	筆者未見
清道光二十六年（1846）三友堂刻本，河南省圖書館藏	筆者未見
清道光二十七年（1847）林雲書屋翻刻本，國家圖書館、上海師範大學館藏	
清道光二十七年（1847）同立堂刻本，南京大學館藏	筆者未見
清道光二十七年（1847）掃葉山房刻本，國家圖書館、南京大學館藏	

〔註 90〕朱自清：〈《唐詩三百首》指導大概〉，收錄於朱自清：《經典常談》（北京：中華書局，2009 年），頁 131。

〔註 91〕鄒坤峰：《《唐詩三百首》研究》（上海：上海師範大學人文與傳播學院中國古典文獻學碩士論文，2009 年），頁 60。

清道光二十七年（1847）善成堂刻本，北京大學藏	筆者未見
清道光間大文堂刻本，國家圖書館藏	
清咸豐七年（1857）刻本，國家圖書館藏	
清咸豐九年（1859）培根堂刻本，陳伯海、朱易安編《唐詩書錄》著錄	筆者未見
清同治六年（1867）常熟留眞堂刻本，韓勝《清代唐詩選本研究》著錄	筆者未見
清同治九年（1870）蘇州掃葉山房刻本，韓勝《清代唐詩選本研究》著錄	筆者未見
清同治十年（1871）聚錦堂刻本，天津圖書館、河南省圖書館藏	筆者未見
清同治十三年（1874）刻本，國家圖書館藏	
清光緒十年（1884）湖南經濟書局刻本，河南鄭州大學藏	筆者未見
清光緒十年（1884）湖南學庫山房校刻本，國家圖書館、河南省圖書館藏	
清光緒十一年（1885）長沙文昌書局刻本，韓勝《清代唐詩選本研究》著錄	筆者未見
清光緒十三年（1887）丁亥季冬月湖南共賞書局校刊本，上海師範大學館藏	筆者未見
清光緒十四年（1888）北京龍文閣刻本（附《續選》一卷），天津圖書館藏	筆者未見
清光緒十四年（1888）雙溪草堂重刻本，北京大學藏	筆者未見
清光緒十四年（1888）常州宛委山莊刻本，韓勝《清代唐詩選本研究》著錄	筆者未見
清光緒十五年（1889）文寶堂刻本，北京大學、北京師範大學藏	筆者未見
清光緒十六年（1890）石渠石房刻本，國家圖書館、河南省圖書館藏	
清光緒十六年（1890）寶慶益元書局刻本，河南省圖書館藏	筆者未見
清光緒十六年（1890）寶慶經綸柏記刻本，北京師範大學藏	筆者未見
清光緒十七年（1891）寶慶務本書局，中國國家圖書館藏	筆者未見

清光緒十七年（1891）上海掃葉山房刻本，國家圖書館、中國國家圖書館藏	
清光緒十七年（1891）寶慶務本書局刻本，韓勝《清代唐詩選本研究》著錄	筆者未見
清光緒十八年（1892）仲夏江陰寶文堂藏板，上海師範大學藏	筆者未見
清光緒十八年（1892）江陰寶文堂刻本，國家圖書館藏	
清光緒二十年（1894）京都文成堂刻本，國家圖書館藏	
清光緒二十三年（1897）鴻德堂刻本，北京師範大學藏	筆者未見
清光緒二十七年（1901）善成堂刻本，河南省圖書館藏	筆者未見
清光緒二十七年（1901）無錫日升山房粵東集益堂刻本，韓勝《清代唐詩選本研究》著錄	筆者未見
清光緒二十七年（1901）濟南雙和堂刻本，韓勝《清代唐詩選本研究》著錄	筆者未見
清光緒間劍光閣刊本刻本，韓勝《清代唐詩選本研究》著錄	筆者未見
清三讓睦記刻本，河南省圖書館藏	筆者未見
清麟玉山房刻本，陳伯海、朱易安編《唐詩書錄》著錄	筆者未見
清姑蘇亦西齋刻本，陳伯海、朱易安編《唐詩書錄》著錄	筆者未見
清浙江紹興墨潤堂刻本，天津師範大學藏	筆者未見
清浙蘭文華樓刻本，天津師範大學藏	筆者未見
清錦章圖書局石印本，北京大學藏	筆者未見
1914 年掃葉山房石印本，國家圖書館藏	
1915 年上海翠英書莊印本，北京大學藏	筆者未見
1916 年上海文瑞樓石印本，國家圖書館、中國國家圖書館藏	
1917 年章福記書局石印本，國家圖書館、中國國家圖書館藏	
1917 年上海錦章圖書局石印本，中國國家圖書館藏	筆者未見
1918 年掃葉山房石印本，國家圖書館藏	
1920 年掃葉山房石印本，國家圖書館藏	
1924 年奉新宋氏卷雨樓重印清道光十四年刻本，國家圖書館、北京圖書館藏	

1924 年上海掃葉山房石印本，國家圖書館、中國國家圖書館藏	
1930 年上海掃葉山房刻本，北京師範大學藏	筆者未見
1930 年上海掃葉山房石印本，國家圖書館藏	
1931 年上海掃葉山房石印本，河南省圖書館藏	筆者未見
1936 年掃葉山房石印本，國家圖書館藏	
1945 年長春藝文書房鉛印本，北京師範大學藏	筆者未見
民國年間上海鴻寶齋書局石印本，國家圖書館藏	
古香書屋鉛印本，國家圖書館藏	

現代出版專書	
1957 年東海文藝出版社	1983 年安徽：安徽人民出版社
1969 年臺北：蘭臺出版社	1983 年安徽：安徽文藝出版社
1974 年臺北：華正書局	1983 年浙江：浙江文藝出版社
1979 年臺北：宏業出版社	2000 年內蒙古：內蒙古大學出版社
1980 年浙江：浙江人民出版社	2001 年內蒙古：遠方出版社
1980 年臺北：廣文出版社	

（三）（清）陳婉俊補注《唐詩三百首補注》八卷

陳婉俊《唐詩三百首補注》爲餐花閣刻本，光緒十一年（1885）四藤吟社主人翻刻〈序〉曰：「第其書版藏李氏餐花閣中，坊間罕有其本，所以沾丐士林者恐未能遍也。爰取其書，重加釐定，付之手民，以廣其傳。書中體例，悉仍其舊。」〔註 92〕四藤吟社主人在翻刻時，增杜詩〈詠懷古蹟〉三首，並加以校正，然全書保持了陳婉俊補注本的面貌，亦以原書名刊刻，本文將此歸爲同一種版本。

善本書	
清咸豐六年（1856）餐花閣刻本，北京大學藏	筆者未見
清光緒十一年（1885）四籐吟社重刻本，國家圖書館、北京圖書館、北京師範大學、天津圖書館、南京大學館藏	
清光緒十二年（1886）衡水三義堂刻本，國家圖書館、南京大學藏	

〔註 92〕（清）蘅塘退士編，陳婉俊注，宋慧點校：〈附錄〉，《唐詩三百首》（北京：中華書局，2003 年），頁 377。

<table>
<tr><td>清光緒十二年（1886）善成堂刻本，北京師範大學、天津師範大學、河南省圖書館藏</td><td>筆者未見</td></tr>
<tr><td>清光緒十七年（1891）文美齋刻本，天津圖書館、天津師範大學藏</td><td>筆者未見</td></tr>
<tr><td>清光緒十八年（1892）成文堂刻本，南京大學藏</td><td>筆者未見</td></tr>
<tr><td colspan="2">現代出版專書</td></tr>
<tr><td>1956 年北京：文學古籍刊行社</td><td>1988 年湖南：岳麓書社印行</td></tr>
<tr><td>1959 年北京：中華書局（新一版）</td><td>1991 年北京：中國書店</td></tr>
<tr><td>1961 年香港：商務印書館</td><td>1993 年北京：古籍出版社</td></tr>
<tr><td>1971 年臺北：商務印書館</td><td>1995 年北京：光明日報出版社</td></tr>
<tr><td>1974 年臺北：華正書局</td><td>1996 年西安：三秦出版社</td></tr>
<tr><td>1975 年臺北：大方出版社</td><td>1999 年長春：吉林人民出版社</td></tr>
<tr><td>1980 年臺北：廣文書局</td><td>2000 年南京：江蘇古籍出版社</td></tr>
<tr><td>1984 年北京：中華書局（標點印行）</td><td></td></tr>
<tr><td colspan="2">（四）（清）李盤根注釋《注釋唐詩三百首》</td></tr>
<tr><td colspan="2">《注釋唐詩三百首》六卷善本書</td></tr>
<tr><td>清咸豐十年（1860）三元堂刻本，陳伯海、朱易安編《唐詩書錄》著錄</td><td>筆者未見</td></tr>
<tr><td>清光緒十三年（1887）退補堂重鋟，南京大學藏</td><td>筆者未見</td></tr>
<tr><td>清光緒十九年（1893）京口善化書局刻本，國家圖書館藏</td><td></td></tr>
<tr><td>民國八年（1919）上海廣益書局石印本，國家圖書館藏</td><td></td></tr>
<tr><td>民國間上海中華書局鉛印本，國家圖書館、中國國家圖書館藏</td><td></td></tr>
<tr><td colspan="2">《繪圖唐詩三百首註釋》四卷善本書</td></tr>
<tr><td>民國六年（1917）上海錦章圖書局石印本，國家圖書館藏</td><td>筆者未見</td></tr>
<tr><td colspan="2">（五）（清）吳宗麟重編《唐詩初選》二卷</td></tr>
<tr><td colspan="2">善本書</td></tr>
<tr><td>清同治三年（1864）可久長室，孫琴安《唐詩選本六百種提要》著錄</td><td>筆者未見</td></tr>
</table>

<table>
<tr><td colspan="2">（六）《唐詩三百首》一卷</td></tr>
<tr><td colspan="2">善本書</td></tr>
<tr><td>清咸豐二年（1852）常州三槐堂刻本，陳伯海、朱易安編《唐詩書錄》著錄</td><td>筆者未見</td></tr>
<tr><td colspan="2">（七）《唐詩三百首》二卷</td></tr>
<tr><td colspan="2">善本書</td></tr>
<tr><td>清光緒九年（1883）掃葉山房寫刻本，陳伯海、朱易安編《唐詩書錄》著錄</td><td>筆者未見</td></tr>
<tr><td colspan="2">（八）《繪圖唐詩三百首》四卷</td></tr>
<tr><td colspan="2">善本書</td></tr>
<tr><td>1917 年上海錦章圖書局石印本，國家圖書館藏</td><td></td></tr>
<tr><td>繪圖石印本 陳伯海、朱易安編《唐詩書錄》著錄</td><td>筆者未見</td></tr>
<tr><td>出版年不詳，上海：章福記書局</td><td>筆者未見</td></tr>
<tr><td colspan="2">現代出版專書</td></tr>
<tr><td colspan="2">1993 年湖北：美術出版社</td></tr>
<tr><td colspan="2">現代出版專書—《唐詩三百首》四卷</td></tr>
<tr><td>1974 年臺北：漢牛出版社</td><td>1979 年臺北：廣文出版社</td></tr>
<tr><td colspan="2">（九）注釋者佚名《唐詩三百首注釋》二卷</td></tr>
<tr><td colspan="2">善本書</td></tr>
<tr><td>清末李光明書莊刻本，南京大學藏</td><td>筆者未見</td></tr>
<tr><td colspan="2">（十）（清）文元輔輯評《唐詩三百首輯評》六卷</td></tr>
<tr><td colspan="2">善本書</td></tr>
<tr><td>光緒十一年（1885）季夏排印本，孫琴安《唐詩選本六百種提要》著錄</td><td>筆者未見</td></tr>
<tr><td colspan="2">光緒二十年（1894）大泉山房刻本，國家圖書館、中國國家圖書館藏</td></tr>
<tr><td colspan="2">（十一）輯評者佚名《唐詩三百首輯評》二卷</td></tr>
<tr><td colspan="2">善本書</td></tr>
<tr><td>光緒十四年（1888）秋月刊本，孫琴安《唐詩選本六百種提要》著錄</td><td>筆者未見</td></tr>
</table>

（十二）（清）和溪浮山夢僑氏纂輯《唐詩三百首旁訓》	
善本書	
光緒二十三年（1897）成都坊刻本，孫琴安《唐詩選本六百種提要》著錄	筆者未見
（十三）（清）李松壽、李筠壽同箋並補傳《唐詩三百首箋》六卷	
善本書	
清光緒二十一年（1895）蘭雪堂刻本北京師範大學、天津師範大學、河南省圖書館藏	筆者未見
清光緒二十一年（1895）湖南鹽署刻本，國家圖書館	
（十四）《注釋唐詩三百首》	
善本書	
民國間北京中華書局鉛印本，天津圖書館，南京大學藏	筆者未見
（十五）丁鶴廬、柯岩舊樵集句《唐詩三百首集聯》	
善本書	
1929 年鉛印本，國家圖書館、中國國家圖書館藏	筆者未見
1982 年鉛印本，北京師範大學藏	筆者未見
（十六）張萼孫注《新體評注唐詩三百首》	
善本書	
1931 年上海大東書局印行，北京師範大學藏	筆者未見
（十七）世界書局編輯《新體廣注唐詩三百首讀本》	
善本書	
1933 年石印本，北京師範大學藏	筆者未見
（十八）朱益明譯《評注唐詩三百首》（或《唐詩三百首評注》）六卷	
善本書	
1933 年上海春明書店鉛印本，國家圖書館、北京圖書館、上海復旦大學藏	
現代出版專書	
1978 年臺北：河洛圖書出版社	1983 年臺北：國家出版社

（十九）薛恨生標點《唐詩三百首》	
善本書	
1933 年新文化書社印行，北京師範大學藏	筆者未見
1935 年上海廣益書局鉛印本，上海復旦大學館藏	筆者未見
（二十）朱鑫柏注釋《白話解釋唐詩三百首》六卷	
善本書	
1934 年上海永昌書局石印本，國家圖書館、北京圖書館藏	
1934 年上海沈鶴記書局，國家圖書館藏	
（二十一）陳伯陶標點《唐詩三百首（新式標點）》	
現代出版專書	
1934 年大達圖書供應社，北京師範大學、上海復旦大學館藏	筆者未見
（二十二）夢花館主注釋《白話注釋唐詩三百首》	
現代出版專書	
1935 年大達圖書供應社鉛印本	1941 年上海：廣益書局
1937 年上海：廣益書局	
（二十三）朱麟注《注釋作法唐詩三百首》	
現代出版專書	
1936 年臺北：國學整理社鉛印本	1947 年臺北：世界書局
（二十四）范叔寒注《白話句解唐詩三百首》	
善本書	
1941 年上海：文化書社鉛印本，上海復旦大學館藏	筆者未見
（二十五）痂梅改訂《改訂唐詩三百首二卷》	
善本書	
1945 年七桐館稿本，北京師範大學館藏	筆者未見
（二十六）于慶元選編本	
《唐詩三百首續選》善本書	
清道光十七年（1837）經濟堂刻本，國家圖書館藏	

清道光二十年（1840）刻本，國家圖書館藏	
清光緒十二年（1886）三義堂刻本，國家圖書館藏	
清光緒十四年（1888）京師龍文閣書室刻本，國家圖書館藏	
清光緒二十七年（1901）刻本，國家圖書館藏	
清光緒間衡水三義堂刻本，國家圖書館藏	
《唐詩三百首續選》現代出版專書	
1988 年浙江：浙江古籍出版社	
《唐詩三百首註釋》善本書	
清光緒十四年（1888）龍文閣書室刻本，國家圖書館藏	
《正續唐詩三百首註釋》善本書	
清光緒二十七年（1901）刻本，國家圖書館藏	
（二十七）其他善本書	
善本書	
《繪圖唐詩三百首註疏》民國六年（1917）上海錦章圖書局石印本，國家圖書館藏	
《註釋唐詩三百首》清末李光明莊刻本，國家圖書館藏	
《註釋唐詩三百首》清濟南雙和堂刻本，國家圖書館藏	
拓鄉居士《唐詩三百首集評》道光二十三年（1843）經餘堂木版本，國家圖書館藏	
（二十八）喻守真編注《唐詩三百首詳析》	
現代出版專書	
1948 年上海：中華書局	1972 年高雄：復文書局
1954 年臺北：中華書局	1991 年臺南：大孚書局
1957 年北京：中華書局	1993 年臺南：大行出版社
1959 年香港：中華書局	2011 年臺中：文听閣出版社
（二十九）俞守仁評析《唐詩三百首評析》（《唐詩三百首詳析》）	
現代出版專書	
1972 年臺南：北一出版社	1984 年臺南：大孚書局
1974 年臺南：國學整理社	

（三十）金性堯注《唐詩三百首新注》	
現代出版專書	
1980 年上海：上海古籍出版社印行	1990 年臺北：書林出版社
1981 年臺北：里仁書局	1991 年香港：中華書局
1986 年臺北：學海出版社	2005 年西安：陝西師大出版社
1988 年臺北：文津出版社	
（三十一）沙靈娜譯 何年注釋 陳敬容校訂《唐詩三百首全譯》（蘅塘退士本）	
現代出版專書	
1983 年貴州：貴州人民出版社	1996 年臺北：臺灣古籍出版社
1994 年臺南：金安出版社	2001 年臺南：眞平企業出版公司

（三十二）現代出版新注評析本
袁韜壺：《文白對照唐詩三百首》，上海：群學社，1931 年。 《文白對照唐詩三百首》，天津：天津古籍出版社，1990 年。
許德原：《白話注釋唐詩三百首》，上海：廣益書局，1933 年。
寒枚居士：《(新式標點）唐詩三百首》，上海：大中書局，1933 年。
閻瑞昌：《唐詩三百首今譯》，河南：中州古籍出版社，1933 年。
儲菊人：《唐詩三百首》，上海：亞光書局，1943 年。
朱太尤：《唐詩三百首六卷》，上海：廣益書局，1946 年。
彭國棟：《唐詩三百首詩話薈編》，臺北：出版事業委員，1955 年。
朱大可：《新注唐詩三百首》，上海：文化出版社，1957 年。
朱大可：《新注唐詩三百首》，香港：中華書局，1958 年。
朱自清：《唐詩三百首》，臺南：大眾書局，1961 年。
劉大澄：《唐詩三百首欣賞》，臺北：文化圖書出版公司，1962 年。
芻蕘：《唐詩三百首讀本》，臺北：臺灣文源出版社，1965 年。
彭國棟：《增訂詳註唐詩三百首詩話薈編》，臺北：華岡出版社，1970 年。
邱燮友：《新譯唐詩三百首》，臺北：三民書局，1973 年。
許舜屏：《白話注釋唐詩三百首》，臺北：西南書局，1975 年。
東海大學圖書館編：《唐詩三百首索引》，臺北：成文出版社，1977 年。

鴛湖散人：《唐詩三百首集釋》，臺北：藝文印書館，1977 年。
維明書局編輯部：《唐詩三百首詳析》，臺北：民主出版公司，1978 年。
王進祥：《唐詩三百首集解》，臺北：國家書店，1980 年。 《唐詩三百首集解》，臺北：頂淵文化事業有限公司，1985 年。
陶今雁：《唐詩三百首詳注》，江西：江西人民出版社，1980 年。 《唐詩三百首詳注》，江西：百花洲文藝出版社，1990 年。
顏崑陽、張夢機：《唐詩新葉：唐詩三百首集解》，臺北：故鄉出版社，1981 年。
陳昌渠、張志烈、邱俊鵬：《唐詩三百首注釋》，成都：四川人民出版社，1982 年。
黃雨：《新評唐詩三百首》，廣東：廣東人民出版社，1982 年。
吳紹烈、周藝：《唐詩三百首注疏》，安徽：安徽人民出版社，1983 年。
黃永武、張高評：《唐詩三百首鑑賞》，臺北：尚友文化公司，1983 年。 《唐詩三百首鑑賞》，臺北：黎明文化事業公司，1986 年。
長安出版社編輯部：《唐詩三百首新注　附唐詩格律淺說》，臺北：長安出版社，1983 年。
王啓興、毛治中：《唐詩三百首評注》，武漢：湖北人民出版社，1984 年。
儲菊人：《言文對照考正譯釋唐詩三百首》，香港：民生出版社，1985 年。
丁序周：《唐詩三百首》，臺北：五洲出版社，1986 年。
李淼、李星：《唐詩三百首譯析》，長春：吉林文史出版社，1986 年。 《唐詩三百首譯析》，臺南：大行出版社，1991 年。
彭鋒：《唐詩三百首詞典》，西安：陝西人民出版社，1986 年。
劉首順：《唐詩三百首全譯》，陝西：陝西人民教育出版社，1986 年。
張國榮：《唐詩三百首譯解》，北京：中國文聯出版公司，1987 年。
石椿年、孟廣學：《唐詩三百首今譯》，天津：天津古籍出版社，1988 年。
辛農：《唐詩三百首》，臺北：地球出版社，1989 年。
智揚出版社編輯部：《唐詩三百首》，臺北：智揚出版社，1989 年。
吳戰壘：《唐詩三百首續編》，安徽：安徽文藝出版社，1990 年。 《唐詩三百首續編》，浙江：浙江古籍出版社，1994 年。
劉建勳：《唐詩三百首便覽》，廈門：廈門大學出版社，1990 年。
續之：《唐詩三百首評注》，西安：三秦出版社，1990 年。

弘征：《唐詩三百首今譯新析》，桂林：漓江出版社，1991 年。 《唐詩三百首今譯新析》，江西：江西人民出版社，1996 年。 《唐詩三百首今譯新析》，湖南：湖南文藝出版社，1996 年。
邱杜：《新譯唐詩三百首》，臺北：文津出版社，1991 年。 《新譯唐詩三百首》，臺北：圓神出版社，1994 年。
劉映華：《唐詩三百首注譯釋》，廣西：廣西教育出版社，1991 年。
嚴一萍：《唐詩三百首集釋》，臺北：藝文書局，1991 年。
鄧紹基、史鐵良： 《注解今釋插圖唐詩三百首》，長春：大連出版社，1992 年。 《注解今釋插圖唐詩三百首》，北京：社會出版社，1999 年。
李忠田：《唐詩三百首：新編詳注評析》，瀋陽：白山出版社，1992 年。
馬茂元、趙昌平：《唐詩三百首新編》，湖南：岳麓書社，1992 年。
梁烱輝：《唐詩三百首》，臺南：人光出版社，1992 年。
趙山林：《唐詩三百首新評》，安徽：黃山書社，1992 年。
吳餘鎬：《唐詩三百首導讀》，臺南：大孚書局，1993 年。
紹六：《唐詩三百首》，湖北：湖北人民出版社，1993 年。
許清雲：《唐詩三百首新編》，臺北：華嚴出版社，1993 年。 《唐詩三百首新編》，臺北：文津出版社，2005 年。
陶文鵬、張厚感、吳坤定：《唐詩三百首新譯》，北京：北京出版社，1993 年。
顧復生《唐詩三百首新注》，天津：天津人民出版社，1993 年。
吳紹志：《唐詩三百首》，臺南：祥一出版社，1994 年。
毛治中：《唐詩三百首》，浙江：浙江古籍出版社，1994 年。
尚俊生、陳士：《唐詩三百首新注》，天津：百花文藝出版社，1994 年。
段大林：《唐詩三百首匯品》，江西：江西人民出版社，1994 年。
孫紅昺：《唐詩三百首淺解》，廣東：廣東高等教育出版社，1994 年。
章立：《唐詩三百首》，西安：陝西人民出版社，1994 年。
陳書良：《唐詩三百首》，海南：海南出版社，1994 年。
楊帆、張達：《唐詩三百首》，海南：海南國際新聞出版中心，1994 年。
鄭君：《唐詩三百首》，山西：太原書海出版社，1994 年。

王步高：《唐詩三百首匯評》，南京：新華書店，1995 年。
孟慶文：《新唐詩三百首賞析》，海南：南海出版公司，1995 年。
于民雄：《唐詩三百首注譯》，廣西：民族出版社，1995 年。
陸明：《唐詩三百首》，湖南：岳麓書社，1995 年。
熊江華：《唐詩宋詞譯注・唐詩三百首》，瀋陽：瀋陽出版社，1995 年。
張叔寧、李萍、朱新法：《唐詩三百首新賞》，四川：重慶大學出版社，1996 年。
王財貴：《唐詩三百首》，臺北：讀經文教基金會，1996 年。
成元：《唐詩三百首釋注》，四川：成都出版社，1996 年。
陳蒲清：《唐詩三百首》，臺北：新世紀出版社，1996 年。
管又清：《白話唐詩三百首》，湖南：岳麓書社，1996 年。
鐘文出版社編輯部：《唐詩三百首》，臺北：鐘文出版社，1996 年。
朱炯遠、陳崇宇、畢寶魁： 《唐詩三百首譯注評》，瀋陽：遼海出版社，1997 年。 《唐詩三百首》，臺北：臺灣實業文化出版，2004 年。
林美珍：《唐詩三百首》，臺北：風車出版社，1997 年。
馬世一：《唐詩三百首譯析》，長春：北方婦女兒童出版社，1997 年。
陳麗娟：《唐詩三百首匯釋集評》，瀋陽：遼寧大學出版社，1997 年。
張忠綱：《唐詩三百首評注》，山東：齊魯書社，1998 年。
人民文學出版社編輯部：《唐詩三百首簡注》，北京：人民文學出版社，1998 年。
左鈞如：《唐詩三百首辭典》，上海：漢語大詞典出版社，1998 年。
史禮心：《唐詩三百首》，北京：華夏出版社，1998 年。
徐安懷：《唐詩三百首》，新疆：青少年出版社，1998 年。
莊惠宜：《唐詩三百首》，臺南：文國出版社，1998 年。
黃桂雲：《唐詩三百首》，臺南：金橋出版社，1998 年。
趙忠綱：《唐詩三百首評注》，山東：齊魯書社，1998 年。
趙昌平、李夢生：《唐詩三百首新譯》，臺北：建安出版公司，1998 年。
尹富：《唐詩三百首新評新注》，四川：巴蜀書社，1999 年。
張國偉、韓成武：《唐詩三百首賞析》，河北：河北人民出版社，1999 年。

黃偉敏：《唐詩三百首》，甘肅：甘肅民族出版社，1999 年。 《唐詩三百首》，安徽：安徽人民出版社，2001 年。 《唐詩三百首》，西安：西安出版社，2004 年。
儲菊人：《注音・註釋・語譯・作法唐詩三百首》，臺南：大孚書局，1999 年。
毛澤東：《毛澤東評點唐詩三百首》，北京：中共中央黨校出版社、中國檔案出版社，1999 年。
李孝怡：《唐詩三百首》，臺南：大孚書局，1999 年。
李鵬：《唐詩三百首》，北京：學苑出版社，1999 年。
周永惠：《唐詩三百首》，哈薩克：伊犁人民出版社，1999 年。
夏松涼、夏逸陶：《唐詩三百首譯評》，青島：青島海洋大學出版社，1999 年。
徐安琪：《大唐文化的奇葩—唐詩三百首》，雲南：雲南人民出版社，1999 年。
能仁出版社編輯部：《唐詩三百首》，臺南：能仁出版社，1999 年。
陳大利：《唐詩三百首評注》，四川：巴蜀書社，1999 年。
蓋國梁：《唐詩三百首》，上海：上海古籍出版社，1999 年。 《唐詩三百首》，香港：萬里書店，2000 年。
鄧妙香：《唐詩三百首》，臺南：世一出版公司，1999 年。
張翠蘭：《唐詩三百首（注音版）》，臺南：漢風出版社，2000 年。
中央研究院傅斯年圖書館：《唐詩三百首註疏》，臺北：中央研究院傅斯年圖書館，2000 年。
王功龍：《唐詩三百首》，哈爾濱：哈爾濱出版社，2000 年。
宋友文、王暉：《老私塾：唐詩三百首》，北京：中國社會科學出版社，2000 年。
祝秀津：《唐詩三百首》，北京：北京古籍出版社，2000 年。
梁海明：《唐詩三百首》，山西：山西古籍出版社，2000 年。 雷鼓出版社編輯部：《唐詩三百首》，臺北：雷鼓出版社，2000 年。
黎蘭：《唐詩三百首注析》，福建：海峽文藝出版社，2000 年。
吳兆基：《唐詩三百首》，北京：宗教文化出版社，2001 年。 《唐詩三百首》，北京：京華出版社，2002 年。
王偉：《唐詩三百首》，內蒙古：遠方出版社，2001 年。

李炳勳：《唐詩三百首》，河南：中州古籍出版社，2001 年。
班格爾、馬辛仁：《唐詩三百首評注》，浙江：浙江古籍出版社，2001 年。
稅嘯塵：《唐詩三百首注析》，四川：四川人民出版社，2001 年。
蔣淑賢：《唐詩三百首》，海南：南海出版社，2001 年。
張玲、康風琴：《唐詩三百首》，新疆：新疆人民出版社，2002 年。
王輝民：《唐詩三百首今譯》，臺南：大孚書局，2002 年。
王麗珍：《唐詩三百首》，西寧：青海人民出版社，2002 年。
世一書局編輯部：《唐詩三百首全集》，臺南：世一書局，2002 年。
世一書局編輯部：《新注新譯唐詩三百首》，臺南：世一書局，2002 年。
李予湘：《唐詩三百首》，長春：北方婦女兒童出版社，2002 年。
李明陽：《唐詩三百首》，安徽：黃山出版社，2002 年。 《唐詩三百首》，新疆：新疆人民出版社，2009 年。
陳嘉行：《唐詩三百首》，北京：華語教學出版社，2002 年。
傅璿琮：《全圖本名家新注匯評唐詩三百首》，瀋陽：遼海出版社，2002 年。
費振剛：《唐詩三百首》，瀋陽：春風文藝出版社，2002 年。
敬元沭：《唐詩三百首》，安徽：安徽文藝出版社，2002 年。
億兵、麗奇：《唐詩三百首》，黑龍江：黑龍江人民出版社，2002 年。
蕭滌非：《唐詩三百首鑑賞》，臺北：五南圖書出版公司，2002 年。
鐘雷：《唐詩三百首》，哈爾濱：哈爾濱出版社，2002 年。
朱良志：《唐詩三百首》，廣州：暨南大學出版社，2003 年。
民俗文化編寫組：《唐詩三百首》，北京：中國致公出版社，2003 年。
艾克利：《唐詩三百首今譯》，西安：三秦出版社，2003 年。
李浴華：《唐詩三百首》，山西：山西古籍出版社，2003 年。
李濟洲：《詳注唐詩三百首》，陝西：太白文藝出版社，2003 年。
孫晶坤：《唐詩三百首》，河北：河北少年兒童出版社，2003 年。
彭東煥：《唐詩三百首》，四川：四川美術出版社，2003 年。
葉華：《唐詩三百首》，安徽：黃山書社，2003 年。
應炯、龔柳：《唐詩三百首》，上海：華東師大出版社，2003 年。
張華：《唐詩三百首》，廣州：廣州出版社，2004 年。
伍心銘：《唐詩三百首鑒賞》，北京：時事出版社，2004 年。

李定廣：《唐詩三百首》，臺北：崇文書局，2004 年。
紀江紅主編，印斐編撰：《唐詩三百首》，北京：京華出版社，2004 年。
郭竹平：《唐詩三百首》，北京：中國社會科學出版社，2004 年。
吳紹治：《新注新譯唐詩三百首》，臺南：世一文化出版社，2005 年。
久鼎出版社編輯部：《唐詩三百首》，臺北：久鼎出版社，2005 年。
司徒博文：《唐詩三百首》，北京：當代世界出版社，2005 年。
江興祐：《唐詩之路：唐詩三百首》，香港：炎黃文化出版社，2005 年。
周嘯天：《唐詩三百首注評》，北京：鳳凰出版社，2005 年。
林鳳珠：《唐詩三百首吟讀》，臺南：久成書坊，2005 年。
侯剛、侯健：《唐詩三百首解讀》，河南：海燕出版社，2005 年。
范曉燕：《唐詩三百首賞譯》，北京：南方出版中心，2005 年。
徐翠先：《唐詩三百首》，北京：燕山出版社，2005 年。
趙長征、馬奔騰：《唐詩三百首》，北京：人民文學出版社，2005 年。
魯禾、寇衡、寇瑩：《唐詩三百首》，臺北：明天國際出版公司，2005 年。
顧青：《唐詩三百首名家集評本》，北京：中華書局，2005 年。
吳宛：《唐詩三百首賞析》，內蒙古：內蒙古人民出版社，2006 年。
上海辭書出版社文學鑑賞辭典編纂中心：《唐詩三百首鑑賞辭典》，上海：上海辭書出版社，2006 年。
史良昭、曹明綱、王根林：《全息本唐詩三百首》，上海：學林出版社，2006 年。
李菁敏、吳鳳珠、常祈天：《唐詩三百首》，臺北：風車圖書出版公司，2006 年。
于雯雪：《唐詩三百首》，北京：中華書局，2006 年。
林鳳珠：《淺譯唐詩三百首全文》，臺南：久成書坊，2006 年。
洪淑惠：《兒童必讀唐詩三百首》，高雄：學研館文化出版公司，2006 年。
胡可先：《唐詩三百首》，河北：河北人民出版社，2006 年。
趙昌平：《唐詩三百首全解》，上海：復旦大學出版社，2006 年。
薑頌鵬：《唐詩三百首》，山東：山東美術出版社，2006 年。
李洪程、任杰、杜常善：《唐詩三百首今用鑑賞辭典》，上海：上海古籍出版社，2007 年。

郭慧娟、姚嵐齡：《淺酌唐詩三百首》，臺北：語言善本書出版社，2007 年。
陳鵬舉：《陳注唐詩三百首》，上海：上海文藝出版社，2007 年。
朱炯遠：《唐詩三百首全集》，臺北：俊嘉文化出版公司，2008 年。
方笑一：《唐詩三百首品讀》，上海：上海社會科學院出版社，2008 年。
趙永芳、肖羽、范振涯：《伴隨孩子成長的啓蒙經典唐詩三百首》，杭州：浙江少年兒童出版社，2008 年。
任犀然：《唐詩三百首》，北京：華文出版社，2009 年。
顧青：《唐詩三百首》，北京：中華書局，2009 年。
張曙霞：《唐詩三百首解讀》，瀋陽：遼海出版社，2011 年。
雅瑟：《唐詩三百首鑒賞大全集》，臺北：新潮社出版公司，2011 年。
黃耀華：《唐詩三百首》，新竹：黃山國際出版公司，2011 年。
黃耀華：《青少年最愛看的課外讀本：唐詩三百首》，臺北：新潮社出版公司，2012 年。
魏舒婷：《青少年閱讀經典文庫・唐詩三百首》，臺北：新潮社出版公司，2012 年。
（三十三）現代出版與其他書籍合訂本
朱自清：《唐詩三百首・千家詩》，台中：柏青出版社，1976 年。
廣城出版社編輯組：《唐詩三百首・千家詩合訂本》，臺北：廣城出版社，1978 年。
董其昌書、丁平編：《唐詩三百首・宋詞三百首合編》，北京：中國世界語出版社，2000 年。
上彊村民、陸明、任中敏：《唐詩三百首・宋詞三百首・元曲三百首》，長沙：岳麓書社，2002 年。
鐘雷：《唐詩三百首、宋詞三百首》，黑龍江：黑龍江人民出版社，2003 年。
上彊村民、陳亞慧：《唐詩三百首・宋詞三百首・元曲三百首大全集》，北京：高等教育出版社，2010 年。
（三十四）方言讀本
閩南語
梁炯輝：《唐詩三百首：漢文閩南語語調譜・羅馬字注音對照》，臺南：人光出版社，1992 年。
梁炯輝：《閩南語淺釋唐詩三百首吟唱》，臺北，文史哲出版社，1995 年。

黃勁連：《臺譯唐詩三百首》，臺北：台笠出版社，1995 年。 《臺譯唐詩三百首》，臺南：開朗雜誌出版社，2009 年。
謝魁源：《臺語唐詩三百首》，臺北：臨風堂臺語文研究院，2000 年。
客家語
中原客家文化學術研究會：《客家話唐詩三百首》，臺北：客家臺灣文史工作室，1997 年。
詹益雲：《海陸客語唐詩三百首》，新竹：新竹縣海陸客家語文協會，2006 年。
（三十五）其他語言翻譯本
英文
Witter Bynner、江亢虎：《Jade Mountain：Chinese Anthology; Three Hundred Poems of T'ang Dynasty》（譯名：《群玉山頭》），New York: Alfred, A., Knopf, 1929 年。
Soame Jenyns:《Selections from the Three Hundred Poems of the tang Dynasty》（譯名：《唐詩三百首選譯》），倫敦，1940 年。 Soame Jenyns：《A Further Selections from the Three Hundred Poems of the tang Dynasty》（譯名：《唐詩三百首續譯》），倫敦，1944 年。 （Soame Jenyns 翻譯之作原收入其作品集，18 世紀在倫敦出版，現有單行本行世。）
陶友白：《英漢對照唐詩三百首》，臺北：萬國出版社，1951 年。 《英漢對照唐詩三百首》，臺北：新陸書局，1964 年。
Herdan Innes：《英譯唐詩三百首》，臺北：遠東圖書公司，1973 年。
許淵沖等編： 《唐詩三百首新譯》，香港：商務印書館，1987 年。 《漢英對照唐詩三百首》，北京：中國對外翻譯出版社，1988 年。 《漢英對照唐詩三百首》，臺北：書林出版社，1992 年。 《漢英對照唐詩三百首》，北京：高等教育出版社，2000 年。 《漢英對照唐詩三百首》，北京：海豚出版社，2013 年。
湖南出版社編輯組：《漢英對照——文白對照唐詩三百首》，湖南：湖南出版社，1997 年。
唐一鶴：《英譯唐詩三百首》，天津：天津人民出版社，2005 年。
牛津家族國際出版社編輯組：《唐詩三百首（中英對照）》，臺北：牛津家族國際出版社，2009 年。

日文
目加田誠：《唐詩三百首》，東京：平凡社，1975 年。
田部井文雄、菅野禮行：《標音唐詩三百首》，東京：大修館書店，1980 年。
大川忠三：《唐詩三百首》，東京：明德書店，1984 年。
田部井文雄：《唐詩三百首詳解》，東京：大修館書店，1990 年。
蒙古文
王勃等撰，曹都選釋：《蒙漢對照唐詩三百首不分卷》，內蒙古：內蒙古教育出版社，1982 年。
（三十六）蔡志忠漫畫本
《千古的絕唱：唐詩三百首》，臺北：龍龍出版社，1989 年。
《千古的絕唱：唐詩三百首》，臺北：時報文化出版社，1994 年。
《漫畫唐詩三百首・Ⅰ千古的絕唱》，香港：博益出版公司，2001 年。
《漫畫唐詩三百首・Ⅱ盛世的詠嘆》，香港：博益出版公司，2002 年。
《漫畫唐詩三百首》，臺北：大塊文化出版，2013 年。
（三十七）攝影／彩圖／書畫讀本
陳雨光：《唐詩三百首書畫集》，成都：四川美術出版社，1992 年。
史良、郝敏、鄭紹基：《唐詩三百首：注音注解今釋插圖》，大連：大連出版社，1992 年。
邱聞笳、邱俊鵬注音，李代遠配畫：《配畫注音唐詩三百首》，成都：四川人民出版社，1995 年。
蔣星煜撰文，劉旦宅繪畫：《詩與畫・唐詩三百首》，上海：上海辭書出版社，1997 年。
周冰倩：《圖文譯注唐詩三百首》，香港：長城出版社，2000 年。
康萍：《名家配畫誦讀本・唐詩三百首》，香港：商務出版社，2002 年。
吳俊毅、邱月貞、吳鳳珠：《彩圖注音唐詩三百首》，臺北：風車圖書出版社，2002 年。
應炯、龔柳：《唐詩三百首：攝影版》，上海：華東師範大學出版社，2003 年。
葉美瑤：《唐詩三百首全彩攝影版》，臺北：時報出版公司，2004 年。
魯禾、寇瑩、寇衡：《唐詩三百首：全國第一套親子詩畫讀本》，臺北：京中玉國際出版社，2005 年。
蔣寅：《百科圖說唐詩三百首》，北京：中國大百科全書出版社，2008 年。

由上列整理中可看出，《唐詩三百首》從發行以來，不僅在國內翻刻出版風行，也成爲在國外傳播廣泛的唐詩選本。《唐詩三百首》從成書至今，已獨自形成一個龐大且複雜的系統，如下圖所示：

【圖一】《唐詩三百首》系統概念圖

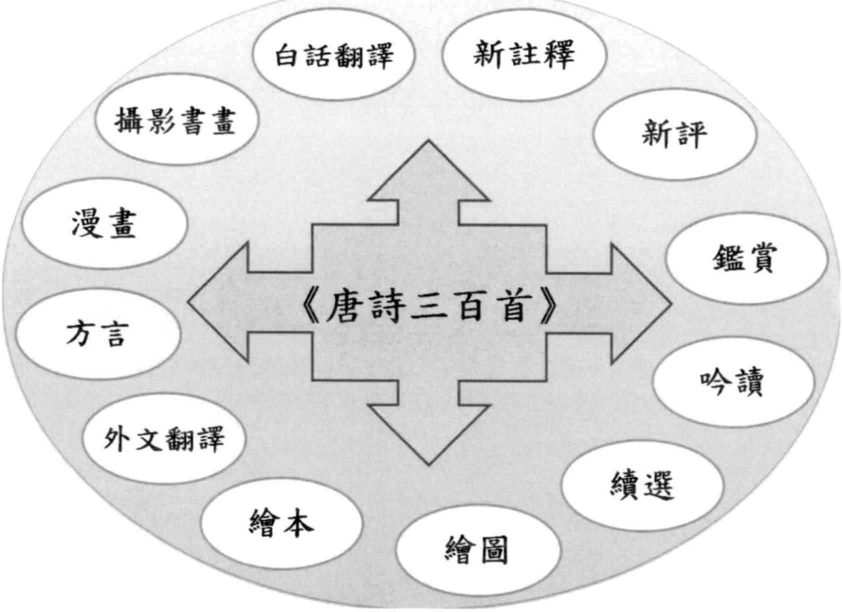

誠如邱燮友在《新譯唐詩三百首・自序》中說：「蘅塘退士的《唐詩三百首》，確能選出唐人最好的詩，又能做到雅俗共賞的地步，所以這是一部通俗而流傳極廣的詩集。」〔註 93〕孫洙編選《唐詩三百首》的其中一個用意，無非是希望此選本能「流傳不廢」，就普及的功能而言，唐詩得到廣泛的發展，不只遍及國內城鄉，更遠傳海外。現在人們對於唐詩的認識，與《唐詩三百首》的出版傳播有著絕對的關聯。

〔註 93〕邱燮友：〈自序〉，《新譯唐詩三百首》（臺北：三民書局，2003 年），頁 5。

第三章　《唐詩三百首》的古典意義

選集可以說是鑑賞與批評的一種模式，劉運好在《文學鑑賞與批評》中，將中國傳統鑑賞與批評分爲十種基本模式：（一）逆志法。（二）虛靜法。（三）六觀法。（四）辨味法。（五）妙悟法。（六）熟參法。（七）品第法。（八）選本法。（九）評點法。（十）索引本事法。〔註 1〕其中，「選本」被視爲中國傳統鑑賞與批評的十種基本模式之一，他說：

> 編選詩文，編選者總帶有一定的審美要求和標準，從中可透出編選者的美學標準、審美趣味，故也隱含一種批評方法。而且，選本常有序、跋或對個別作家的評語，直接表現出編選者的美學觀點、批評標準。好的選本或總集甚至能影響某一時代的文風，所以這種方法幾乎貫穿了中國文學史的始終。〔註 2〕

《唐詩三百首》在唐詩選本的發展上，佔有一席之地，在清代有其影響力，故本章擬從三個部分探析《唐詩三百首》的古典意義：一、詩學淵源——沈德潛《唐詩別裁集》，由時地關係、編選指歸與選本體

〔註 1〕劉運好：《文學鑑賞與批評》（合肥：安徽大學出版社，2002 年），頁 209～215。

〔註 2〕劉運好：《文學鑑賞與批評》（合肥：安徽大學出版社，2002 年），頁 213。

例推求《唐詩三百首》與《唐詩別裁集》的淵源。二、《唐詩三百首》的詩學觀，透過分體、分期、專家與主題不同面向，一探《唐詩三百首》蘊涵的詩學觀。三、《唐詩三百首》的缺失，從「詩型分類」與「選詩內容」兩個方面，明其缺失，窺其完整面貌。在此章節中透過溯源、分析比較及探析其缺失，期能勾勒孫洙的理念意涵與對唐詩的識見。

第一節　詩學淵源——沈德潛《唐詩別裁集》

關於《唐詩三百首》的師承淵源，金性堯《唐詩三百首新注・前言》說：「近代學者曾指出，《唐詩三百首》是以沈德潛的《唐詩別裁集》爲藍本。」〔註3〕今人王步高進一步比對說：「與《唐詩品彙》及《唐賢三昧集》相比，《唐詩三百首》受到《唐詩別裁集》的影響更爲直接。」〔註4〕高棅（1350～1423）選編的《唐詩品彙》，在分體排列上與《唐詩三百首》相同，然其將唐詩分爲初、盛、中、晚四期，在每種詩體中又分爲九格，「以初唐爲正始，盛唐爲正宗、大家、名家、羽翼，中唐爲接武，晚唐爲正變、餘響，方外異人等詩爲傍流」〔註5〕，在編選上「詳於盛唐，次則初唐、中唐，其晚唐則略矣」〔註6〕，整體看來《唐詩品彙》的選詩上推崇盛唐，重視區分流變，此與《唐詩三百首》「唐詩中膾炙人口之作，擇其尤要者」〔註7〕的理念有所不同。而王士禎（1634～1711）選編的《唐

〔註3〕金性堯：〈前言〉，《唐詩三百首新注》（上海：上海古籍出版社，1980年），頁6。

〔註4〕王步高：〈怎樣讀《唐詩三百首》〉，《唐詩三百首匯評》（南京：東南大學出版社，1997年），頁14。

〔註5〕（明）高棅：〈凡例〉，《唐詩品彙》（上海：上海古籍出版社，1988年），頁14。

〔註6〕（明）高棅：〈凡例〉，《唐詩品彙》（上海：上海古籍出版社，1988年），頁15。

〔註7〕（清）蘅塘退士編，陳婉俊注，宋慧點校：〈附錄・蘅塘退士原序〉《唐詩三百首》（北京：中華書局，2003年），頁375。

賢三昧集》，其選盛唐王維、孟浩然、高適、王昌齡等四十二位詩人之作，卻未選李白、杜甫之作，此亦與《唐詩三百首》的選詩方向大不相同。因此，爲瞭解孫洙在清代詩學系統中的定位，本節先對沈德潛及《唐詩別裁集》進行論述。

沈德潛（1673～1769），字碻士，號歸愚，江南蘇州府長洲縣人，生於康熙十二年，卒於乾隆三十四年，高壽九十七歲。沈德潛晚達，至乾隆帝時才開始受到重用，〔註8〕乾隆對他讚賞不已，親爲《歸愚集》製序：

> 諭曰：「朕於德潛，以詩始，以詩終。」且令有所著作，許寄京呈覽。賜以人葠，賦詩寵其行。德潛歸，進所著歸愚集，上親爲製序，稱其詩伯仲高、王，高、王者謂高啓、王士禎也。〔註9〕

自古以來無君序臣詩者，乾隆稱其與高啓、王士禎不分軒輊，以此時望大增，成爲乾隆時期的詩壇領袖。累官至內閣學士、禮部侍郎。卒諡文愨，贈太子太師。〔註10〕

清代中後期文學界盛推沈德潛，如舒位《乾嘉詩壇點將錄》奉之爲「托塔天王沈歸愚」，「高宗純皇帝御書詩壇耆碩四字，賜之詩壇首列」〔註11〕，清末徐珂（1869～1928）《清稗類鈔．文學類》也

〔註8〕《清史稿．沈德潛列傳》稱其：「自盛唐上追漢、魏，論次唐以後列朝詩爲別裁集，以規矩示人。承學者效之，自成宗派。」（清）趙爾巽等撰，楊家駱校：〈沈德潛列傳〉，《清史稿》（卷350）（臺北：鼎文書局，1981年），頁10513。

〔註9〕（清）趙爾巽等撰，楊家駱校：〈沈德潛列傳〉，《清史稿》（卷350）（臺北：鼎文書局，1981年），頁10512。

〔註10〕關於沈德潛詳細的生平事跡可參考，（一）（清）沈德潛：《沈德潛自訂年譜》，收入於（清）沈德潛：《沈歸愚詩文全集》（清乾隆教忠堂刊本，國家圖書館善本書庫典藏本）。（二）（清）趙爾巽等撰，楊家駱校：〈沈德潛列傳〉，《清史稿》（卷350）（臺北：鼎文書局，1981年），頁10511～10513。

〔註11〕（清）舒位：《重刻足本乾嘉詩壇點將錄》（影印清宣統三年刻本），見於上海古籍出版社：《續修四庫全書》（上海：上海古籍出版社，

說到：「乾嘉之際，海內詩人相望。其標宗旨，樹壇坫，爭雄於一時者，有沈德潛、袁枚、翁方綱三家。……故其時大宗，不能不推德潛。」〔註12〕可見其當時總領詩壇的地位。

今根據《沈德潛自訂年譜》〔註13〕整理其學詩歷程與詩壇發展的重要大事如下：

【表五】沈德潛詩學歷程年表

時　間	經　　歷	年　紀
康熙二十一年（1682）	讀《易經》與《詩經》	十歲
康熙二十二年（1683）	開始課徒，讀《左傳》、韓文，夜讀唐律絕詩。	十一歲
康熙三十七年（1698）	**學詩葉燮**	**二十六歲**
康熙四十六年（1707）	與張岳未、徐龍友、陳匡九、張永夫結「城南詩社」。	三十五歲
康熙五十四年（1715）	**批選《唐詩別裁集》十卷**	**四十三歲**
康熙五十五年（1716）	刻《竹嘯軒詩稿》，並刻時藝名《歸愚四書文》。	四十四歲
康熙五十六年（1717）	《唐詩別裁集》刻成，是月選《古詩源》起。	四十五歲
康熙五十八年（1719）	《古詩源》選完	四十七歲
康熙六十一年（1722）	刻詩稿成，刻古文稿起。三月，聯「北郭詩社」。	五十歲
雍正三年（1725）	《古詩源》刻成，選《明詩別裁集》起。	五十三歲
雍正九年（1731）	成《說詩晬語》兩卷	五十九歲
雍正十二年（1734）	《明詩別裁集》成	六十二歲

2002年），集部，第1705冊，頁168。

〔註12〕（清）徐珂：《清稗類鈔》（第八冊）（北京：中華書局，1984年），頁3900。

〔註13〕（清）沈德潛：《沈德潛自訂年譜》，收入於（清）沈德潛：《沈歸愚詩文全集》（清乾隆教忠堂刊本，國家圖書館善本書庫典藏本）

時　間	經　　歷	年　紀
乾隆五年（1740）	詩古文稿刻成	六十八歲
乾隆七年（1742）	和乾隆〈消夏十詠〉，此爲和乾隆詩之始。	七十歲
乾隆十一年（1746）	四月，乾隆賜〈覺生寺大鐘歌〉用德潛韻，君和臣韻，古未有也。七月，賜詩云:「我愛德潛德，淳風挹古初。」	七十四歲
乾隆十四年（1749）	乾隆賜「詩壇耆碩」匾	七十七歲
乾隆十八年（1753）	校御製詩。十月，潘森千刻《杜詩偶評》成。	八十一歲
乾隆十九年（1754）	評選《國朝詩別裁集》起	八十二歲
乾隆二十二年（1757）	選《國朝詩別裁集》畢	八十五歲
乾隆二十四年（1759）	《國朝詩別裁集》刻成	八十七歲
乾隆二十五年（1760）	以蔣氏刻本訛字太多，重刻《國朝詩別裁集》。	八十八歲
乾隆二十六年（1761）	增訂《國朝詩別裁集》刻成。三月，選盛錦詩。十一月，進呈《國朝詩別裁集》。	八十九歲
乾隆二十八年（1763）	**八月，增訂《唐詩別裁集》二十卷刻成。**	**九十一歲**
乾隆三十年（1765）	刻御賜詩文集恭和御製詩，始乾隆二十三年至三十年，前後共六卷。	九十三歲

由上表得知，《唐詩別裁集》自四十三歲開始批選，至九十一歲增訂刻成，歷時四十八年之久，堪稱爲沈氏一生最重要的代表作。其選詩標準，前人皆認爲沈德潛特別重視詩歌內涵與詩教之功用；如朱東潤《中國文學批評史大綱》說：「歸愚論詩，主張最力者，則爲其溫柔敦厚之說，……歸愚之論，謂詩貴溫柔，不可說盡，又必關係人倫日用。」〔註 14〕又胡幼峰認爲《唐詩別裁集》的選詩標準分爲：一、宗旨是溫柔敦厚。二、詩原本性情。三、有和性情、厚人倫、匡政治、

〔註 14〕朱東潤：《中國文學批評史大綱》（臺北：臺灣開明書局，1970 年），頁 360。

感神明之用。〔註15〕又鄭佳倫分為：一、積極性判准：(一) 符合「溫柔敦厚」之「詩教」者為優先，(二) 符合「鯨魚碧海」、「巨刃摩天」之「雄渾」體式為優先，「羚羊掛角、無跡可求」之「神韻」體式為兼及。二、消極性判准：(一) 粗野之詩不選，(二) 褻嫚之詩不選，(三) 生硬、僻澀之詩不選，(四) 貢媚獻諛之詩不選。〔註16〕顏鸝慧說：「沈德潛論詩倡詩教、明詩道、重比興，貴含蓄，重在宣揚教化，反映社會現實。」〔註17〕可知沈氏之詩教說已成為定論。

至於沈德潛《唐詩別裁集》與《唐詩三百首》之授受關係，可從以下三方面呈現：

一、時地關係

沈德潛（1673～1769）為江蘇長州人，孫洙（1711～1778）為江蘇無錫人，長州西臨無錫，地緣關係十分接近。又兩人年世相差約四十歲，當時沈德潛在詩壇的地位崇高。乾隆十一年（1746）孫洙擔任上元縣學教諭時，乾隆和沈德潛韻作詩，並賜沈德潛詩云:「我愛德潛德，淳風挹古初。」又乾隆十四年（1749）乾隆賜「詩壇耆碩」匾，適為孫洙在朝為官時期，詩壇正籠罩著濃厚的「沈德潛詩風」。且《唐詩別裁集》成書於康熙五十六年（1717），當時孫洙已七歲，又《唐詩三百首》編成時（1763），沈德潛尚在世。詩歌選本往往與對應的時代文學風氣緊密相關。〔註18〕由此推測，由於孫洙對於沈德潛的崇拜，其《唐詩別裁集》應該對《唐詩三百首》有著直接的影響。

〔註15〕胡幼峰：〈試論《唐詩別裁集》編選之得失〉，《古典文學》，1988年，第10期，頁335～339。

〔註16〕鄭佳倫：《沈德潛「唐詩別裁集」之詩觀研究》（桃園：國立中央大學中國文學研究所碩士論文，1999年），頁19～30。

〔註17〕顏鸝慧：〈論《說詩晬語》對唐詩的評價〉，《明新學報》，2003年6月，第29期，頁12。

〔註18〕陳美朱：〈《唐詩歸》與《唐詩別裁集》之杜詩選評比較〉，《東吳中文學報》，2012年11月，第24期，頁161～162。

二、編選指歸

沈德潛初編《唐詩別裁集》之時，即於〈原序〉明言以「詩教」爲指歸：

> 有唐一代詩，凡流傳至今者，自大家名家而外，即旁蹊曲徑，亦各有精神面目。流行其間，不得謂正變盛衰不同，而變者衰者可盡廢也。然備一代之詩，取其宏博，而學詩者沿流討源，則必尋就其指歸。何者？人之作詩，將求詩教之本源也。〔註 19〕

又〈凡例〉：

> 詩至有唐，精華極盛，體制大備。學者每從唐人詩入，以宋、元流於卑靡，而漢京當塗、典午諸家，未必概能領略，從博涉後，上探其原可也。覽唐詩全帙，芟夷煩猥，裒成是編，爲學詩者發軔之助焉。〔註 20〕

沈德潛指出唐詩有多種風貌，學詩不應以正變盛衰爲選擇標準，應當沿流討源，並且認爲作詩必須求詩教本源。其於〈序言〉亦指出：

> 顧自有明以來，選古人之詩者，意見各殊。嘉、隆而後，主復古者拘於方隅，主標新者偭於先矩。入主出奴，二百年間，迄無定論。〔註 21〕

自明代以來詩集選本眾多、意見紛雜，沈德潛推崇唐詩、重「詩教」，主張唐詩是學詩的典範入門，認爲「編詩者之責，能去鄭存雅」〔註 22〕，因此編選《唐詩別裁集》作爲學詩範本實踐其理念。

〔註 19〕（清）沈德潛：〈原序〉，《唐詩別裁集》（上海：上海古籍出版社，1979 年），頁 1。

〔註 20〕（清）沈德潛：〈凡例〉，《唐詩別裁集》（上海：上海古籍出版社，1979 年），頁 1。

〔註 21〕（清）沈德潛：〈原序〉，《唐詩別裁集》（上海：上海古籍出版社，1979 年），頁 1。

〔註 22〕（清）沈德潛：〈原序〉，《唐詩別裁集》（上海：上海古籍出版社，1979 年），頁 1。

沈德潛所持的詩教觀，表現在選詩標準上，認爲選集要有教化的功用，如〈原序〉：

> 既審其宗旨，復觀其體裁，徐諷其音節。未嘗立異，不求苟同，大約去淫濫以歸雅正，于古人所云微而婉、和而莊者，庶幾一合焉。此微意所存也。同志者往復是編而因之以遞親乎《風雅》。〔註 23〕

沈德潛強調詩歌的「雅正」本質爲「微婉」與「和莊」，這不脫「溫柔敦厚」的詩教觀。又如〈重訂唐詩別裁集序〉所說：

> 詩教之尊，可以和性情，厚人倫，匡政治，感神明。〔註 24〕

更進一步的說出學詩能夠達到和性情、厚人倫的詩教功用，發揮平和性情安定人心而通達人倫。《唐詩別裁集》從初編本（1717）到重訂本（1763），相隔將近五十年的時間，沈德潛在序中一再的強調「詩教」的重要，可見其核心思想及實踐之力。

而孫洙選編《唐詩三百首》的意涵亦是如此，在選詩上較《詩經》少選一篇，巧妙的遙寄《詩經》微意，並認爲當時的啓蒙教材《千家詩》「隨手掇拾，工拙莫辨，且止五七言律絕二體，而唐宋人又雜出其間，殊乖體製」〔註 25〕因此選編《唐詩三百首》作爲學詩啓蒙教材。由兩人的選編主旨來看，兩本唐詩選集，皆是以「詩教」爲出發點，而以編選爲實踐之道。

三、選詩體例

《唐詩別裁集》以體裁作爲區分不同卷帙的排列方式，《唐詩三百首》亦是如此，《唐詩別裁集》分爲：五言古詩、七言古詩、五言

〔註 23〕（清）沈德潛：〈原序〉，《唐詩別裁集》（上海：上海古籍出版社，1979 年），頁 3。

〔註 24〕（清）沈德潛：〈原序〉，《唐詩別裁集》（上海：上海古籍出版社，1979 年），頁 2。

〔註 25〕（清）蘅塘退士編，陳婉俊注，宋慧點校：〈附錄・蘅塘退士原序〉，《唐詩三百首》（北京：中華書局，2003 年），頁 375。

律詩、七言律詩、五言長律、五言絕句、七言絕句，共七類。《唐詩三百首》以其爲雛型而爲童蒙教育之功用稍有改變，分爲：五言古詩、樂府、七言古詩、樂府、五言律詩、七言律詩、樂府、五言絕句、樂府、七言絕句、樂府，共十一類。沈德潛在〈凡例〉中說到：「唐人達樂者已少，其樂府題，不過借古人體制，寫自己胸臆耳，未必盡可被之管弦也。故雜錄於各體中，不另標樂府名目。」〔註 26〕然孫洙在分類時，另立樂府爲一類，此爲二者在選詩分類上最大的不同，以下整理【表六】、【表七】說明之：

【表六】《唐詩別裁集》選詩數量統計表〔註 27〕

<table>
<tr><th>詩　體</th><th colspan="2">各卷選詩數量</th><th>數 量</th><th>總　計</th></tr>
<tr><td rowspan="4">五言古詩</td><td>卷一</td><td>128</td><td rowspan="4">387</td><td rowspan="10">1940</td></tr>
<tr><td>卷二</td><td>95</td></tr>
<tr><td>卷三</td><td>100</td></tr>
<tr><td>卷四</td><td>64</td></tr>
<tr><td rowspan="4">七言古詩</td><td>卷五</td><td>70</td><td rowspan="4">266</td></tr>
<tr><td>卷六</td><td>71</td></tr>
<tr><td>卷七</td><td>64</td></tr>
<tr><td>卷八</td><td>61</td></tr>
<tr><td rowspan="2">五言律詩</td><td>卷九</td><td>127</td><td rowspan="2">450</td></tr>
<tr><td>卷十</td><td>128</td></tr>
</table>

〔註 26〕（清）沈德潛：〈凡例〉，《唐詩別裁集》（上海：上海古籍出版社，1979 年），頁 4。

〔註 27〕本文引用統計版本爲（清）沈德潛：《唐詩別裁集》，上海：上海古籍出版社，1979 年。沈德潛在〈重訂唐詩別裁集序〉說：「成詩二十卷，得詩一千九百二十八章。」（頁 3）然筆者實際統計 1979 年上海古籍出版本數量爲 1940 首，此版本是由徐震堮、呂貞白審閱推敲所核定之校勘本，此版本在〈前言〉中列出四種錯誤，根據不同的情況，或刪除或改或保持原狀，是故在詩作數量上有些許差異，以【表六】呈現。

詩　體	各卷選詩數量		數 量	總　計
	卷十一	101		
	卷十二	94		
七言律詩	卷十三	90	346	
	卷十四	86		
	卷十五	90		
	卷十六	80		
五言長律	卷十七	84	147	
	卷十八	63		
五言絕句	卷十九	134	134	
七言絕句	卷十九	44	210	
	卷二十	166		

【表七】《唐詩三百首》選詩數量統計表

分　體	數　量	詩　型	數量	總計
五言古詩	33	五言古詩	40	313
樂府	7			
七言古詩	28	七言古詩	42	
樂府	14			
五言律詩	80	五言律詩	80	
七言律詩	53	七言律詩	54	
樂府	1			
五言絕句	29	五言絕句	37	
樂府	8			
七言絕句	51	七言絕句	60	

《唐詩別裁集》選詩以五言律詩為最多，共收 450 首，《唐詩三百首》在 313 首詩作中，亦以五言律詩高居第一，共收 80 首。兩本詩選集在詩體選詩的排序上，除了《唐詩三百首》未收五言排律，以及五言古詩與七言絕句兩類詩體的選詩數量比例的排行有落差，大致上來說，二者「分體」選詩是相同的。又筆者統計《唐詩別裁集》選詩數量較多的詩人，如【表八】所示：

【表八】《唐詩別裁集》選詩數量前十位詩人統計表〔註 28〕

詩人 / 詩體	杜甫	李白	王維	韋應物	白居易	岑參	李商隱	韓愈	柳宗元	孟浩然	總計
五言古詩	53	42	23	44	17	6	0	12	21	10	228
七言古詩	58	37	9	3	13	13	1	21	3	1	159
五言律詩	63	27	31	6	5	17	11	3	2	21	186
七言律詩	57	4	11	2	18	6	20	4	5	1	128
五言長律	18	5	10	0	2	4	6	2	1	1	49
五言絕句	3	5	16	4	0	3	2	0	4	1	38
七言絕句	3	20	4	4	6	9	10	1	4	1	62
總計	255	140	104	63	61	58	50	43	40	36	850

〔註 28〕此表格參考自陳岸峰〈《唐詩別裁集》與《古今詩刪》中「唐詩選」的比較研究——論沈德潛對李攀龍詩學理念的傳承與批判〉，陳岸峰引用《唐詩別裁集》版本為 1977 年香港中華書局出版本。本文引用版本為 1979 年上海古籍出版本，由徐震堮、呂貞白審閱推敲所核定之校勘本，此版本在〈前言〉中列出四種錯誤，根據不同的情況，或刪除或改或保持原狀，是故兩版本在詩作數量上有些許差異，筆者將 1979 年上海古籍出版本的統計數量以【表七】呈現。陳岸峰：〈《唐詩別裁集》與《古今詩刪》中「唐詩選」的比較研究——論沈德潛對李攀龍詩學理念的傳承與批判〉，《漢學研究》，2001 年 12 月，第 19 卷第二期，頁 405。

由【表六】、【表八】發現，前十位詩人的作品數量占了全部的 44%，前三位詩人杜甫（712～770）、李白（701～762）、王維（692～761）皆是盛唐詩人，選詩數目，遠比其他詩人多，共占 26%，由此看來，沈德潛選詩以盛唐爲大宗。而《唐詩三百首》與《唐詩別裁集》選詩前十位的詩人有八位詩人是重疊的，如【表九】所示：

【表九】《唐詩三百首》選詩數量前十位詩人統計表

排序	1	2		3	4	5	6	7	8	9		10		
詩人／詩體	杜甫	李白	王維	李商隱	孟浩然	韋應物	劉長卿	杜牧	王昌齡	岑參	李頎	白居易	盧綸	總計
五言古詩	5	3	5	0	3	7	0	0	1	1	0	0	0	25
樂府	0	3	0	0	0	0	0	0	2	0	0	0	0	5
七言古詩	5	4	0	1	1	0	0	0	0	3	5	2	0	21
樂府	4	5	3	0	0	0	0	0	0	0	1	0	0	13
五言律詩	10	5	9	5	9	2	5	1	0	1	0	1	1	49
七言律詩	13	1	4	10	0	1	3	0	0	1	1	1	1	36
樂府	0	0	0	0	0	0	0	0	0	0	0	0	0	0
五言絕句	1	2	5	1	2	1	3	0	0	0	0	1	0	16
樂府	0	1	0	0	0	0	0	0	0	0	0	0	4	5
七言絕句	1	2	1	7	0	1	0	9	3	1	0	1	0	26
樂府	0	3	2	0	0	0	0	0	2	0	0	0	0	7
總計	39	29	29	24	15	12	11	10	8	7	7	6	6	203

又筆者比對《唐詩三百首》與《唐詩別裁集》的詩作，兩本詩選集的選詩有高達 73%的重疊率，如【表十】所示：

【表十】《唐詩三百首》與《唐詩別裁集》的重疊詩作統計表

<table>
<tr><th>《唐詩三百首》分體</th><th colspan="2">詩　　作</th><th>總計</th></tr>
<tr><td rowspan="13">五言古詩</td><td>張九齡</td><td>〈感遇〉二首</td><td rowspan="13">29</td></tr>
<tr><td>李白</td><td>〈下終南山過斛斯山人宿置酒〉、〈月下獨酌〉</td></tr>
<tr><td>杜甫</td><td>〈望岳〉、〈贈衛八處士〉、〈佳人〉、〈夢李白〉二首</td></tr>
<tr><td>王維</td><td>〈送綦毋潛落第還鄉〉、〈送別〉、〈青溪〉、〈渭川田家〉、〈西施詠〉</td></tr>
<tr><td>孟浩然</td><td>〈秋登蘭山寄張五〉、〈夏日南亭懷辛大〉、〈宿業師山房待丁大不至〉</td></tr>
<tr><td>王昌齡</td><td>〈同從弟南齋玩月憶山陰崔少府〉</td></tr>
<tr><td>丘爲</td><td>〈尋西山隱者不遇〉</td></tr>
<tr><td>常建</td><td>〈宿王昌齡隱居〉</td></tr>
<tr><td>岑參</td><td>〈與高適薛據登慈恩寺浮圖〉</td></tr>
<tr><td>元結</td><td>〈賊退示官吏〉並序</td></tr>
<tr><td>韋應物</td><td>〈郡齋雨中與諸文士燕集〉、〈初發揚子寄元大校書〉、〈寄全椒山中道士〉、〈夕次盱眙縣〉、〈東郊〉</td></tr>
<tr><td>柳宗元</td><td>〈晨詣超師院讀禪經〉、〈溪居〉</td></tr>
<tr><td rowspan="3">樂府</td><td>王昌齡</td><td>〈塞上曲〉、〈塞下曲〉</td><td rowspan="3">7</td></tr>
<tr><td>李白</td><td>〈關山月〉、〈子夜吳歌〉、〈長干行〉</td></tr>
<tr><td>孟郊</td><td>〈烈女操〉、〈遊子吟〉</td></tr>
<tr><td rowspan="4">七言古詩</td><td>陳子昂</td><td>〈登幽州臺歌〉</td><td rowspan="4">23</td></tr>
<tr><td>李頎</td><td>〈古意〉、〈琴歌〉</td></tr>
<tr><td>孟浩然</td><td>〈夜歸鹿門歌〉</td></tr>
<tr><td>李白</td><td>〈廬山謠寄盧侍御虛舟〉、〈夢遊天姥吟留別〉、〈金陵酒肆留別〉、〈宣州謝朓樓餞別校書叔雲〉</td></tr>
</table>

《唐詩三百首》分體	詩作		總計
	岑參	〈走馬川行奉送封大夫出師西征〉、〈輪臺歌奉送封大夫出師西征〉、〈白雪歌送武判官歸京〉	
	杜甫	〈韋諷錄事宅觀曹將軍畫馬圖〉、〈丹青引〉贈曹將軍霸、〈古柏行〉、〈觀公孫大娘弟子舞劍器行〉並序	
	韓愈	〈山石〉、〈八月十五夜贈張功曹〉、〈謁衡岳嶽廟遂宿嶽寺題門樓〉、〈石鼓歌〉	
	柳宗元	〈漁翁〉	
	白居易	〈長恨歌〉、〈琵琶行〉並序	
	李商隱	〈韓碑〉	
樂府	高適	〈燕歌行〉並序	12
	李頎	〈古從軍行〉	
	王維	〈洛陽女兒行〉、〈老將行〉、〈桃源行〉	
	李白	〈蜀道難〉、〈長相思〉二首	
	杜甫	〈兵車行〉、〈麗人行〉、〈哀江頭〉、〈哀王孫〉	
五言律詩	唐玄宗	〈經魯祭孔子而嘆之〉	58
	張九齡	〈望月懷遠〉	
	王勃	〈杜少府之任蜀州〉〔註 29〕	
	駱賓王	〈在獄詠蟬〉並序〔註 30〕	
	杜審言	〈和晉陵陸丞早春遊望〉	
	沈佺期	〈雜詩〉	
	宋之問	〈題大庾嶺北驛〉	
	王灣	〈次北固山下〉	
	常建	〈破山寺後禪院〉	
	岑參	〈寄左省杜拾遺〉	

〔註 29〕此首爲沈德潛重訂《唐詩別裁集》時增入。

〔註 30〕此首爲沈德潛重訂《唐詩別裁集》時增入。

《唐詩三百首》分體	詩　　作		總計
	李白	〈贈孟浩然〉、〈渡荊門送別〉、〈送友人〉、〈夜泊牛渚懷古〉	
	杜甫	〈春望〉、〈月夜〉、〈春宿左省〉、〈月夜憶舍弟〉、〈天末懷李白〉、〈旅夜書懷〉、〈登岳陽樓〉	
	王維	〈輞川閑居贈裴秀才迪〉、〈山居秋暝〉、〈歸嵩山作〉、〈終南山〉、〈酬張少府〉、〈過香積寺〉、〈送梓州李使君〉、〈漢江臨眺〉、〈終南別業〉	
	孟浩然	〈臨洞庭上張丞相〉、〈與諸子等峴山〉、〈歲暮歸南山〉、〈過故人莊〉、〈宿桐廬江寄廣陵舊游〉、〈留別王維〉、〈早寒有懷〉	
	劉長卿	〈送李中丞歸漢陽別業〉、〈餞別王十一南遊〉、〈尋南溪常道士〉、〈新年作〉	
	錢起	〈送僧歸日本〉	
	韋應物	〈淮上喜會梁州故人〉、〈賦得暮雨送李曹〉	
	劉昚虛	〈闕題〉	
	盧綸	〈送李端〉	
	李益	〈喜見外弟又言別〉	
	司空曙	〈雲陽館與韓紳宿別〉、〈喜外弟盧綸見宿〉、〈賊平後送人北歸〉	
	白居易	〈草〉	
	李商隱	〈蟬〉、〈落花〉	
	溫庭筠	〈送人東遊〉	
	馬戴	〈楚江懷古〉	
	崔塗	〈除夜有懷〉	
	杜荀鶴	〈春宮怨〉	
	僧皎然	〈尋陸鴻漸不遇〉	
七言律詩	崔顥	〈黃鶴樓〉、〈行經華陰〉	40
	祖詠	〈望薊門〉	

《唐詩三百首》分體	詩作		總計
	崔曙	〈九日登望仙臺呈劉明府〉	
	李頎	〈送魏萬之京〉	
	李白	〈登金陵鳳凰臺〉	
	高適	〈送李少府貶峽中王少府貶長沙〉	
	岑參	〈和賈至舍人《早朝大明宮》之作〉	
	王維	〈和賈至舍人《早朝大明宮》之作〉、〈奉和聖製從蓬萊向興慶閣道中留春雨中春望之作應制〉、〈積雨輞川莊作〉、〈酬郭給事〉	
	杜甫	〈蜀相〉、〈客至〉、〈野望〉、〈聞官軍收河南河北〉、〈登高〉、〈登樓〉、〈宿府〉、〈閣夜〉、〈詠懷古蹟〉五首	
	劉長卿	〈長沙過賈誼宅〉、〈自夏口至鸚鵡洲夕望岳陽寄元中丞〉	
	錢起	〈贈闕下裴舍人〉	
	韋應物	〈寄李儋元錫〉	
	韓翃	〈同題仙游觀〉	
	皇甫冉	〈春思〉	
	盧綸	〈晚次鄂州〉	
	柳宗元	〈登柳州城樓寄漳汀封連四州刺史〉	
	劉禹錫	〈西塞山懷古〉	
	元稹	〈遣悲懷〉（其一：謝公最小偏憐女）	
	白居易	〈自河南經亂關內阻饑兄弟離散各在一處因望月有感聊書所懷寄上浮梁大兄於潛七兄烏江十五兄兼示符離及下邽弟妹〉	
	李商隱	〈隋宮〉、〈籌筆驛〉	
	溫庭筠	〈蘇武廟〉	
	秦韜玉	〈貧女〉	
樂府	沈佺期	〈獨不見〉	1
五言絕句	王維	〈鹿柴〉、〈竹里館〉、〈送別〉、〈相思〉、〈雜詩〉	23

《唐詩三百首》分體	詩作		總計
	祖詠	〈終南望餘雪〉	
	孟浩然	〈宿建德江〉	
	李白	〈靜夜思〉	
	杜甫	〈八陣圖〉	
	王之渙	〈登鸛雀樓〉	
	劉長卿	〈送靈澈〉、〈送上人〉	
	韋應物	〈秋夜寄丘元外〉	
	李端	〈聽箏〉	
	王建	〈新嫁娘詞〉	
	柳宗元	〈江雪〉	
	元稹	〈行宮〉〔註 31〕	
	張祜	〈何滿子〉	
	李商隱	〈登樂遊原〉	
	賈島	〈尋隱者不遇〉	
	宋之問	〈渡漢江〉〔註 32〕	
	金昌緒	〈春怨〉	
	西鄙人	〈哥舒歌〉	
樂府	崔顥	〈長干行〉二首	5
	李白	〈玉階怨〉	
	盧綸	〈塞下曲〉二首（其二：林暗草驚風、其三：月黑雁飛高）	
七言絕句	賀知章	〈回鄉偶書〉	23
	王維	〈九月九日憶山東兄弟〉	
	王昌齡	〈芙蓉樓送辛漸〉、〈春宮曲〉	

〔註 31〕《唐詩別裁集》將此首列爲王建之作，在詩題下方又附：「一作元稹詩。」

〔註 32〕〈渡漢江〉在陳婉俊注本與《唐詩別裁集》皆列爲宋之問之作，但章注本、金注本及其他版本中，將此首列爲李頻之作。

《唐詩三百首》分體	詩	作	總計
	王翰	〈涼州曲〉	
	李白	〈送孟浩然之廣陵〉、〈下江陵〉	
	岑參	〈逢入京使〉	
	杜甫	〈江南逢李龜年〉	
	韋應物	〈滁州西澗〉	
	張繼	〈橋夜夜泊〉	
	韓翃	〈寒食〉	
	李益	〈夜上受降城聞笛〉	
	劉禹錫	〈烏衣巷〉	
	杜牧	〈泊秦淮〉、〈寄揚州韓綽判官〉	
	李商隱	〈夜雨寄北〉、〈寄令狐郎中〉、〈嫦娥〉、〈賈生〉	
	溫庭筠	〈瑤瑟怨〉	
	韋莊	〈金陵圖〉	
	陳陶	〈隴西行〉	
樂府	王維	〈渭城曲〉	8
	王昌齡	〈長信怨〉、〈出塞〉	
	李白	〈清平調〉三首	
	王之渙	〈出塞〉	
	杜秋娘	〈金縷衣〉	
總　計			229

綜合上述，就時地關係、編選指歸與選本體例等方面之初步觀察，孫洙之詩學淵源確實與沈德潛有密切關係，從某個角度說，《唐詩三百首》彷彿是一本具體而微的《唐詩別裁集》。

第二節 《唐詩三百首》的詩學觀

選本的價值，《四庫全書總目提要》稱謂其「刪汰繁蕪，使秀稗咸除，菁華畢出」〔註33〕，這是就閱讀效果而言。若就文學評論而論，選本有更深刻之價值。鄒雲湖《中國選本批評》說：

> 從選本的存在價值來看，一部選本的存在價值大致由「選」的目的（爲什麼選），「選」的標準（選什麼），「選」的方法（怎樣選）幾個方面的因素來決定。而中國古典文學選本不勝數，而最終能產生較大影響的並因此得以流傳下來的選本往往在這三個因素中至少必居其一。〔註34〕

又王萬象〈古典詩詞選評與典律化〉說：

> 任何的文學選集或多或少有助於經典的形成，因爲在這些不同的選本之內，除了個人特殊的癖好之外，更能反映出選家的價值判斷，和編輯者所習染的時代文風。〔註35〕

透過編選行爲的分析歸納，選家的詩學觀略可推知。然而細言之，「編」與「選」爲兩種不同的行爲，「編」的邏輯與「選」的標準，可能呈現選家不同的思維。因此，本節根據此兩原則，進一步細分爲「分體」、「分期」、「專家」、「主題」等四個面向，〔註36〕希望由此進行觀察，以較爲完整的面貌呈現孫洙的詩學觀。

一、以分體爲經

分體是《唐詩三百首》的最高編輯體例。翻閱歷代唐詩選本，大略可發現：唐代的唐詩選本多以詩家編排，如佚名《唐人選唐詩》、殷璠《河岳英靈集》、芮挺章《國秀集》；宋代則大多以單一體裁或是

〔註33〕（清）永瑢、紀昀編，魏小虎等編：〈總集類一〉（卷186），《四庫全書總目彙訂》（上海：上海古籍出版社，2012年），頁6301。

〔註34〕鄒雲湖：《中國選本批評》（上海：三聯書局，2002年），頁238。

〔註35〕王萬象：〈古典詩詞選評與典律化〉，《興大中文學報》，2008年，第23期，頁272。

〔註36〕關於《唐詩三百首》作品分類狀況，見【附錄二】《唐詩三百首》作品分類統計表。

分體編排，如洪邁《萬首唐人絕句》、劉克莊《唐五七言絕句》、周弼《三體唐詩》；至元、明、清三代，唐詩選本則多分體編排，如高棅《唐詩品匯》、李攀龍《唐詩選》、沈德潛《唐詩別裁集》等。可知唐詩選本的編纂體例有二：一以「人物」爲主，一以「體裁」爲主，分別形成兩個編纂系統。宋代以後的編纂體例以分體爲主流，反映出詩學界對於「辯體」的重視。

體裁可說是包含著所有的形式問題，因此，辯體往往爲論詩之首要。明人許學夷（1563～1633）《詩源辯體》說：「古、律、絕句，詩之體也；諸體所詣，詩之趣也。別其體，斯得其趣矣。」〔註 37〕胡應麟（1551～1602）進一步申論詩各種詩體不同的風格特色：

> 風雅之規，典則居要；離騷之致，深永爲宗；古詩之妙，專求意象；歌行之暢，必由才氣；近體之攻，務先法律；絕句之構；獨主風神，此結撰之殊途也。〔註 38〕

體裁既是情志的載體，也是美學的應用，無論創作、鑑賞與編輯，都爲一適用的客觀標準；《唐詩三百首》在時代潮流中即以此主流價值爲體例。

《唐詩三百首》之分體，依序爲五言古詩、（五古）樂府、七言古詩、（七言）樂府、五言律詩、七言律詩、（七律）樂府、五言絕句、（五絕）樂府、七言絕句、（七絕）樂府，共十一類。

以下就各詩體的選詩數量，整理【表十一】如下：

【表十一】《唐詩三百首》分體統計表

分　體	數　量	詩　型	數量	體裁	數量
五言古詩	33	五言古詩	40	古詩	82
樂府	7				

〔註 37〕（明）許學夷著，杜維沫校點：《詩源辯體》（北京：人民文學出版社，1987 年），頁 370。

〔註 38〕（明）胡應麟：《詩藪》（上海：上海古籍出版社，1979 年），頁 1。

分　體	數　量	詩　型	數量	體裁	數量
七言古詩	28	七言古詩	42		
樂府	14				
五言律詩	80	五言律詩	80	律詩	134
七言律詩	53	七言律詩	54		
樂府	1				
五言絕句	29	五言絕句	37	絕句	97
樂府	8				
七言絕句	51	七言絕句	60		
樂府	9				
合計	313	合計	313	合計	313

從大方向來看，孫洙的編排依序爲：古詩、律詩、絕句，先五言後七言，如此的安排，恰好符合胡應麟所論唐詩各體發展之規律：

> 四言變而離騷，離騷變而五言，五言變而七言，七言變而律詩，律詩變而絕句，詩之體以代變也。〔註39〕

顧青也說：

> 這種先古體後律體、絕句的詩體安排一方面是唐代詩歌發展歷程的體現，另一方面也是對自唐以來要求從古體入律體的學詩傳統秉承。〔註40〕

孫洙不僅在體裁上，秉持著先古體而後律體、絕句的詩體代變安排，在各體選詩的安排也有其深意，沈德潛在《唐詩別裁集．凡例》中，依各類體裁的風格說明：

> 七言律，平敘易於徑直，雕鏤失之佻巧，比五言更難。……五言長律，貴嚴整，貴勻稱、貴屬對工切，貴血脈動盪。……五言絕句，右丞之自然，太白之高妙，蘇州之古談，純是化機，不關人力。……七言絕句，貴言微旨遠，語淺情深，

〔註39〕（明）胡應麟：《詩藪》（上海：上海古籍出版社，1979年），頁1。
〔註40〕顧青：〈前言〉，《唐詩三百首》（北京：中華書局，2009年），頁4。

> 如清廟之瑟，一倡而三嘆，有遺音者矣。〔註 41〕

沈德潛除了點出各體裁的特色外，還提到「七言律比五言更難」，可見學習詩歌應以五律為先，七律在後。對於此，金性堯有更深入的說明：

> 全書五律選得最多，幾近四分之一。清人施補華在《峴傭說詩》中曾說：「學詩須從五律起，進之可為七古，充之可為七律，截之可為五絕，充而截之可為七絕。」施氏是同治間人，時代後於蘅塘退士，但他的這種說法，恐也代表當時一部分人的觀點，故對初學者有指導意義。〔註 42〕

根據學詩的歷程來看，學詩須從五律開始，故五律選得最多，進一步為七古、七律、五絕，而七絕為學詩中更進一階的體裁。由此揣測，孫洙在選詩時，五律較七律多，是為了奠定學習的基礎；五、七言古詩選詩平均，是為了在基礎上延伸學習時無所偏重，平均學習；而七絕較五絕多，是為了提升對於七絕「貴言微旨遠，語淺情深」的認識與體悟。又清初科舉考試的制度，各種文體都具備，卻獨缺詩。乾隆即位後，發現科場論判，千卷雷同，甚至有臨場擬作或強記抄襲的情況，於是在乾隆二十二年（1757），將會試二場的表文改為考五言排律。〔註 43〕由此可見，孫洙如此安排，不僅是為了童蒙學詩教材而設想，對於學童長大後可能會有投考為官的打算，也將此考慮在其中。

孫洙對於選本的體例架構的安排在承繼傳統與兼顧詩歌學習歷程的同時，也帶著個人對於詩歌的認知觀念在其中，大多數的唐詩選集皆是將樂府置入各詩體中，並未另立一類，如：周弼《三體唐詩》、楊士弘《唐音》、高棅《唐詩品彙》、李攀龍《唐詩選》、唐汝

〔註 41〕（清）沈德潛：〈凡例〉，《唐詩別裁集》（上海：上海古籍出版社，1979 年），頁 3。

〔註 42〕金性堯：〈前言〉，《唐詩三百首新注》（上海：上海古籍出版社，1980 年），頁 5～6。

〔註 43〕孫琴安：《唐詩選本提要》（上海：上海書店出版社，2005 年），頁 9。

詢《唐詩解》、沈德潛《唐詩別裁集》、黃生《唐詩評》等，皆是如此。然孫洙是將樂府另立一類，關於樂府詩，宋人郭茂倩（1041～1099）說：

> 凡樂府歌辭，有因聲而作歌者，若魏之三調歌詩，因弦管金石，造歌以被之是也。有因歌而造聲者，若清商、吳聲諸曲，始皆徒歌，既而被之弦管是也。有有聲有辭者，若郊廟、相和、鐃歌、橫吹等曲是也。有有辭無聲者，若後人之所述作，未必盡被於金石是也。新樂府者，皆唐世之新歌也。以其辭實樂府，而未常被於聲，故曰新樂府也。〔註 44〕

郭茂倩認爲唐代的樂府詩，雖已不帶有音樂性，但其辭本質上仍屬樂府，樂府詩和其他體裁的區別，並不在是否有配以金石之聲，而在是否採自於民間，如同清商、吳歌，剛開始都是徒歌。孫洙將樂府獨立一類，或許受到郭茂倩的影響，金性堯說：

> 王維的「渭城朝雨浥輕塵」七絕，他本（包括《別裁集》）題皆作〈送元二使安西〉，也是王詩原來題目，但因其播諸歌曲，名聞當時，宋人郭茂倩乃收入其《樂府詩集》的〈近代曲〉中，並題名爲〈渭城曲〉，本書也題〈渭城曲〉。……另一首王維的〈秋夜曲〉，蘅塘退士注云：「他本俱作王涯，今照郭茂倩本。」這都是爲了使樂府部分獨立的緣故。〔註 45〕

又筆者翻閱宋人郭茂倩《樂府詩集》〔註 46〕比對發現，沈佺期「盧家小婦郁金堂」（頁 285）在《唐詩三百首》與《樂府詩集》均題名〈獨不見〉，然在《唐詩別裁集》題作〈古意〉；王昌齡「奉帚平明金殿開」

〔註 44〕（宋）郭茂倩：《樂府詩集》（北京：中華書局，1979 年），頁 1262。

〔註 45〕金性堯：〈前言〉，《唐詩三百首新注》（上海：上海古籍出版社，1980 年），頁 8。

〔註 46〕（宋）郭茂倩：《樂府詩集》，北京：中華書局，1979 年。

（頁367）在《唐詩三百首》與《樂府詩集》均題名〈長信怨〉，《唐詩別裁集》題作〈長信秋詞〉；王昌齡「秦時明月漢時關」（頁367）在《唐詩三百首》與《樂府詩集》均題名〈出塞〉，《唐詩別裁集》題作〈從軍行〉。由上述詩例可知，孫洙在編選的過程中，顯然接受了《樂府詩集》對於樂府可爲徒歌的看法，因而將樂府視作獨立的體裁，樂府雖附於各詩體之後，但明確分出樂府一類，這種將樂府另分一類方式，顯然受到郭茂倩的影響。

關於《唐詩三百首》各體裁選詩的情形，前人分析如下，朱自清（1898～1948）說：

> 五言古詩和樂府，七言古詩和樂府，兩項總數差不多。五言律詩的數目超出七言律詩和樂府很多；七言絕句和樂府卻又超出五言律詩和樂府很多。這不是編者的偏好，是反映著唐代各體詩發展的情形。五言律詩和七言絕句作的多，可選的也就多。〔註47〕

邱燮友說：

> 就詩體而言，兼及各體，包括古體、近體、樂府三類，然以近體爲多。〔註48〕

王萬象說：

> 其中古體詩約佔三分之一，律、絕等近體詩約佔三分之二，而五言古詩和樂府、七言古詩和樂府這兩大類，其總數相差無幾。〔註49〕

孫洙選詩反映著唐代各體詩發展的情形，實際計算可見其在體裁上選詩比例的懸殊，以古體詩與近體詩來看：古體詩82首，佔26%；律

〔註47〕朱自清：〈《唐詩三百首》指導大概〉，收錄於朱自清：《經典常談》（北京：中華書局，2009年），頁132。

〔註48〕邱燮友：〈《唐詩三百首》導讀〉，《中國語文》，1999年3月，第84卷3期，總號501，頁51。

〔註49〕王萬象：〈古典詩詞選評與典律化〉，《興大中文學報》，2008年，第23期，頁285。

體詩 231 首，佔 74%（律詩 134 首，佔 43%；絕句 97 首，佔 31%）。其中，律體詩比例高於古體詩接近三倍之多，如同朱自清所言，孫洙在體裁上的選詩與唐代各體詩發展的情形有關，筆者統計《唐詩別裁集》及《唐詩品彙》〔註 50〕的古、律體選詩統計，也得到律體詩收錄較多的情況，如【表十二】所呈現：

【表十二】《唐詩品彙》與《唐詩別裁集》的古、律體選詩統計表

《唐詩品彙》				《唐詩別裁集》			
體裁	數量	總和	比例	體裁	數量	總和	比例
五言古詩	1659	2316	34%	五言古詩	387	653	34%
七言古詩	657			七言古詩	266		
五言律詩	1623	4477	66%	五言律詩	450	1287	66%
五言排律	713			五言長律	147		
五言絕句	597			五言絕句	134		
七言律詩	604			七言律詩	346		
七言絕句	940			七言絕句	210		

由【表十二】發現，《唐詩別裁集》與《唐詩品彙》在古、律體的選詩比例上皆相同，相較於《唐詩三百首》古體佔 26%，律體佔 74%，律體所佔比例提高，足見孫洙對於律體詩是更加的重視。

除此之外，《唐詩三百首》五言、七言（包含雜言）選詩的安排有著特別之處，以下整理【表十三】《唐詩品彙》與《唐詩別裁集》五、七言詩作統計，期能藉由比較看出孫洙在五、七言選詩安排的匠心獨具之處。

〔註 50〕【表十四】所統計《唐詩品彙》的選詩數量，包含《唐詩拾遺》十卷，共 6793 首。

【表十三】《唐詩別裁集》與《唐詩品彙》五、七言詩作統計表

《唐詩品彙》				《唐詩別裁集》			
體裁	數量	總和	比例	體裁	數量	總和	比例
五言古詩	1659	4592	68%	五言古詩	387	1118	58%
五言律詩	1623			五言律詩	450		
五言排律	713			五言長律	147		
五言絕句	597			五言絕句	134		
七言古詩	657	2201	32%	七言古詩	266	822	42%
七言律詩	604			七言律詩	346		
七言絕句	940			七言絕句	210		

《唐詩別裁集》與《唐詩品彙》皆是五言詩作多於七言詩作，然《唐詩三百首》五、七言平均選詩：五言詩共 157 首（五言古詩 40 首、五言律詩 80 首、五言絕句 37 首），七言詩（包含雜言）共 156 首（七言古詩 42 首、七言律詩 54 首、七言絕句 60 首）。由此比較可知，孫洙在五、七言的選詩，不偏不倚，調和而折衷。

無論是詩歌鑑賞或是學習創作，《唐詩三百首》提供初學詩者學習的典範，孫洙循序漸進式的布局，讓學詩者有可循的途徑，在辨明各體裁的外在形式與內在旨趣後，學詩者對於詩歌的掌握能達到一定的標準，孫洙深廣的態度與眼光，蘊涵了他獨特的詩學觀。

二、以分期爲緯

所謂「分期」，是從文學史上各時期發展階段的風格或特色，所作概括性的歸納，晚唐司空圖（837～908）曾在〈與王駕評詩書〉中對唐詩史有著以下論述：

> 國初，上好文章，雅風特盛，沈、宋、始興之後，傑出於江寧，宏肆於李、杜，極矣！右丞、蘇州趣味澄夐，若清沇之貫達。大曆十數公抑又其次。元、白力勍而氣孱，乃

> 都市之豪估耳。劉公夢得、楊公巨源，亦各有勝會。浪仙、無可、劉得仁輩，時得佳致，亦足滌煩。厥後所聞，徒褊淺矣。〔註51〕

司空圖以詩家分階段，這當中隱含了分期的意識，明人胡應麟（1551～1602）曰：

> 按唐人評隲當代詩人，自爲意見，挂一漏萬，未有克舉其全者。惟圖此論，擷重概輕，繇巨約細，品藻不過十數公，而初、盛、中、晚，肯綮悉投，名勝略盡。後人綜覈萬端，其大旨不能易也。〔註52〕

然蔡瑜認爲成熟的唐詩分期應具備兩點：「其一，時代名稱必須成爲風格的指稱。其二，分期能夠涵蓋全唐，將全部的唐詩在一個體系中呈現出來，無論如何區劃其中的階段，中間不應該有時代的缺斷。」〔註 53〕司空圖之說法僅從個別詩家論述，無法成爲時代風格的指稱，如同陳英傑所說：「成熟的文學史分期必須從個別作家進一步昇華爲時代風格，並劃定各期的時間界線，司空圖顯然無法符合此一要求。」〔註 54〕但可以猜測司空圖的論述或許是啓發後人對於唐詩分期論的開端。

關於唐詩分期，現今大家所熟悉的「初、盛、中、晚」四唐分期之說，大致上普遍認爲其雛型是嚴羽（生卒年不詳）在《滄浪詩話》中提出，而至高棅（1350～1423）《唐詩品彙》才明確的將「初、盛、中、晚」四期說定論，〔註55〕嚴羽《滄浪詩話．詩體》提出：

〔註51〕（唐）司空圖：〈與王駕評詩書〉，收入於（清）董誥編：《全唐文》（卷 807）（北京：中華書局，1983 年），頁 8486。

〔註52〕（明）胡應麟：《詩藪》（外編，卷四）（上海：上海古籍出版社，1979 年），頁 199。

〔註53〕蔡瑜：《宋代唐詩學》（臺北：國立臺灣大學中國文學研究所博士論文，1990 年），頁 137。

〔註54〕陳英傑：《宋代「詩學盛唐」觀念的形成與內涵》（臺北：國立政治大學中國文學系碩士論文，2005 年），頁 61。

〔註55〕關於四唐分期說源於嚴羽，以下列舉五位學者的看法：（一）胡雲翼：

以時而論，則有……唐初體（唐初猶襲陳隋之體）、盛唐體（景雲以後，開元天寶諸公之詩）、大曆體（大曆十才子之詩）、元和體（元白諸公）、晚唐體。〔註 56〕

嚴羽分成唐初體、盛唐體、大曆體、元和體、晚唐體，將唐詩分爲五體，〔註 57〕至高棅《唐詩品彙·總敘》提出：

「唐詩的分爲初、盛、中、晚，其說始於宋人嚴羽，而成於明人高棅。」胡雲翼：《唐詩研究》（臺北：臺灣商務印書館，1987 年），頁 33。（二）陳伯海：「給唐詩作分期，始於南宋嚴羽。」陳伯海：《唐詩學引論》（上海：知識出版社，1988 年），頁 96。（三）劉開揚：「關於唐詩的分期，也是嚴羽《滄浪詩話．詩辨》中首先提出，……這一分期法比較符合唐詩發展的實際，高棅《唐詩品彙》就采取他的說法，概括爲初盛中晚。」劉開揚：《唐詩通論》（成都：巴蜀書社，1998 年），頁 20。（四）葉慶炳：「論唐人詩者，每分唐代爲初、盛、中、晚四期。……此種區分法，元代楊士弘《唐音》始用之。……楊士弘《唐音》之前，南宋嚴羽《滄浪詩話．詩體》下已分唐初體、盛唐體、大曆體、元和體、晚唐體五體。四唐之分，顯然自五體合併大曆體與元和體爲中唐而來。」（葉慶炳：《中國文學史》，臺北：臺灣學生書局，1997 年），頁 317。（五）劉上生、胡遂、趙曉嵐：「把唐詩的發展分爲四段由來已久。宋代嚴羽《滄浪詩話》首先把唐詩分爲『唐初』、『盛唐』、『大曆』、『元和』、『晚唐』五體，元代楊士弘在《唐音》中又將『大曆』、『元和』兩體合爲『中唐體』。」馬積高、黃鈞主編：《中國古代文學史》（第 2 冊）（臺北：萬卷樓圖書有限公司，1998 年），頁 11～12。

〔註 56〕（宋）嚴羽著，郭紹虞校釋：〈詩體〉，《滄浪詩話校釋》（臺北：里仁書局，1987 年），頁 53。

〔註 57〕今人對於四唐分期源於嚴羽，也有學者持不同的看法，認爲嚴羽的重點並不在分期：（一）陳國球：「嚴羽所做的是不太嚴謹的分類工作；如果在同一歷史時期的作品共有一些特徵，他就將之歸爲一『體』。……換句話說，嚴羽所列唐詩的五體只是「點」的揭示，而不是「線」的切分。」陳國球：《唐詩的傳承——明代復古詩論研究》（臺北：臺灣學生書局，1990 年），頁 244～245。（二）蔡瑜：「以世次區分唐詩，最著名的源頭是嚴羽所分唐初體、盛唐體、大曆體、元和體、晚唐體。不過嚴羽所分，只是標舉幾個重要的代表，事實上並沒有以世次的區分，來涵蓋整個時代的積極意義。」蔡瑜：《高棅詩學研究》（臺北：國立臺灣大學出版委員會，1990 年），頁 58。（三）吳承學：「嚴羽所謂唐詩五體，是唐代五種最典型的時代風格，而高棅的四唐，卻是唐詩發展的四個時期。前者是文學風格的範疇，有唐三百年，詩眾體備矣。……略而言之，則有初唐、盛唐、中唐、晚唐之不同。詳而分之，貞觀、永徽之時，……此初唐之始製也。神龍以還，洎開元初，……此初唐之漸盛也。開元天寶間，……此盛唐之盛者也。大曆貞元中，……此中唐之再盛也。下暨元和之際，……此晚唐之變也。降而開成以後，……此晚唐變態之極，而遺風餘韻猶有存者焉。〔註 58〕

清人冒春榮（1702～1760）在《葚原詩說》中，對於四唐分期的劃分有更具體的說明：

或問：唐詩何以分初盛中晚之說？曰：初唐自高祖武德元年戊寅歲至玄宗先年元年壬子歲，凡九十五年。盛唐自玄宗開元元年癸丑歲至代宗永泰元年乙巳歲，凡五十三年。中唐自代宗大曆元年丙午歲至文宗大和九年乙卯歲，凡七十年。晚唐自文宗開成元年丙辰歲至哀帝天佑三年丙寅歲，凡七十一年。溯自高祖武德戊寅至哀帝末年丙寅，總計二百八十九年，分爲四唐。〔註 59〕

現代學者葛曉音說：「初、盛唐詩歌的分界一般定在唐睿宗景雲年間（701～711），以此上推到唐高祖武德時期近一百年，是爲初唐，而玄宗開元、天寶四十多年間則爲盛唐」〔註 60〕，「中唐詩歌的分期一般從唐代宗大曆元年（766）算起，到唐文宗太和九年（835），約七十年左右。大曆到唐德宗貞元年（785～804）前這段時間，是詩歌由

後者卻是詩史的概念。這是應該區別的，盡管彼此有聯繫。」吳承學：〈關於唐詩分期的幾個問題〉，《文學遺產》，1989 年，第 3 期，頁 101。

〔註 58〕（明）高棅：〈總敘〉，《唐詩品彙》（上海：上海古籍出版社，1988 年），頁 8～9。

〔註 59〕（清）冒春榮：《葚原詩說》，收入於郭紹虞編選，富壽蓀校點：《清詩話續編》（上海：上海古籍出版社，1999 年），頁 1607。

〔註 60〕葛曉音：《唐詩宋詞的十五堂課》（臺北：五南圖書出版股份有限公司，2007 年），頁 2。

盛唐轉相中唐的過渡時期」〔註 61〕，「從文宗大和年（827～835）到唐末，文學史上一般稱爲晚唐時期。」〔註 62〕大致上來說，四唐分期的時間劃分並無太大的差異，然高棅在《唐詩品彙・凡例》提到：

> 大略以初唐爲正始，盛唐爲正宗、大家、名家、羽翼，中唐爲接武，晚唐爲正變、餘響，方外異人等詩爲傍流，間有一二成家，特立與時異者，則不以世次拘之，如陳子昂與太白列在正宗，劉長卿、錢起、韋應物與高岑諸人同在名家者是也。〔註 63〕

高棅將陳子昂、劉長卿、錢起、韋應物等歸入盛唐，然本文分期統計以詩人活躍年代來作爲歸類，將陳子昂歸入初唐，將劉長卿、錢起、韋應物歸入中唐，經統計《唐詩三百首》各期選詩數量，以【表十四】呈現：

【表十四】《唐詩三百首》分期統計表

	詩家人數	詩作數量	比　例
初唐	6	7	2%
盛唐	27	165	53%
中唐	24	82	26%
晚唐	17	56	18%
無從查考	3	3	1%

初唐詩壇的作品分成兩類：一類承襲齊梁餘風的宮廷詩人，一類力求改變反對齊梁詩風的文人，此時期是唐詩的醞釀準備階段，能選出的優秀佳作較不多，是故在選詩所佔比例上較少，至唐玄宗年間，詩歌

〔註 61〕葛曉音：《唐詩宋詞的十五堂課》（臺北：五南圖書出版股份有限公司，2007 年），頁 104。

〔註 62〕葛曉音：《唐詩宋詞的十五堂課》（臺北：五南圖書出版股份有限公司，2007 年），頁 160。

〔註 63〕（明）高棅：〈凡例〉，《唐詩品彙》（上海：上海古籍出版社，1988 年），頁 14。

成爲了進士科考試的項目之一，《舊唐書．楊綰列傳》記載：

> 天寶十三年，玄宗御勤政樓，試博通墳典、洞曉玄經、辭藻宏麗、軍謀出眾等舉人，命有司供食，既暮而罷。取辭藻宏麗外，別試詩賦各一首。制舉試詩賦，自此始也。〔註 64〕

關於唐代科舉考試與文學發展的情形，傅璇琮在《唐代科舉與文學》曾清楚指出：

> 以詩賦作爲進士科考試的固定格局，是在唐代立國一百餘年以後。而在這以前，唐詩已經經歷了婉麗清新、婀娜多姿的初唐階段，正以璀璨奪目的光彩，步入盛唐的康莊大道。在這一百餘年中，傑出的詩人已絡繹出現在詩壇上，寫出了歷世經久、傳誦不息的名篇。……進士科在八世紀初開始採用考試詩賦的方式，到天寶時以詩賦取士成爲固定的格局，正是詩歌的發展繁榮對當時社會生活產生廣泛影響的結果。〔註 65〕

又如蔡玲婉所言：

> 盛唐是一個昂揚向上的時代，科舉取士的制度、大事邊功的國策，在在激發士人建功立業之心。政治安定、經濟繁榮，又帶來漫遊風尚。士人經由科舉謀仕、征戍使邊、行旅漫遊，追求生命理想，實踐生命價值。〔註 66〕

唐詩經歷初唐的醞釀期，至盛唐時因安定的政局與經濟，使得詩歌繁榮發展，加上國家考試的幫助，使得盛唐詩的地位與價值較其他時期更上層樓。而至中、晚唐，胡可先認爲：

〔註 64〕（後晉）劉昫撰，楊家駱主編：《舊唐書》（第十冊）（北京：中華書局，1975 年），頁 3429。

〔註 65〕傅璇琮：《唐代科舉與文學》（臺北：文史哲出版社，1994 年），頁 418。

〔註 66〕蔡玲婉：《豪情壯志譜驪歌：盛唐送別詩的審美風貌》（臺北：文津出版社，2002 年），頁 1。

> 甘露之變後的晚唐文人，對於變幻莫測的政治風雲深感憂慮，中唐時期那種積極用世、改革社會的革新精神，已被全身遠禍、冷眼旁觀的漠然心態所代替。〔註 67〕

由唐代各時期社會的發展，盛唐的昂揚，中唐的革新到晚唐的漠然，影響著唐詩所呈現的生命力，在《唐詩三百首》中各期選詩的比例排序爲：盛唐、中唐、晚唐、初唐，在分期選詩上，盛唐詩所佔比例超過一半。由此看來，孫洙選詩反映出盛唐詩歌的成就在唐代的分量之重，亦顯現出唐代各期詩歌發展的眞實情況。

三、依詩人歸納

《唐詩三百首》中，所選入的詩人共 77 位，金性堯說：「所收作者包括『三教九流』，皇帝、和尚、歌女、無名氏都有。」〔註 68〕邱燮友也說：「所選七十七家中，包括帝王、官員、僧人、歌女、文士等，範圍較廣。」〔註 69〕顧青在此兩人的說法上更深入說明：

> 《唐詩三百首》還注意選取上至皇帝、宰執，下到僧人、歌女，反映社會各階層的社會生活的詩人和詩作，即使如綦毋潛、王之渙、金昌緒、馬戴等存詩不多的詩人，只要有膾炙人口之作也不遺漏。〔註 70〕

以下就 77 位詩人的選詩數量排序，整理【表十五】如下：

〔註 67〕胡可先：《中唐政治與文學》（合肥：安徽大學出版社，2002 年），頁 141。

〔註 68〕金性堯：〈前言〉，《唐詩三百首新注》（上海：上海古籍出版社，1980 年），頁 2。

〔註 69〕邱燮友：〈《唐詩三百首》導讀〉，《中國語文》，1999 年 3 月，第 84 卷 3 期，總號 501，頁 51。

〔註 70〕顧青：〈前言〉，《唐詩三百首》（北京：中華書局，2009 年），頁 3。

【表十五】《唐詩三百首》作者統計表

排序	作者	數量	排序	作者	數量	排序	作者	數量
1	杜甫	39	27	常建	2	53	李端	1
2	王維	29	28	高適	2	54	賀知章	1
3	李白	29	29	祖詠	2	55	張旭	1
4	李商隱	24	30	王之渙	2	56	王翰	1
5	孟浩然	15	31	元結	2	57	戴叔倫	1
6	韋應物	12	32	孟郊	2	58	張籍	1
7	劉長卿	11	33	劉方平	2	59	王建	1
8	杜牧	10	34	朱慶餘	2	60	權德輿	1
9	王昌齡	8	35	許渾	2	61	賈島	1
10	岑參	7	36	馬戴	2	62	張繼	1
11	李頎	7	37	崔塗	2	63	柳中庸	1
12	白居易	6	38	韋莊	2	64	顧況	1
13	盧綸	6	39	陳子昂	1	65	李頻	1
14	柳宗元	5	40	王勃	1	66	張喬	1
15	張祜	5	41	駱賓王	1	67	杜荀鶴	1
16	崔顥	4	42	杜審言	1	68	薛逢	1
17	韓愈	4	43	宋之問	1	69	秦韜玉	1
18	元稹	4	44	丘爲	1	70	鄭畋	1
19	劉禹錫	4	45	綦毋潛	1	71	韓偓	1
20	溫庭筠	4	46	唐玄宗	1	72	陳陶	1
21	張九齡	3	47	王灣	1	73	張泌	1
22	司空曙	3	48	劉昚虛	1	74	杜秋娘	1
23	錢起	3	49	僧皎然	1	75	金昌緒	1
24	韓翃	3	50	崔曙	1	76	西鄙人	1
25	李益	3	51	皇甫冉	1	77	無名氏	1
26	沈佺期	2	52	裴迪	1			

由上述表格大略可見孫洙在選詩上，盛唐中突出杜甫、李白、王維；中唐突出韋應物、劉長卿；晚唐突出李商隱、杜牧。此七位詩人選詩共169首，超過一半，對於此安排，王萬象說：

> 本書所收初唐詩人不及十家，其他盛、中、晚唐詩客各二十餘位，就中入選詩作最多的前五位依序爲杜甫的36首、王維的30首、李白的29首、李商隱的24首、孟浩然的15首，這樣嚴謹的選詩取材標準，自與一般的文學史殊無二致，也可以反映出此選本的代表性。〔註71〕

孫洙的安排與文學史不謀而合，又如葉持躍〈根據46種唐詩選本統計出的唐代著名詩人〉〔註72〕一文中，統計出在唐詩選本中入選頻率

〔註71〕王萬象：〈古典詩詞選評與典律化〉，《興大中文學報》，2008年，第23期，頁285。王萬象統計之數據，與筆者有不同，乃因《唐詩三百首》選用的版本不同，在此說明之。

〔註72〕葉持躍：〈根據46種唐詩選本統計出的唐代著名詩人〉，《寧波大學學報》（人文科學版），1998年6月，第11卷，第二期，頁29～32。葉持躍在註腳中說明其統計的46種唐詩選本爲：1、（唐）佚名：《唐寫本唐人選唐詩》、《唐人選唐詩十種》本，中華書局上海編輯所，1958年。2、（唐）元結：《篋中集》，版本同上。3、（唐）殷璠：《河岳英靈集》，版本同上。4、（唐）芮挺章：《國秀集》，版本同上。5、（唐）令狐楚：《御覽詩》，版本同上。6、（唐）高仲武：《中興問氣集》，版本同上。7、（唐）姚合：《極玄集》，版本同上。8、（唐）韋莊：《又玄集》，版本同上。9、（唐）韋縠：《才調集》，版本同上。10、（唐）佚名：《搜玉小集》，版本同上。11、（宋）王安石：《唐百家詩選》，《四庫全書》本。12、（宋）姚鉉：《唐文粹》，《四庫全書》本。13、（宋）趙孟奎：《分類唐歌詩》殘本，《宛委別藏》本。14、（宋）劉克莊：《分門纂類唐宋時賢千家詩》，《宛委別藏》本。15、（宋）趙蕃、韓淲編，（宋）謝枋得注：《謝注唐詩絕句》，浙江古籍出版社，1988年。16、（宋）周弼：《三體詩》，（日）佐久節編《漢詩大觀》本。17、（元）方回：《瀛奎律髓》，《四庫全書》本。18、（元）元好問：《唐詩鼓吹》，《四庫全書》本。19、（元）楊士弘：《唐音》，《四庫全書》本。20、（明）高棅：《唐詩品匯》，上海古籍出版社影印汪仲尼刻本，1982年。21、（明）李攀龍：《唐詩選》，《漢詩大觀》本。22、（明）曹學佺：《石倉歷代詩選・唐詩》，《四庫全書》本。23、（清）玄燁敕編：《御選唐詩》，《四庫全書》本。24、（清）杜紫綸、杜詒穀：《中晚唐詩叩彈集》，中國書店形印采

較高的詩人，其中前十名為：杜甫、李白、李商隱、劉禹錫、王維、白居易、杜牧、岑參、劉長卿、韋應物、孟浩然。（其中王維、白居易並列）又《唐詩三百首》中的前十名為：杜甫、王維、李白、李商隱、孟浩然、韋應物、劉長卿、杜牧、王昌齡、岑參、李頎。（其中岑參、李頎並列）前十名 11 人當中，重疊者有 9 位，由此可見孫洙在詩家選詩的安排上和今人的統計數據有高度的吻合。除了選大家之作外，孫洙同時也兼顧到一些詩作流傳不多，但有些作品堪稱佳作的中小作家的詩作，金性堯便說：

王之渙，《全唐詩》只存其詩六首，本書卻選了兩首；金昌

山亭本。25、（清）沈德潛：《唐詩別裁集》，上海古籍出版社，1988 年。26、（清）金人瑞：《金聖嘆選批唐詩》，浙江古籍出版社，1985 年。27、（清）姚鼐：《今體詩鈔》，附朱寬刊《姚選唐人絕句鈔》，上海古籍出版社，1986 年。28、（清）劉文蔚：《唐詩合選》，廣西人民出版社，1986 年。29、（清）孫洙：《唐詩三百首》，上海古籍出版社，1985 年。30、（清）于慶元：《唐詩三百首續編》，浙江古籍出版社，1988 年。31、王文濡：《歷代詩評注讀本》，中國書店影印文明書局本，1983 年。32、高步瀛：《唐宋詩舉要》，上海古籍出版社，1978 年。33、聞一多：《唐詩大系》，《聞一多全集》（卷四），三聯書店，1982 年。34、社科院文學研究所：《唐詩選》，人民文學出版社，1978 年。35、劉永濟：《唐人絕句精華》，人民文學出版社，1981 年。36、孫琴安：《唐人七絕選》，陝西人民出版社，1982 年。37、竇英才等：《唐代文學作品選》，吉林人民出版社，1982 年。38、武漢大學中文系古典文學教研室：《新選唐詩三百首》，人民文學出版社，1981 年。39、社科院文學研究所本書選注小組：《唐詩選》，北京出版社，1982 年。40、李華、李如鸞：《新選千家詩》，人民文學出版社，1984 年。41、蕭滌非等：《唐詩鑒賞辭典》，上海辭書出版社，1986 年。42、周嘯天主編：《唐詩鑒賞辭典補編》，四川文藝出版社，1990 年。43、潘百濟：《全唐詩分類鑒賞集成》，河海大學出版社，1989 年。44、王鎮遠等：《古詩海》，百花文藝出版社，1990 年。45、周勛初主編：《唐詩大辭典・名篇》，江蘇古籍出版社，1992 年。46、張秉戍主編：《歷代詩分類鑒賞辭典》，中國旅遊出版社，1992 年。上列諸選本，葉持躍據岑仲勉《讀全唐詩札記》、傅旋琮《唐代詩人叢考》等有關考證資料、別集注本等，對作者、篇目有誤者略有調整，其中重要的如剔除坎曼爾、呂洞賓等偽託之人及其作品，《江行無題百首》歸於錢珝等。

緒只存一首，也選進了。這三首詩都不失爲佳作。〔註73〕

其他如王灣的〈次北固山下〉，崔顥的〈黃鶴樓〉，杜秋娘〈金縷衣〉、賈島〈尋隱者不遇〉等作品，孫洙皆能擇其尤要者選入其中，孫洙在選詩上的眼光獨到犀利之處，可見一斑。

孫洙不僅在詩人的選擇兼顧各詩家，在選詩人的各種體裁的作品時也是有相當的用心之處，金性堯：

> 在同一作家中，又從幾種體裁來表現她們的不同風貌，如王維以山水詩爲主，卻也選了樂府〈洛陽女兒行〉和〈老將行〉。李商隱以七律、七絕選得最多，但也選了七古〈韓碑〉和五絕「夕陽無限好，只是近黃昏」的〈登樂遊原〉。前者如沈德潛所說，在晚唐人七古中，要算「如景星慶雲，偶然一見」；後者則有哲理，有感情，反映了他和他的時代的精神狀態。又如權德輿是當時名相，在有限的三百首中，本來排不上隊，本書卻選了他的五絕〈玉臺體〉，可能是想聊備一格。柳宗元的五絕〈江雪〉，有他兀傲的性格在裡面，五古的〈晨詣超師院讀禪經〉，則是站在儒家立場上，說明儒釋殊途。〔註74〕

王萬象也說：

> 就個別作家的作品而言，我們也可以發現編者選錄得當，能針對不同詩人各取所長，如李白多收其五、七古和樂府，韋應物多收其五言古詩，王昌齡的詩則七絕較多見，於此亦可看編者識見不凡之處。〔註75〕

顧青亦認爲：

〔註73〕金性堯：〈前言〉，《唐詩三百首新注》（上海：上海古籍出版社，1980年），頁2。

〔註74〕金性堯：〈前言〉，《唐詩三百首新注》（上海：上海古籍出版社，1980年），頁3。

〔註75〕王萬象：〈古典詩詞選評與典律化〉，《興大中文學報》，2008年，第23期，頁285。

編者在選取他們的作品時，並沒有平均使用力量，而是抓住他們所擅長的詩歌體裁，選取他們成就最高的代表作，如選取杜甫詩歌共三十九首，其中他最擅長的律詩佔到二十三首，選取最能體現李白個性和風格的古體詩和樂府詩合計十九首，佔所選李白二十九首詩篇的近三分之二，選錄李商隱詩二十四首，其中選取李商隱最擅長的律詩十五首，也佔到近三分之二比例。……白居易的詩入選六首，數量不多，但因選入了〈長恨歌〉、〈琵琶行〉兩篇膾炙人口的長篇「感傷詩」，使得白居易在書中佔據了特殊的位置。〔註 76〕

學者們皆一致肯定孫洙在各詩人詩作選擇上，無論是廣度還是深度，都下了不少功夫。以七律爲例，《唐詩三百首》中七律共收 53 首，其中杜甫佔了 13 首，這也是《唐詩三百首》選入詩作之冠，其次則是李商隱佔了 10 首，在 77 位詩人當中，杜甫和李商隱兩人的七律作品佔了 43%，有相當高的比例。清人舒位（1765～1815）《瓶水齋詩話》言：

嘗論七律至杜少陵而始盛且備，爲一變：李義山瓣香于杜而易其面目，爲一變：至宋陸放翁，專工此體而集大成，爲一變。凡三變，而他家之爲是體者，不能出其範圍矣。〔註 77〕

葉嘉瑩更評論：

如果說在中國詩史上，曾經有一位詩人，以獨立開闢出一種詩體的意境，則有之，首當推杜甫所完成之七言律詩。……如果無盛唐杜甫之七律，則必無晚唐義山之七律。〔註 78〕

〔註 76〕顧青：〈前言〉，《唐詩三百首》（北京：中華書局，2009 年），頁 3。
〔註 77〕（清）舒位：《瓶水齋詩話》，收入杜松柏主編《清詩話訪佚初編》（臺北：新文豐出版社，1987 年），頁 84。
〔註 78〕葉嘉瑩：〈論杜甫七律之演進及其承先啓後之成就〉，《迦陵談詩》（臺北：三民書局，1970 年），頁 63。

就七律的發展軌跡來看，七律因為有了杜甫，可謂登峰造極，在杜甫之後的重要作家為李商隱，孫洙選詩的精巧之處由此可見。

縱觀孫洙對於詩人選詩的安排，其對於詩人、體裁與詩作的全方位的理解，並非只是單純的選詩，而是以詩人與其擅長的體裁來作為選詩的考量，孫洙的詩學涵養與識見由其中便可窺知。

四、依主題分析

古遠清在《詩歌分類學》中提出詩類的意義：

> 其一，有助於詩歌藝術的發展。從事詩歌分類有助於詩歌理論體系得充實和完善。其二，有利於詩歌創作繁榮和藝術質量的提高。詩歌分類不是從形式上把各種詩體進行簡單畫分。而是探討各種詩歌文體在組織結構形式上的關係和差別。具體揭示它們反映現實的特殊性及其侷限性，以便詩人自覺地認識和掌握，並在創作時「得體」。其三，有利於讀者鑑賞。從審美角度看，詩歌分類能幫助讀者掌握各體詩體的藝術特點，欣賞時能識體，按照不同體式具備不同的審美眼光。〔註 79〕

又在詩歌分類之下，可進一步將詩歌以主題分類，其指的是作品的主要內容與題材所表現的意旨。歷來學者們對於《唐詩三百首》在選詩題材上的多元化皆給予極高的評價，如朱自清認為：

> 本書選詩，各方面的題材大致都有，分配又勻稱，沒有單調或瑣屑的弊病。〔註 80〕

邱燮友也說：

> 就內容而言，無論紀行、詠懷、送別、贈答、登高、懷古、邊塞、閨怨、詠物、宮體、豔情，都能選出各類的

〔註 79〕古遠清：《詩歌分類學》（高雄：復文書局，1991 年），頁 2～3。
〔註 80〕朱自清：〈《唐詩三百首》指導大概〉，收錄於朱自清：《經典常談》（北京：中華書局，2009 年），頁 146。

代表作。〔註 81〕

顧青也說：

> 在詩作題材上，無論山水田園、詠史懷古、登山臨水，還是贈別懷遠、邊塞出征、思婦宮怨等等，只要是經典詩歌便予以錄入。〔註 82〕

詩歌是呈現社會生活與傳遞感情思想的重要文學體裁，每一類主題都有其獨特的特質。在大主題之下還可分幾個小主題，幾個主題也可以合併爲一大主題，主題之間有其交集，以下分爲九大類主題〔註 83〕來看《唐詩三百首》的選詩內容：

（一）人事主題

此主題包含帝京城市、宴會應制、登覽遊歷、遊宦貶謫，離情送別、題贈等與人事相關的內容，此類爲《唐詩三百首》中所選詩作的最大宗，如韋應物〈郡齋雨中與諸文士燕集〉爲詩人擔任蘇州刺史時，在郡所宴會文士們所詠的詩作；綦毋潛〈春泛若耶溪〉寫遊若耶溪泛舟抒感；岑參〈與高適薛據登慈恩寺浮圖〉寫與友人一同登覽慈恩寺，由登塔所見之景有所悟道；孟浩然〈秋登蘭山寄張五〉寫登蘭山懷友；崔顥〈黃鶴樓〉寫登黃鶴樓望遠時的思鄉之愁；杜甫〈贈衛八處士〉寫拜訪友人家，留宿一晚把酒談心之情，寫久別重逢的快樂，也寫聚散無定的感嘆；王維〈送綦毋潛落第還鄉〉寫送別，安慰綦毋潛不要因爲落第而失志……等人事類詩作多有選入。對於此類的選詩當中，金性堯特別提到：

> 本書中選了些奉和應制之作，這顯然是爲適應那時的社會需要，因爲當時正當開科取士的極盛時代，估計兒童長大

〔註 81〕邱燮友：〈《唐詩三百首》讀〉，《中國語文》，1999 年 3 月，第 84 卷 3 期，總號 501，頁 51。

〔註 82〕顧青：〈前言〉，《唐詩三百首》（北京：中華書局，2009 年），頁 3。

〔註 83〕此分類參考自（一）古遠清：《詩歌分類學》，高雄：復文書局，1991 年。（二）王頌梅教授〈詩歌十大主題總綱〉講義。

> 後必定要去投考和做官，所以也選了幾首。……書中還選了些勸慰友人落第、罷官的詩，也是當時落第、罷官者而設想。〔註 84〕

詩歌是情眞意切與用心體驗生活的態度，裡面蘊涵著終身受用的思想，孫洙在選詩上不僅爲童蒙而選，更兼顧現實生活的需要，在人事主題中豐富的呈現唐詩的實用性。

（二）自然主題

此主題包含天文（月詩、風詩、雲詩、雨詩）、地理（山水詩、田園詩、山林詩、旅行詩、地域書寫）、時令（四季、晨昏），如：韓愈〈山石〉寫山景；李白〈蜀道難〉寫蜀道的艱險難行；王維〈桃源行〉根據陶淵明〈陶花源記〉而改寫，首尾寫景，帶入佛道思想的境界在其中；王灣〈次北固山下〉寫泛長江過北固山下之景，而起思鄉之情；張旭〈桃花溪〉以詢問漁夫的口吻，詠桃花溪。此類詩作呈現出，自然風景之面貌，由景生情，借景抒懷，傳遞了唐代自然文化與詩的薪火。誠如朱光潛所說：「情景相生而且相契合無間，情恰能稱景，景也恰能傳情，這便是詩的境界。」〔註 85〕景物往往隨著季節和時代背景而有差異，在文人雅士的眼中，不論是景、物或是人都可能觸動詩人的心靈，而在詩文中有所呈現與迴響。

（三）女性主題

此主題包含相思離情、閨怨、宮體、宮詞、宮怨、愛情與豔情、悼亡、女性形象…等，如：李白〈長干行〉寫思婦之情，把少女的天眞，兩小無嫌猜之情與爲人婦的深情寫的細膩纏綿；〈怨情〉寫閨怨的幽怨情態；孟郊〈烈女操〉歌誦讚揚女子堅貞守節；李益〈江南曲〉寫商人婦閨中等待的哀怨；杜甫〈詠懷古跡〉（其三）寫對王昭君遠

〔註 84〕金性堯：〈前言〉，《唐詩三百首新注》（上海：上海古籍出版社，1980 年），頁 5。

〔註 85〕朱光潛：《詩論》（臺北：頂淵文化事業有限公司，2003 年），頁 67。

嫁塞外的同情；杜甫〈觀公孫大娘弟子舞劍器行並序〉寫公孫大娘表演劍器舞的絕妙高超；元稹〈遣悲懷〉（三首）悼亡妻，夫妻生死乖隔之哀慟，溢於言表。女性主題詩作在《唐詩三百首》中選錄不少，在此類作品當中，可見不同女性的形象與情思。

《唐詩三百首》中女性主題的比例，是值得留意的現象。金性堯曾注意到「七絕中，宮怨詩的比重也嫌大些。」〔註 86〕今全面檢視《唐詩三百首》以女性爲主的詩篇各體分佈情形如【表十六】所呈現：

【表十六】《唐詩三百首》中女性主題詩作統計表

體裁	詩　　作	首數
五言古詩	李白〈春思〉、杜甫〈佳人〉、王維〈西施詠〉、韋應物〈送楊氏女〉	4
樂府	李白〈子夜吳歌〉、李白〈長干行〉、孟郊〈烈女操〉、孟郊〈遊子吟〉	4
七言古詩	杜甫〈觀公孫大娘弟子舞劍器行〉、白居易〈長恨歌〉、白居易〈琵琶行并序〉	3
樂府	王維〈洛陽女兒行〉、李白〈長相思〉二首、杜甫〈麗人行〉	4
五言律詩	沈佺期〈雜詩〉、杜甫〈月夜〉、張籍〈沒蕃故人〉、杜荀鶴〈春宮怨〉	4
七言律詩	杜甫〈詠懷古跡〉（其三）、皇甫冉〈春思〉、元稹〈遣悲懷〉三首、李商隱〈錦瑟〉、李商隱〈無題〉、李商隱〈無題〉二首、李商隱〈無題〉、李商隱〈無題〉二首、薛逢〈宮詞〉、秦韜玉〈貧女〉	14
樂府	沈佺期〈獨不見〉	1
五言絕句	王維〈相思〉、李白〈怨情〉、王建〈新嫁娘詞〉、權德輿〈玉臺體〉、元稹〈行宮〉、張祜〈何滿子〉、金昌緒〈春怨〉	7

〔註 86〕金性堯：〈前言〉，《唐詩三百首新注》（上海：上海古籍出版社，1980 年），頁 8。

體裁	詩　作	首數
樂府	崔顥〈長干行〉二首、李白〈玉階怨〉、李益〈江南曲〉	4
七言絕句	王昌齡〈閨怨〉、王昌齡〈春宮曲〉、劉方平〈春怨〉、柳中庸〈征人怨〉、顧況〈宮詞〉、劉禹錫〈春詞〉、白居易〈宮詞〉、張祜〈贈內人〉、張祜〈集靈臺〉二首、朱慶餘〈宮中詞〉、李商隱〈爲有〉、李商隱〈嫦娥〉、溫庭筠〈瑤瑟怨〉、鄭畋〈馬嵬坡〉、韓偓〈已涼〉	16
樂府	王維〈秋夜曲〉、王昌齡〈長信怨〉、李白〈清平調〉三首	5
合計		66

分體統計，《唐詩三百首》七律共 53 首，女性主題 14 首，佔 26%；七絕共 51 首，女性主題 16 首，佔 31%；又樂府一類的詩作共 39 首，其中有 18 首是女性主題，佔 46%。整體而言，女性主題共六十六首，佔總數 21%，超過五分之一。

唐代女性社會地位較高，相對於後代女性生活較爲活躍，因此若以反映唐人生活面貌而論，比例尚稱合理。況且其間可見到各階層的女性與不同的情感表現：有杜甫寫王昭君的〈詠懷古跡之三〉，與〈觀公孫大娘弟子舞劍器行〉的陽剛舞蹈，有白居易描寫唐玄宗與楊貴妃故事的〈長恨歌〉，有王維借詠西施感慨世情無常的〈西施詠〉，有韋應物寫嫁女臨別傷感的〈送楊氏女〉，有孟郊寫母愛的〈游子吟〉，有王建寫新嫁娘忐忑心情的〈新嫁娘詞〉，有李白寫兩小無猜的〈長干行〉，有元稹悼念亡妻的〈遣悲懷〉，以及久居深宮的宮人怨情……等，從不同角度表現多元的女性形象，勾勒出唐代女性的特殊風貌。

（四）歷史主題

此主題包含懷古與詠史、論史、擬古詠懷、歷史人物形象，如：杜甫〈哀江頭〉寫京都淪落與楊貴妃香消玉殞的感傷；〈詠懷古跡〉五首經由古跡追懷古人，寫庾信、宋玉、王昭君、劉備、諸葛亮，歌詠五人的遭遇；唐玄宗〈經魯祭孔子而嘆之〉經過曲阜孔子舊宅而引發的懷古之思；李白〈夜泊牛渚懷古〉寫經過謝尚聞袁宏詠史之處，懷古抒發自己的懷才不遇；劉禹錫〈蜀先主廟〉寫經成都蜀先主廟，有感於三國史事，而起詠史詠懷之感；劉長卿〈長沙過賈誼宅〉因感念自己的身世遭遇與賈誼有些相似，藉由經賈誼宅懷古自憐。由此類作品中，可見歷史人物的形象。

（五）生活主題

此主題主要是描寫生活小事、捕捉生活美感，從而見出生活美學者，包含生活詩、茶詩、酒詩、兒童詩、老人詩、親子主題、賞花詩、醫藥詩、病詩、遊訪詩、乞食詩或是與時令有關者。此類詩作在《唐詩三百首》中所選亦有不少，其中選入的作品多是生活詩，如：李白〈月下獨酌〉寫一人獨飲，在邀月後與影子成三人的內心獨白；王維〈雜詩〉以詢問的口吻，寫懷鄉之情；孟浩然〈過故人莊〉寫至朋友家相聚，感受眞樸的田家生活與人情味；〈春曉〉寫春天早晨之景，帶出生活中的閒情；劉長卿〈新年作〉感懷人在異鄉，逢年過節卻無法回鄉的哀愁；杜甫〈客至〉寫閒居草堂的恬靜生活與母舅崔明府相遇的眞摯情感；賀知章〈回鄉偶書〉詩題「偶書」點明此爲隨興寫下的作品，寫還鄉卻被當客人招待的感慨。唐人的日常生活點滴，由此可見一斑。

（六）藝術主題

此主題包含題畫詩、音樂詩、聽歌詩、舞詩、書法詩、文字詩（學問詩）、論詩詩…等，與藝術相關的詩作，如：杜甫〈韋諷錄事宅觀曹將軍畫馬圖〉詠曹霸將軍所畫的馬是「人間又見眞乘龍」，能使「龍池十日飛霹靂」（頁 76），曹霸將軍畫工之精妙，躍然紙上；韋莊〈金陵圖〉藉畫中所繪「六朝如夢鳥空啼」（頁 359）的情景引發己身亦是處在唐朝末世的哀愁；李頎〈琴歌〉寫在宴會時因聽聞「初彈〈淥水〉後〈楚妃〉」（頁 56）的琴聲觸動鄉情；〈聽董大南胡笳弄兼寄語房給事〉從蔡文姬的胡笳十八拍「先拂商弦後角羽，四郊秋夜驚摵摵」（頁 57），到董庭蘭「言遲更速皆應手，將往復旋如有情」（頁 57）的絕妙琴技，聽琴寄語；杜甫〈觀公孫大娘舞劍器行並序〉寫公孫大娘「一舞劍器動四方」，「霍如羿射九日落，矯如群帝驂龍翔。來如雷霆收震怒，罷如江海凝清光」（頁 57）的不凡舞藝；韓愈〈石鼓歌〉以金石考證為內容的文字詩，敘述石鼓文字體「辭嚴義密讀難曉，字體不類隸與蝌。年深豈免有缺畫，快劍砍斷生蛟鼉。鸞翔鳳翥眾仙下，珊瑚碧樹交枝柯。金繩鐵索鎖鈕壯，古鼎躍水龍騰梭。」（頁 98）藉歌詠石鼓文，建議朝亭文物保存的重要。在此類主題中透過各種形式的藝術，表達情感意識與不同向度的陳述。

（七）詠物主題

此主題包含植物類、動物類、器物類……等，詠物詩多反應現實人生、折射出社會的千姿百態，〔註 87〕在大部分詠物主題之中，作者同時也投射己身的個性情懷在其中，如：杜甫〈古柏行〉詠古柏以喻武侯，道出「古來材大難為用」（頁 85）的心聲；駱賓王〈在獄詠蟬并序〉藉詠蟬表露心跡，說出「無人信高潔，為誰表予心」（頁 165）的委屈；白居易〈草〉詠草有著「野火燒不盡，春風吹又生」（頁 216）的生命力，以草木「萋萋滿別情」暗示送行離別的不捨之情；崔塗〈孤雁〉詠孤雁，以孤雁「暮雨相呼失，寒塘獨下遲。渚雲低暗渡，關月冷遙隨」（頁 227）的失群孤獨自比。詠物主題呈現出不同事物注入了詩人豐沛的情感生命，變為有情之物，在詩作中賦予無生命情感的物有了人的生命和情感，使物與人之情感有了雙向的交流。

（八）敘事詩

所謂「敘事詩」是說故事的詩，在詩中要有人物、情節、對話的呈現，此類主題包含社會寫實詩、作者自己的故事、亂世佳人主題、

〔註 87〕黃雅莉：〈宋代詠物詞的發展與嬗變〉，《國立新竹教育大學語文系語文學報》，2004 年，第 11 期，頁 345。

寓言詩……等，有故事情節的詩作，如：杜甫〈兵車行〉以征人的家屬在咸陽橋上「牽衣頓足攔道哭，哭聲直上干雲霄」的社會寫實悲悽景象，以對話情節帶出「君不見、青海頭，古來白骨無人收？新鬼煩冤舊鬼哭，天陰雨濕聲啾啾」的征戰悲痛與「信知生男惡，反是生女好；生女猶得嫁比鄰，生男埋沒隨百草」（頁 146）的感嘆；白居易〈琵琶行并序〉寫琵琶女的遭遇和自己的故事有著「同是天涯淪落人，相逢何必曾相識」之感慨，琵琶女身世獨白「弟走從軍阿姨死，暮去朝來顏色故」，嫁作商人婦後，「商人重利輕別離」，使得琵琶女回憶過往，總是「夢啼妝淚紅闌干」。在聽聞琵琶女的遭遇後，白居易聯想到自己有品格與抱負，卻貶謫到潯陽，擔任江州司馬，全詩以「座中泣下誰最多？江州司馬青衫濕。」（頁 114）收尾，既是同情歌女，亦是感傷自己；杜甫〈佳人〉寫亂世佳人的遭遇，雖然遇人不淑遭受「世情惡衰歇，萬事隨轉燭。夫婿輕薄兒，新人美如玉」（頁 10）的變故，仍然堅貞自守的情操。此類主題的詩作在內容上呈現完整的故事情節，透過刻畫人物突出的性格和遭逢的人事來抒發情感，展現了時代的精神和力量。

（九）特殊經驗

此主題包含夢詩、仙詩、神詩、鬼詩、怪詩、諧謔、監獄主題……等人生中較爲特殊的經歷，在《唐詩三百首》中收錄不多，僅夢詩與監獄主題兩類，如：杜甫〈夢李白〉二首，其一寫對於李白被流放夜郎的關懷，兩人在夢中相見，擔心李白死在獄中，其二寫夢見李白來辭歸相見之情景，感傷李白的坎坷遭遇與不平之意；駱賓王〈在獄詠蟬并序〉在獄中所作，寫作者自己因得罪武則天而遭受牢獄之災，在獄中因蟬聲而有所感。

唐詩浩瀚，一如明人胡應麟（1551～1602）所言：

> 詩之盛於唐也！其體，則三、四、五言，六、七、雜言，樂府、歌行，近體、絕句，靡弗備矣。其格，則高卑、遠近、濃淡、淺深、巨細、精粗、巧拙、強弱，靡弗具矣。

其調，則飄逸、渾雄、沈深、博大、綺麗、幽閒、新奇、猥瑣，靡弗詣矣。其人，則帝王、將相、朝士、布衣、童子、婦人、緇流、羽客，靡弗預矣。〔註 88〕

孫洙從將近五萬首唐詩的唐詩作品中，按照不同時期（初唐、盛唐、中唐、晚唐），不同詩體（古體、律體、樂府），不同主題風格，選取有代表性的三百多首，有名家也有名氣不大的詩人，甚至是無名氏的佳作亦能眼光精準的選出。《唐詩三百首》兼顧不同面向的選才選詩，讀來讓人能夠切實感受到唐詩的匠心所在，如同金性堯認為《唐詩三百首》具有七項特色：「篇目適度」、「作者面廣」、「體裁眾多」、「注重藝術性」、「可接受性」、「兼重實用」、「有所依傍，有所突破」。〔註 89〕孫洙所選的詩，絕大多數的作品內容深淺合度，篇幅也適中，就童蒙教材讀本來說，體裁算的上完備，加上具有老幼皆宜、雅俗共賞的特點，所以至今為止，儘管有各種不同的唐詩選本問世，但《唐詩三百首》無論就影響的廣度或是深度，仍然是普及度最高的唐詩選本。

第三節　《唐詩三百首》的不足

《唐詩三百首》雖然在傳播與學習產生了正向的作用，但相對的，作為選本勢必因選家之取向存在著某些侷限。於此，蔡濯堂比喻說：

書有選本，等於人民有代表；書太多，所以要選來讀；人太多，所以要推代表，才好辦事。選本未必叫人滿意，代表亦然。不過這兩樣都少不了，我們只好妥協。……選本不能盡如人意，其實人人都有自己的選本。……選家要有眼光、學問，不是人人拿把剪刀，找幾本書剪一剪就可以

〔註 88〕（明）胡應麟：《詩藪》（上海：上海古籍出版社，1979 年），頁 163。
〔註 89〕金性堯：〈前言〉，《唐詩三百首新注》（上海：上海古籍出版社，1980 年），頁 2～7。

出書的。〔註90〕

選本難以盡善盡美，《唐詩三百首》也不例外。本節即就其不足處，作客觀的述評。

一、體裁分類方面

中國詩歌有著不同的分類原則，如依入律與否而分，有古體與律體；依句數而分，有絕句、律詩、古詩。依入樂與否，又分為樂府與徒詩。〔註91〕選家應該擇定一個主要原則，定出經緯，分出層次，穩定的執行全書的編纂體例。而《唐詩三百首》不然，它同時混用了三種不同的分類系統，並且沒有維持穩定的原則，因此使造成某些混淆的現象。

此書之體例，依序為：五言古詩、樂府（五古）、七言古詩、（七古）樂府、五言律詩、七言律詩、（七律）樂府、五言絕句、（五絕）樂府、七言絕句、（七絕）樂府，共十一類。基本上以古體、律體為經，樂府為緯。但又在古體、律體中加上絕句，絕句是以句數分類的體裁，與古律之邏輯不同，於是二分法變作三分法，以下又各以五七言分支，分別以樂府相附於後。作者的本意可能希望諸善兼備，然不能解決不同系統間相抵觸的問題，故分類雖多，卻混淆了詩體觀。劉萬青《唐詩分體選本研究・摘要》說：

> 唐詩是古、今人學習古典詩歌的重要範本，且律詩定體於唐，論述律詩者，亦以唐詩為主要依據，但是，許多唐詩分體選本都有誤錄詩的狀況，以及分體編排上的缺失。蓋因宋以後詩人的律詩觀漸與唐人分歧，而日益增多的唐詩分體選，藉由其傳播的便利性，將錯誤的詩體觀念擴散開，不僅模糊了唐人的律詩觀，也造成今人與唐人對律詩的認

〔註90〕蔡濯堂：〈選本〉，《啄木集》（臺北：遠東圖書公司，1985 年），頁116～122。

〔註91〕文中對於中國詩歌不同歸類的分類系統論述，乃參考自王頌梅教授中國格律文學研究授課講義。

知有所差異。〔註 92〕

大體而言，《唐詩三百首》的體裁問題有二，一爲絕句，二爲樂府。

絕句方面，未能區分律體絕句與古體絕句，遂使律詩系統與古詩系統在此混同一處。律詩之定義，與其同時代之錢良擇（生卒年不詳）《唐音審體・律詩五言論》說得很清楚：「律詩……上下句相黏綴，以第二字爲準，仄平平仄爲正格，平仄仄平爲偏格，自二韻以至百韻，皆律詩也。二韻謂之絕句，六韻以上謂之長韻。」〔註 93〕錢氏提出的律詩系統論，自二韻律詩至百韻律詩，爲唐人的律體概念，二韻律詩（亦即律體絕句）爲律詩系統最基礎之結構，其平仄譜式如下：

仄仄平平仄，

平平仄仄平。

平平平仄仄，

仄仄仄平平。

而古體絕句則不入律，無黏對。以此檢驗古律體混淆的情形，在五言絕句中比例最高，以【表十七】整理分析：

〔註 92〕劉萬青：《唐詩分體選本研究》（臺中：逢甲大學中國文學系博士論文，2013 年），頁 II。

〔註 93〕（清）錢良擇：《唐音審體》，收錄於丁仲祜編：《清詩話》（下冊）（臺北：藝文印書館，1977 年），頁 1001。

【表十七】《唐詩三百首》五言絕句古律體分析表〔註 94〕

律體絕句（共 15 首）	
1、王維〈送別〉 山中（平）相送（仄）罷， 日暮（仄）掩柴（平）扉。 春草（仄）年年（平）綠， 王孫（平）歸不（仄）歸。	2、王維〈相思〉 紅豆（仄）生南（平）國， 春來（平）發幾（仄）枝。 願君（平）多采（仄）擷， 此物（仄）最相（平）思。
3、祖詠〈終南望餘雪〉〔註 95〕 終南（平）陰嶺（仄）秀， 積雪（仄）浮雲（平）端。 林表（仄）明霽（仄）色， 城中（平）增暮（仄）寒。	4、孟浩然〈宿建德江〉〔註 96〕 移舟（平）泊煙（平）渚， 日暮（仄）客愁（平）新。 野曠（仄）天低（平）樹， 江清（平）月近（仄）人。
5、李白〈怨情〉〔註 97〕 美人（平）卷珠（平）簾， 深坐（仄）顰蛾（平）眉。 但見（仄）淚痕（平）濕， 不知（平）心恨（仄）誰。	6、杜甫〈八陣圖〉 功蓋（仄）三分（平）國， 名成（平）八陣（仄）圖。 江流（平）石不（仄）轉， 遺恨（仄）失吞（平）吳。
7、王之渙〈登鸛雀樓〉 白日（仄）依山（平）盡， 黃河（平）入海（仄）流。 欲窮（平）千里（仄）目， 更上（仄）一層（平）樓。	8、李端〈聽箏〉 鳴箏（平）金粟（仄）柱， 素手（仄）玉房（平）前。 欲得（仄）周郎（平）顧， 時時（平）誤拂（仄）弦。

〔註 94〕（清）蘅塘退士編，陳婉俊注，宋慧點校：《唐詩三百首》（北京：中華書局，2003 年），頁 289～311。

〔註 95〕第三句「林表明霽色」，「明」平聲，「霽」仄聲，是為拗格，故歸於律體絕句。「拗格與拗體不同，拗格不等於拗體。《苕溪漁隱叢話》：『律詩絕句之平仄（按：指平仄整體結構）不依常格者，謂之拗體詩。律詩中間一聯拗者，謂之拗句格。』」參考自王頌梅教授中國格律文學研究授課講義〈二、平仄〉，頁 5。

〔註 96〕首句「移舟泊煙渚」，「泊」仄聲，「煙」平聲，是為拗格，故歸於律體絕句。

〔註 97〕首句「美人卷珠簾」，「卷」仄聲，「珠」平聲，是為拗格，故歸於律體絕句。

律體絕句（共15首）	
9、權德輿〈玉台體〉〔註98〕 昨夜（仄）裙帶（仄）解， 今朝（平）蟢子（仄）飛。 鉛華（平）不可（仄）棄， 莫是（仄）藁砧（平）歸。	10、元稹〈行宮〉 寥落（仄）古行（平）宮， 宮花（平）寂寞（仄）紅。 白頭（平）宮女（仄）在， 閒坐（仄）說玄（平）宗。
11、白居易〈問劉十九〉 綠螘（仄）新醅（平）酒， 紅泥（平）小火（仄）爐。 晚來（平）天欲（仄）雪， 能飲（仄）一杯（平）無。	12、張祜〈何滿子〉 故國（仄）三千（平）里， 深宮（平）二十（仄）年。 一聲（平）何滿（仄）子， 雙淚（仄）落君（平）前。
13、李頻〈渡漢江〉 嶺外（仄）音書（平）絕， 經冬（平）復立（仄）春。 近鄉（平）情更（仄）怯， 不敢（仄）問來（平）人。	14、金昌緒〈春怨〉 打起（仄）黃鶯（平）兒， 莫教（平）枝上（仄）啼。 啼時（平）驚妾（仄）夢， 不得（仄）到遼（平）西。
15、西鄙人〈哥舒歌〉 北斗（仄）七星（平）高， 哥舒（平）夜帶（仄）刀。 至今（平）窺牧（仄）馬， 不敢（仄）過臨（平）洮。	
古體絕句（共8首）	
1、王維〈鹿柴〉 空山（平）不見（仄）人， 但聞（平）人語（仄）響。 返影（仄）入深（平）林， 復照（仄）青苔（平）上。	2、王維〈雜詩〉 君自（仄）故鄉（平）來， 應知（平）故鄉（平）事。 來日（仄）綺窗（平）前， 寒梅（平）著花（平）未。

〔註98〕首句「昨夜裙帶解」，「裙」平聲，「帶」仄聲，是為拗格，故歸於律體絕句。

古體絕句（共8首）	
3、孟浩然〈春曉〉 春眠（平）不覺（仄）曉， 處處（仄）聞啼（平）鳥。 夜來（平）風雨（仄）聲， 花落（仄）知多（平）少。	4、李白〈靜夜思〉 床前（平）明月（仄）光， 疑是（仄）地上（仄）霜。 舉頭（平）望明（平）月， 低頭（平）思故（仄）鄉。
5、韋應物〈秋夜寄邱員外〉 懷君（平）屬秋（平）夜， 散步（仄）詠涼（平）天。 空山（平）松子（仄）落， 幽人（平）應未（仄）眠。	6、王建〈新嫁娘詞〉 三日（仄）入廚（平）下， 洗手（仄）作羹（平）湯。 未諳（平）姑食（仄）性， 先遣（仄）小姑（平）嘗。
7、柳宗元〈江雪〉 千山（平）鳥飛（平）絕， 萬徑（仄）人蹤（平）滅。 孤舟（平）蓑笠（仄）翁， 獨釣（仄）寒江（平）雪。	8、賈島〈尋隱者不遇〉 松下（仄）問童（平）子， 言師（平）采藥（仄）去。 只在（仄）此山（平）中， 雲深（平）不知（平）處。

律體絕句本爲最短篇之律詩，古體絕句本爲最短篇之古詩，孫洙在此未能釐清，使得著古律兩大體系的整體概念爲之模糊，隨著《唐詩三百首》的流布，此通俗詩學的片面性亦隨之傳播開來，影響不可謂不小。

其次，樂府詩的方面，樂府詩之性質與分類，與一般分類邏輯不同。清代梁章鉅（1775～1849）《退庵隨筆》曰：

> 今之作樂府者，皆長短句之古詩耳。不知古詩有樂府，律詩亦有樂府。《舊唐書・音樂志》享龍池十章，皆七言律，沈佺期之「盧家少婦」，即樂府之〈獨不見〉，而謝偃新曲、崔融從軍行、蔡孚打球篇又俱七言長律。今人既不知音，何從辨體？〔註99〕

基本上樂府詩與音樂及其主題風格有關，故樂府詩本身包括「題目」

〔註99〕（清）梁章鉅：《退庵隨筆》，收錄於新興書局編：《筆記小說大觀》（第21編，第一冊）（臺北：新興書局，1975年），頁494。

和「詩型」兩個不同的問題存在。題目決定詩歌之核心內容，而體裁／詩型之不同長短形式可由詩人自行搭配。孫洙在體例上將樂府詩依序分別歸併在五七古、五七律、五七絕之後，即似呈現這個整體概念。

然而就個別而言，其歸類之標準卻未能統一，此種情形在七言古詩與新題樂府間最爲嚴重。被列入七古的陳子昂〈登幽州臺歌〉、李頎〈琴歌〉、李頎〈聽安萬善吹觱篥歌〉、孟浩然〈夜歸鹿門歌〉、李白〈廬山謠寄盧侍御虛舟〉、李白〈夢遊天姥吟留別〉、岑參〈走馬川行奉送封大夫出師西征〉、岑參〈輪台歌奉送封大夫出師西征〉岑參〈白雪歌送武判官歸京〉、杜甫〈丹青引贈曹將軍霸〉、杜甫〈古柏行〉、杜甫〈觀公孫大娘弟子舞劍器行並序〉、元結〈石魚湖上醉歌並序〉、韓愈〈石鼓歌〉、白居易〈長恨歌〉、白居易〈琵琶行并序〉等 16 首歌行體，就孫洙所設體例，應挪至其後樂府一類，然而在此孫洙認定其形式，以七言古詩視之。此 16 首新題樂府論題目屬歌行體，論形式屬七古，兩者皆是，只能擇一而行。此書既設有樂府（七古）一項，自當比照王維〈洛陽女兒行〉、〈老將行〉、〈桃源行〉等一併置入才是。《唐詩三百首》所選七言古詩共 28 首，其中新題樂府的詩作占了 16 首，所占比例高達 57%，可見其混淆情形。

另外，五絕之〈哥舒歌〉、七絕之〈春宮曲〉、〈涼州詞〉、〈隴西行〉其理亦同，足見編者於樂府詩之分類往往呈現不穩定之現象。

二、選詩內容方面

選本雖有刪蕪存菁之功，卻也難免遺珠之憾；加以選家之編選行爲或與取捨標準不一，從而產生自我矛盾。以下分就此二項申論：

（一）遺珠之憾

近人金啓華明言：「《唐詩三百首》就數量、篇數、作家來說，是有其局限性的，難免有遺珠之憾。」〔註 100〕未選入之名篇，學者首先

〔註 100〕金啓華：《唐詩三百首匯評》（南京：東南大學出版社，1997 年），頁 2。

矚目於杜甫〈三吏〉、〈三別〉。金性堯認爲孫洙「反應當時社會矛盾問題的作品少了些，如：〈三吏〉、〈三別〉未選。白居易的新樂府爲其重要作品，卻一首都未選錄。」〔註 101〕今人趙昌平亦有同樣看法：

> 白居易〈秦中吟〉三十首、〈新樂府〉五十首，是白氏最看重的諷諭詩的代表，詞意也淺切可誦，但本編竟一首不錄，連爲其先導的杜甫〈三吏〉、〈三別〉也一概摒棄。〔註 102〕

又今人王萬象論《唐詩三百首》：

> 選詩著重於委婉含蓄的抒情詩篇，較少深邃綿密的寫實之作，同時也忽略了瑰麗奇詭的歌詠，例如杜甫的〈三吏〉、〈三別〉竟然漏掉了，而李賀的詩一首也沒收錄，實在殊爲可惜。另外，爲了應付清代舉業之須，本書也選取了一些試帖詩、應制詩，以爲科考所用之範例，尤其甚者，就中對若干詩作的評論仍不脫八股習氣，讀來但覺其淺薄可笑，此乃編者囿於時代之見，有以致之。另一方面，雖則編者揭櫫淺俗易誦的原則，然證之其入選詩篇實際情形並非如此，唐詩中最爲淺切流俗者，莫過於元白、張王之新樂府詩，而這類詩竟未見入選。再者，李商隱的詩素以晦澀難解著稱，連元好問都要說「獨恨無人作鄭箋」了，可是義山這類詩作入選的倒還眞不少。〔註 103〕

杜甫〈三吏〉、〈三別〉與白居易的新樂府詞意淺切，適合初學，沒有入選，以今視之確實有不足之處。然在孫洙當時，或恐有不得不然的政治考量；根據康熙〈御選唐詩序〉云：

> 古者六藝之事，皆所以涵養性情，而爲道德之助也。而從

〔註 101〕金性堯：〈前言〉，《唐詩三百首新注》（上海：上海古籍出版社，1980 年），頁 8。

〔註 102〕趙昌平：〈海外版原序〉，《唐詩三百首全解》（上海：復旦大學出版社，2006 年），頁 4。

〔註 103〕王萬象：〈古典詩詞選評與典律化〉，《興大中文學報》，2008 年，第 23 期，頁 284。

容諷詠，感人最深者，莫近於詩。……自《三百篇》降及漢魏六朝，體制遞增，至唐而大備，故言詩者以唐爲法。其時選本如《河岳英靈》、《中興間氣》、《御覽》、《才調》諸集，其所收擇，各有意指，而觀者每有不遍不該之嘆。……朕萬幾餘暇，留意篇什，廣搜博采，已刻《全唐詩集》。而自曩昔披覽，嘗取其尤者，彙爲一編，古風、近體，各以類相從，計三十二卷。……孔子曰：溫柔敦厚，詩教也。是編所取，雖風格不一，而皆以溫柔敦厚爲宗。其憂思感憤，倩麗纖巧之作，雖工不錄，使覽者得宣志達情，以範於和平，蓋亦用古人以正聲感人之義。〔註 104〕

康熙選詩以「溫柔敦厚」、「和平正聲」爲準，這種標準，對於身居官職的孫洙想必影響不小。爲避觸犯禁忌，對於杜甫〈三吏〉、〈三別〉與白居易的新樂府等批判性作品有意避免，是可以理解的。趙昌平說：「這倒並非孫洙不主張詩的諷喻性，他也選錄了杜甫的〈兵車行〉、〈哀江頭〉一類政治詩，相比之下，可以明白取此捨彼的原因在於，雖同是諷諭，但後者主文而譎諫，前者則不免辭意急切，有『顯暴君過』之嫌。」〔註 105〕由此看來，〈三吏〉、〈三別〉之未入選，似可得而說。

然而，未選之名篇並不只此，金性堯另舉名家杜牧爲例：

杜牧的七絕盡多佳作，蘅塘退士選〈贈別〉，也許爲了表示杜牧生平有此微行而後來又有悔意，但不選他的「一騎紅塵妃子笑，無人知是荔枝來」和「停車坐愛楓林晚，霜葉紅於二月花」，未免可惜。這句「停車坐愛楓林晚」，實在也可移作對晚唐人詩欣賞上的象徵。〔註 106〕

〔註 104〕（清）聖祖仁皇帝御定，陳廷敬等輯注：《欽定四庫全書薈要》（乾隆御覽本）（長春：吉林人民出版社，1997 年），頁 1～2。

〔註 105〕趙昌平：〈海外版原序〉，《唐詩三百首全解》（上海：復旦大學出版社，2006 年），頁 4。

〔註 106〕金性堯：〈前言〉，《唐詩三百首新注》（上海：上海古籍出版社，1980

「一騎紅塵妃子笑」未選，有〈長恨歌〉稍可補缺，但「停車坐愛楓林晚」一首，至今甚且曾編入教科書中，《唐詩三百首》不錄，確是遺憾。再如膾炙人口之〈春江花月夜〉，與〈韓碑〉、〈石鼓歌〉相較，似於審美更爲相宜。

此外，就作者而論，李賀一家，一首未選，也頗値得可商榷。李賀有詩鬼之稱，其代表風格非詩教所宜，但其他作品，尤其是詠馬詩頗有可觀，一首不選，使晚唐名家缺少一席，無形中減損了《唐詩三百首》之代表性。

（二）自我矛盾

選家的編選理念，爲其編選行爲之準則，應該一以貫之，切實執行。孫洙自云其編選理念爲「專就唐詩中膾炙人口之作，擇其尤要者」，使「童而習之」，〔註 107〕然其選入之部分作品卻未依照此量尺，例如：韓偓〈已涼〉、李商隱〈無題〉五首與〈錦瑟〉寫愛情之綺豔曖昧，〈韓碑〉寫韓愈撰平淮西碑始末，爲之不平，韓愈之〈石鼓歌〉寫石鼓文的來歷與建議朝廷保存古物，金性堯稱其「難懂又無甚意義」〔註 108〕；這些作品或非膾炙人口之作，或不適合置入童蒙教材之中，皆與其自訂之標準有所抵觸。而這些現象，一部份可能是孫洙的妻子徐蘭英一同參與編選，無形中所流露出的女性品味，一部份也可能是孫洙個人的「詩嗜」，使得編選的過程中，難以做到全然的理性，主觀的情感多少影響著選詩的標準。

綜合以上所述，孫洙在選編上的缺失，有體裁與主題兩方面。詩體觀念的混淆和錯誤，以及一部份內容的不盡理想，使得全書的份量不夠，代表性不足，而呈現一種通俗詩學的樣貌。這是時代的侷限，

年），頁 7。

〔註 107〕（清）蘅塘退士編，陳婉俊注，宋慧點校：〈附錄·蘅塘退士原序〉《唐詩三百首》（北京：中華書局，2003 年），頁 375。

〔註 108〕金性堯：〈前言〉，《唐詩三百首新注》（上海：上海古籍出版社，1980 年），頁 5。

也是孫洙個人的侷限。金性堯對此書總評爲：

> 總的説來，這一選本的題材還是平穩的，用一句用滑了的話，可以說是『雅俗共賞』，即還能適應今天一般讀者的要求。題目上的畸重畸輕，在三百首的限度内自也很難完全避免。〔註 109〕

撇開缺失不談，「平穩」、「雅俗共賞」，「適合一般讀者」仍是這本書流傳至今的價值。

〔註 109〕 金性堯：〈前言〉，《唐詩三百首新注》（上海：上海古籍出版社，1980 年），頁 9。

第四章　《唐詩三百首》的現代展現

一般來說，作爲村塾教育的基礎教材，向來不受重視，大家往往以三家村兔園冊子相譏，然《唐詩三百首》流傳至今，在教育上有著重要貢獻。任何文學作品要想得到社會的承認、人民的認可，必須有與其相適應的傳播環境，唐詩同樣也需要這樣一個整體的傳播空間。〔註1〕從文學接受史的角度來看，《唐詩三百首》的發展傳播具備四種時代意義：

> （一）反映了一種成熟的詩歌美學趣味，對文學的接受傾向有著重大的影響；（二）主要從藝術表現是否成熟的角度，對某一階段詩歌進行選擇批判，從而能較爲客觀地顯示文學發展的狀況；（三）普及或推廣詩歌創作方法，對社會進行詩歌鑑賞的基礎教育；（四）編選一些特殊題材、特殊風格的詩文，顯示了唐代文學接受的豐富多姿。〔註2〕

《唐詩三百首》在清代有其影響力，在唐詩選本的古典發展意義上，

〔註1〕王書艷：〈淺談唐詩的傳播環境〉，《紅河學院學報》（雲南：紅河學院），2008年12月，第六卷第六期，頁64。

〔註2〕尚學鋒、過常玉、郭英德：《中國古典文學接受史》（濟南：山東教育出版社，2000年），頁247～254。

佔有一席之地，流傳至今，仍是本具有文化教育精神與時代傳承意義的唐詩讀本。筆者曾在小學教書，在與學生互動的過程當中發現，詩教對於學生有著一定的影響，故本章擬從三個部分探析《唐詩三百首》的現代展現：一、近現代《唐詩三百首》文本探討，由白話翻譯、新註釋、新評、鑑賞、吟唱、繪圖、繪本、漫畫、攝影等今人詮釋的讀本，一探《唐詩三百首》在現代所展現的多元面貌。二、《唐詩三百首》與兒童文學，透過探悉詩歌與兒童文學間的關係，以及句式節奏對於兒童學詩體驗的影響，一探《唐詩三百首》由下扎根的生命力。三、《唐詩三百首》在現代教學的應用，從現行中小學教科書選用唐詩的情況與現代教育中的效用兩個方面，一窺其在教育應用的向上延展性。在此章節中期能勾勒《唐詩三百首》在現代教育上向下紮根與向上延展的詩教價值。

第一節　近現代《唐詩三百首》文本探討

孫洙編成的《唐詩三百首》原刻本今已不見，現今大部分的版本是以陳婉俊的補注的四藤吟社本爲底本。《唐詩三百首》問世後，坊間屢有刻印本問世，亦有不少注本流傳，然注本多以古文注寫，一般只是簡單的注釋字詞意義與提示詩中典故的出處，對於詩句中所表現的意思與全詩的語意爲何，則少有詮釋，對於現今的學習以白話文爲主的讀者來說，難免會有閱讀上無法完全理解的困擾，故爲了便於學習，在近現代有不少註釋成淺顯易懂的《唐詩三百首》版本，便紛紛出現。

現今《唐詩三百首》文本的出版類型甚多：白話翻譯、新註釋、新評、鑑賞、吟唱、繪圖、繪本、漫畫、攝影等，本文謹列舉有代表性、或有特色、或較易取得的文本，分成以下七類：一、白話翻譯，二、新註釋／新評，三、鑑賞，四、吟唱，五、繪圖／繪本，六、漫畫，七、攝影，整理【表十八】如下：

【表十八】近現代《唐詩三百首》文本列舉圖表

書　　名	內　頁　內　容
一、白話翻譯	
《新譯唐詩三百首》〔註 3〕	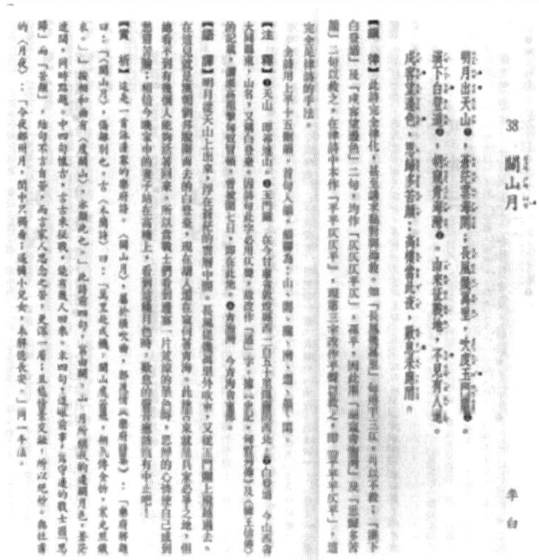 38 關山月　李白 明月出天山，蒼茫雲海間。長風幾萬里，吹度玉門關。 漢下白登道，胡窺青海灣。由來征戰地，不見有人還。 戍客望邊色，思歸多苦顏。高樓當此夜，歎息未應閒。
《唐詩三百首集解》〔註 4〕	 一三六、喜見外弟又言別　李益 十年離亂後，長大一相逢。問姓驚初見，稱名憶舊容。別來滄海事， 語罷暮天鐘。明日巴陵道，秋山又幾重？

〔註 3〕邱燮友：《新譯唐詩三百首》，臺北：三民書局，1981 年。

〔註 4〕王進祥：《唐詩三百首集解》，臺北：頂淵文化事業有限公司，1985 年。

書　　名	內 頁 內 容
《唐詩三百首導讀》〔註 5〕	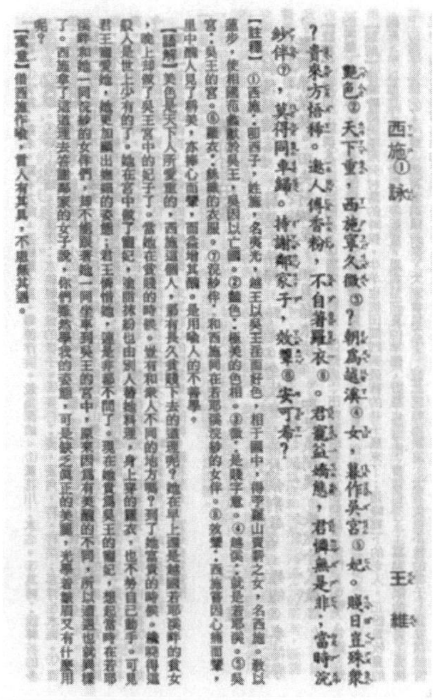 西施①詠 王維 艷色②天下重，西施寧久微③？朝為越溪④女，暮作吳宮⑤妃。賤日豈殊眾？貴來方悟稀。邀人傳香粉，不自著羅衣⑥。君寵益嬌態，君憐無是非。當時浣紗伴⑦，莫得同車歸。持謝鄰家子，效顰⑧安可希？
《唐詩三百首全解》〔註 6〕	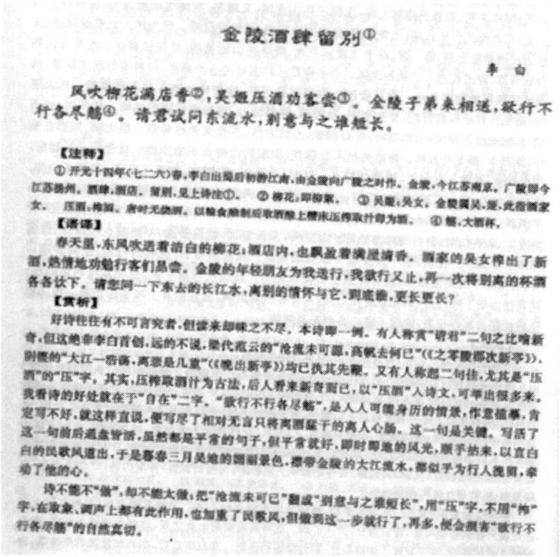 金陵酒肆留别① 李白 风吹柳花满店香②，吴姬压酒劝客尝③。金陵子弟来相送，欲行不行各尽觞④。请君试问东流水，别意与之谁短长。

〔註 5〕吳餘鎬：《唐詩三百首導讀》，臺南：大孚書局，1993 年。

〔註 6〕趙昌平：《唐詩三百首全解》，上海：復旦大學出版社，2006 年。

書　　名	內 頁 內 容
《唐詩三百首全集》〔註 7〕	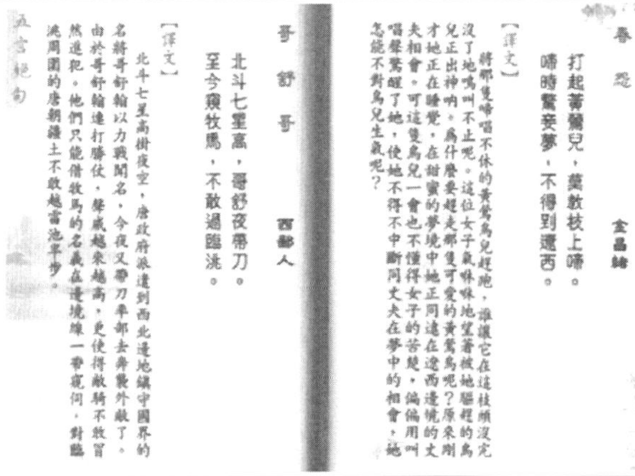 春怨　金昌緒 打起黃鶯兒，莫教枝上啼。 啼時驚妾夢，不得到遼西。 【譯文】 將那隻啼唱不休的黃鶯鳥兒趕跑，誰讓它在這枝頭沒完沒了地鳴叫不止呢。這位女子氣咻咻地望著被她驅趕的鳥兒正出神吶。為什麼要趕走那隻可愛的黃鶯鳥呢？原來剛才她正在睡覺，在甜蜜的夢境中她正同遠在遼西邊境的丈夫相會。可這隻鳥兒一會也不懂得女子的苦楚，偏偏用叫唱聲驚醒了她，使她不得不中斷同丈夫在夢中的相會，她怎能不對鳥兒生氣呢？ 哥舒歌　西鄙人 北斗七星高，哥舒夜帶刀。 至今窺牧馬，不敢過臨洮。 【譯文】 北斗七星高掛夜空，唐政府派遣到西北邊地鎮守國界的名將哥舒翰以力戰聞名，今夜又帶刀率部去奔襲外敵了。由於哥舒翰連打勝仗，聲威越來越高，更使得敵騎不敢冒然進犯。他們只能借牧馬的名義在邊境線一帶窺伺，對臨洮周圍的唐朝疆土不敢越雷池半步。 五言絕句
二、新詮釋／新評	
《唐詩三百首新注》〔註 8〕	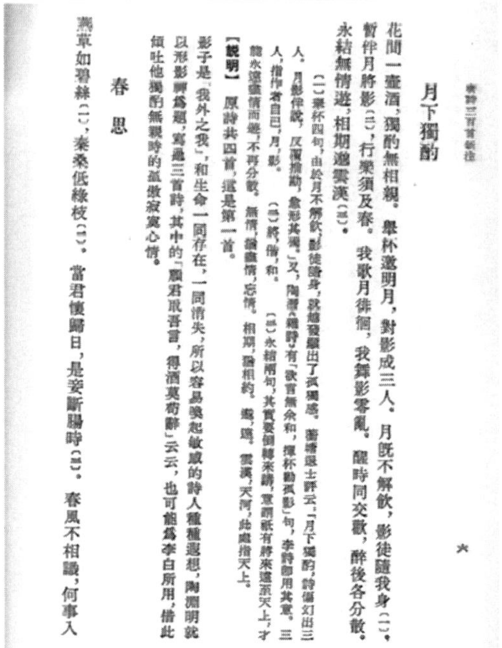 唐詩三百首新注　六 月下獨酌 花間一壺酒，獨酌無相親。舉杯邀明月，對影成三人。月既不解飲，影徒隨我身(一)。暫伴月將影(二)，行樂須及春。我歌月徘徊，我舞影零亂。醒時同交歡，醉後各分散。永結無情遊，相期邈雲漢(三)。 (一)舉杯四句，由於月不解飲，影徒隨身，就越發顯出了孤獨感。蕭士贇評云：「月下獨酌，詩仙幻出三人，月影伴說，反覆推勸，愈形其獨。」又，陶潛《雜詩》有「欲言無余和，揮杯勸孤影」句，李詩即用其意。三人，指作者自己，月，影。　(二)將，偕，和。　(三)永結兩句，其實要倒轉來講，意謂祇有將來遠派天上，才能永遠盡情而遊，不再分散。無情，猶盡情，忘情。相期，猶相約。邈，遠。雲漢，天河，此處指天上。 【說明】　原詩共四首，這是第一首。 影子是「我外之我」，和生命一同存在，一同消失，所以容易喚起敏感的詩人種種遐想，陶淵明就以形影神為題，寫過三首詩，其中的「願君取吾言，得酒莫苟辭」云云，也可能為李白所用，借此傾吐他獨酌無親時的孤傲寂寞心情。 春思 燕草如碧絲(一)，秦桑低綠枝(二)。當君懷歸日，是妾斷腸時(三)。春風不相識，何事入

〔註 7〕朱炯遠：《唐詩三百首全集》，臺北：俊嘉文化事業有限公司，2011年。

〔註 8〕金性堯：《唐詩三百首新注》，上海：上海古籍出版社，1980 年。

<table>
<tr><th>書　　名</th><th>內 頁 內 容</th></tr>
<tr><td>《唐詩三百首》
〔註 9〕</td><td>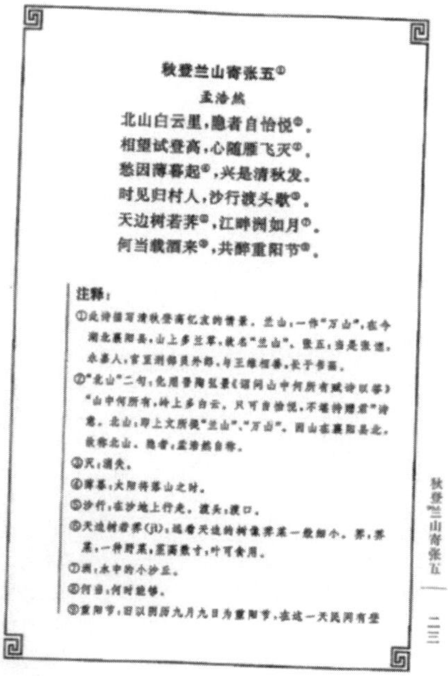
秋登兰山寄张五①
孟浩然
北山白云里，隐者自怡悦②。
相望试登高，心随雁飞灭③。
愁因薄暮起④，兴是清秋发。
时见归村人，沙行渡头歇⑤。
天边树若荠⑥，江畔洲如月⑦。
何当载酒来⑧，共醉重阳节⑨。
注释：
①此诗描写清秋登高忆友的情景。兰山：一作"万山"，在今湖北襄阳县，山上多兰草，故名"兰山"。张五：当是张諲，永嘉人，官至刑部员外郎，与王维相善，长于书画。
②"北山"二句：化用晋陶弘景《诏问山中何所有赋诗以答》"山中何所有，岭上多白云。只可自怡悦，不堪持赠君"诗意。北山：即上文所说"兰山"、"万山"。因山在襄阳县北，故称北山。隐者：孟浩然自称。
③灭：消失。
④薄暮：太阳将落山之时。
⑤沙行：在沙地上行走。渡头：渡口。
⑥天边树若荠(jì)：远看天边的树像荠菜一般细小。荠，荠菜，一种野菜，茎高数寸，叶可食用。
⑦洲：水中的小沙丘。
⑧何当：何时能够。
⑨重阳节：旧以阴历九月九日为重阳节，在这一天民间有登
秋登兰山寄张五 二三</td></tr>
<tr><td>《唐詩三百首詳析》
〔註 10〕</td><td>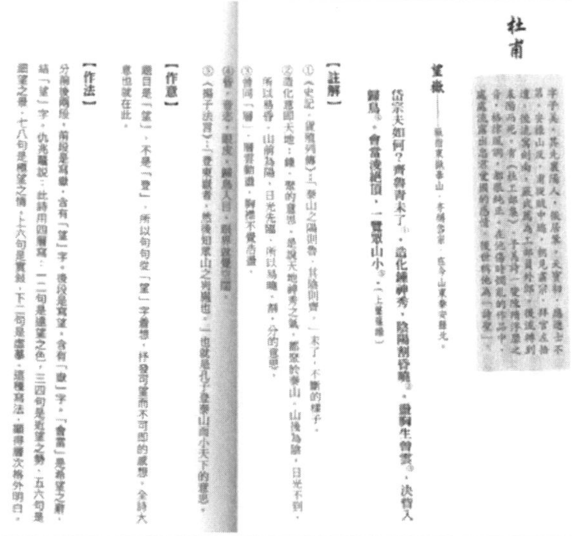
杜甫
字子美，其先襄陽人，徙居鞏。天寶初，應進士不第。安祿山反，肅宗即位，甫見肅宗，拜官左拾遺。後流落劍南，嚴武薦為工部員外郎，後流轉到耒陽而死。有《杜工部集》。子美詩一變沈宋浮靡之音，格律嚴謹，卻很純正，在流離亂時的作品中，處處流露出忠君愛國的思想，後世稱他為「詩聖」。
望嶽——詠東嶽泰山，泰山古稱岱宗，在今山東泰安縣北。
岱宗夫如何？齊魯青未了①。造化鍾神秀，陰陽割昏曉②。盪胸生曾雲③，決眥入歸鳥④。會當淩絕頂，一覽眾山小⑤。（上聲篠韻）
【註解】
①《史記．貨殖列傳》：「泰山之陽則魯，其陰則齊。」未了，不斷的樣子。
②造化意即天地；鍾，聚的意思，是說天地神秀之氣，都聚於泰山。山後為陰，日光不到，所以易昏，山前為陽，日光先照，所以易曉。割，分的意思。
③曾同「層」，層雲動盪，胸襟不覺洗盪。
④眥，音恣，眼眶。歸鳥入目，眼界就會空闊。
⑤《揚子法言》：「登東嶽者，然後知眾山之峛崺也。」也就是孔子登泰山而小天下的意思。
【作意】
題目是「望」，不是「登」，所以句句從「望」字着想，抒發可望而不可即的感想。全詩大意也就在此。
【作法】
分前後兩段，前段是寫嶽，含有「望」字，後段是寫望，含有「嶽」字。「會當」是希望之辭，結「望」字。仇兆鰲說：此詩用四層寫：一二句是遠望之色，三四句是近望之勢，五六句是細望之景，七八句是極望之情。上六句是實敘，下二句是虛摹。這種寫法，顯得層次格外明白。</td></tr>
</table>

〔註 9〕顧青：《唐詩三百首》，北京：中華書局，2009 年。
〔註 10〕喻守真：《唐詩三百首詳析》（重校本），香港：中華書局，2012 年。

書　名	內頁內容
《唐詩三百首》〔註 11〕	春雨　李商隱 悵臥新春白袷衣， 白門寥落意多違。 紅樓隔雨相望冷， 珠箔飄燈獨自歸。 遠路應悲春晼晚， 殘宵猶得夢依稀。 玉璫緘札何由達？ 萬里雲羅一雁飛。 白袷衣　白色的夾衣。 白門　地名，一指男女歡會之所。 紅樓　此指白門附近佳人所住的地方。 珠箔　珠玉綴成的簾子。 晼　日落。 玉璫緘札　緘札，書信。古人常以環飾與書信同寄，以為信物。玉璫，玉耳飾。 雲羅　濃雲密布像羅網。
三、鑑賞	
《唐詩三百首鑑賞》〔註 12〕	孟浩然 秋登蘭山寄張五 北山白雲裏，隱者自怡悅。相望試登高，心隨雁飛滅。愁因薄暮起，興是清秋發。時見歸村人，沙行渡頭歇。天邊樹若薺，江畔洲如月。何當載酒來，共醉重陽節。

〔註 11〕人人出版公司編輯部：《唐詩三百首》，臺北：人人出版股份有限公司，2012 年。

〔註 12〕黃永武、張高評：《唐詩三百首鑑賞》，臺北：黎明文化事業公司，1986 年。

書　名	內 頁 內 容
	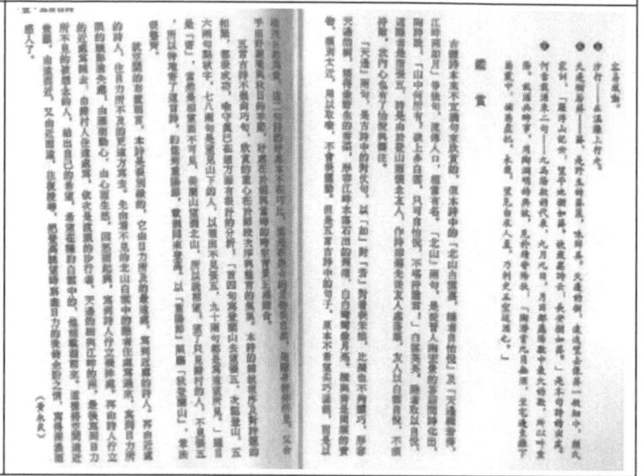
	四、吟唱
《幼兒唐詩三百首吟唱》〔註 13〕	 

〔註 13〕風車圖書出版社編輯部：《幼兒唐詩三百首》，臺北：風車圖書出版有限公司，2014 年。

書　　名	內 頁 內 容
五、繪圖／繪本	
《唐詩三百首》〔註 14〕（圖文並茂・注音版）	 〈尋隱者不遇〉 賈島・五言絕句 松下問童子， 言師採藥去。 只在此山中， 雲深不知處。 【注釋】 ❶尋：原本是「找」的意思，這裡當「拜訪」講。 ❷隱者：隱居的人。 ❸童子：小孩子，指隱者的徒弟。 ❹採藥：古人為了長生不老，常去山中採集草藥。 ❺雲深：形容雲霧很濃厚。 ❻處：在什麼地方。 【說明】 ＊我到山中去拜訪隱者，走到松樹下詢問一位小孩子，隱者去哪裡了。 ＊他說他的師父已經去山中採草藥了。 ＊我只知道他在這座山裡面。 ＊但是山中雲霧繚繞，卻不知道他在哪裡。
《新編唐詩三百首》〔註 15〕	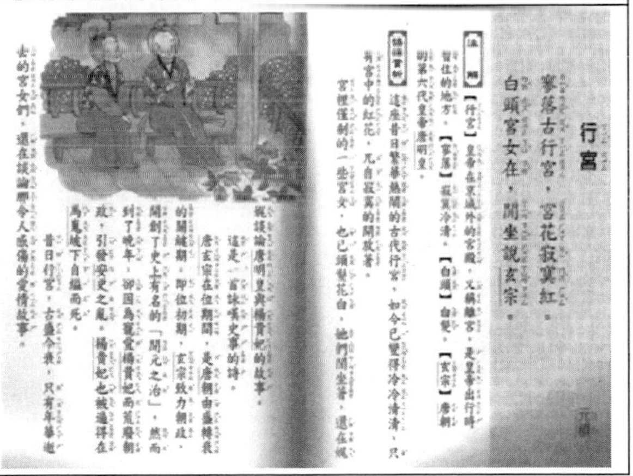 行宮 元稹 寥落古行宮，宮花寂寞紅。 白頭宮女在，閒坐說玄宗。 注解 【行宮】皇帝在京城外的宮殿，又稱離宮，是皇帝出行時暫住的地方。【寥落】寂寞冷清。【白頭】白髮。【玄宗】唐朝的第六代皇帝唐明皇。 語譯賞析 這座昔日繁華熱鬧的古代行宮，如今已變得冷冷清清，只有宮中的紅花，兀自寂寞的開放著。 宮裡僅剩的一些宮女，也已頭髮花白，她們閒坐著，還在娓娓談論唐明皇與楊貴妃的故事。 這是一首詠嘆史事的詩。 唐玄宗在位期間，是唐朝由盛轉衰的關鍵期。即位初期，玄宗致力朝政，開創了史上有名的「開元之治」，然而到了晚年，卻因為寵愛楊貴妃而荒廢朝政，引發安史之亂。楊貴妃也被逼得在馬嵬坡下自縊而死。 昔日行宮，古盛今衰，只有年華逝去的宮女們，還在談論那令人感傷的愛情故事。

〔註 14〕風車圖書出版社編輯部：《唐詩三百首》，臺北：風車圖書出版有限公司，2008 年。

〔註 15〕鄧妙香、王金芬：《新編唐詩三百首》，臺南：世一文化事業股份有限公司，2011 年。

書　　名	內 頁 內 容
六、漫畫	
《漫畫唐詩三百首》〔註 16〕	
七、攝影	
《唐詩宋詞三百首（影畫版）》〔註 17〕	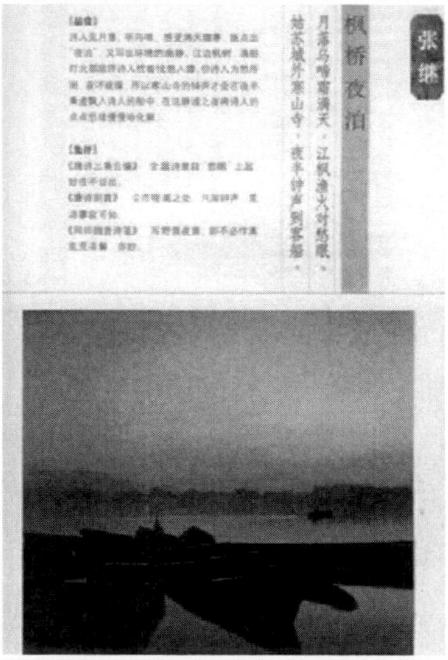

〔註 16〕蔡志忠：《漫畫唐詩三百首》，臺北：大塊文化出版股份有限公司，2013 年。

〔註 17〕詹丹主編，王仁定等攝影，應炯等品賞：《唐詩宋詞三百首（影畫版）》，上海：華東師範大學出版社，2003 年。

所謂「欣賞文學，舍精研更莫由也。研之精則悟之深，悟之深則味之永，味之永則神相契，神相契則意相通，意相通則詁之達矣。」〔註 18〕今人在文本上不同類型的詮釋，各有其不同的特色與著眼點，以不同的方式呈現唐詩的面貌，能幫助讀者對於唐詩有著更深入的理解與認識。

所謂詩人「意在筆先」，早已安排下激動人心的種子；讀者「知人論世」，也必須深揣詩人原來的生活與思想，才有一個悟入處。〔註 19〕無論是白話翻譯本、新註釋／新評本、鑑賞本，皆是由詩人的生平來作爲探悉詩作的起點，以白話翻譯本來說，目前最常見的是邱燮友的《新譯唐詩三百首》，其在《新譯唐詩三百首・導讀》提到：

> 我對《唐詩三百首》所作的工作，仍以整理古籍的方式，希望透過新的處理後，能增加該書的可讀性。同時以今人言就文學的觀點，給予唐詩新的評價，名之爲《新譯唐詩三百首》。……每一首詩加注音，新式標點，長詩分章節，使它適合現代人朗誦之用。由於國音中沒有入聲，而詩中的入聲字，一概作爲仄聲，在詩律或吟讀上，自有其重要性，因此詩中遇有入聲字，在注音旁加一黑點，以便識別。此外，在每一種詩體前，概要地介紹該體的淵源、韻律和作法，供初學者明瞭詩體的流變，相互間的差異。然後在每首詩中，再分「作者」、「韻律」、「注釋」、「語譯」、「賞析」等項，加以剖析，使讀者涵泳期間，不因時代的久遠，語言、文字的障礙，也能心領意會，感悟其中的情意，明辨各體詩的作法，以期收到事半功倍的效果。〔註 20〕

〔註 18〕傅庚生：《中國文學欣賞舉隅》，（臺北：萬卷樓圖書股份有限公司，2000 年），頁 3。

〔註 19〕傅庚生：〈説唐詩的醇美〉，收入於聞一多、王蒙等著，胡曉明選編：《唐詩二十講》（北京：華夏出版社，2009 年），頁 13。

〔註 20〕邱燮友：《新譯唐詩三百首》（臺北：三民書局，1981 年），頁 9～10。

邱燮友從「作者」、「韻律」、「注釋」、「語譯」、「賞析」等面向，讓人讀懂唐詩。而王進祥《唐詩三百首集解》與趙昌平《唐詩三百首全解》在解釋詩作時，以「注釋」、「語譯」、「講析／賞析」三個部分呈現，在講析部分先論詩人生平，後帶入詩作中所呈現的情感，從詩人的遭遇中來解析詩作的內涵。此外，吳餘鎬《唐詩三百首導讀》與其他文本有著相當大的不同之處，此書分成六個部分：第一部分，簡介《唐詩三百首》。第二部分，從詩體的形式、分期和特色、作家與作品三個方面認識唐詩。第三部分，從修辭的手法來說明，怎樣讀唐詩。第四部分，讀詩的態度。第五部分，列舉十首詩作賞析舉隅。第六部分，以律絕平仄的推演與律詩句法當作附錄。全書從多方面的引導探索，其編排方式或許可作爲詩歌教學的教材。其在〈自序〉中說：

> 冀望通過《唐詩三百首導讀》，可使讀者對它有更明確更具體的認識，進而對唐詩體裁的認識、詩體的變遷、格律的形式等能有更深入的了解，並且明白作者、作品與時代背景的關係，從而進入作品裡面，一窺作者的詩境，同其共鳴。〔註 21〕

白話翻譯本的詮釋，皆由詩人的生平來做爲開端，恰如王志忱所言：

> 輸入了作者生命的作品，才具有個別性，具有個別性的作品，才是眞藝術，一件美好的藝術品，絕不會受時間的影響而失去原有的光彩，它將被千載後的讀者所欣賞崇拜，而永垂不朽。〔註 22〕

透過詩人的生平遭遇，融入詩作，幫助初學者在詩句語意尚未能完全理解的情況下，先走入詩人的生命經歷，而能夠在閱讀詩作時，進入其意境中，而在白話翻譯的幫助下，能夠迅速的讀懂詩作。在學習唐詩上，白話翻譯本有著相當大的幫助。

在白話翻譯本之外，新註釋／新評本也是今人學習唐詩的選擇文

〔註 21〕吳餘鎬：《唐詩三百首導讀》（臺南：大孚書局，1993 年），頁 7。
〔註 22〕王志忱：《文學原論》（臺北：啓德出版社，1972 年），頁 117。

本之一，其與白話翻譯本的差異是在於有無詩作的全文翻譯，，可以算的上是進階版的學詩文本。在此類型的文本中，喻守真《唐詩三百首詳析》與金性堯《唐詩三百首新注》是較爲人所知的版本。喻守眞《唐詩三百首詳析》對於詩人生平與事跡、詩題與詩作的創作特點等皆有介紹，在分析詩作時，分成「註解」、「作意」、「作法」三個方面。在註解方面，沒有作過多徵引和考證，僅就詩中的詞意簡單明瞭的解釋，讀來淺顯易懂，其著重的重點在於剖析詩的主題、詩作的藝術結構、詩句章法和創作特點，從作意與作法兩方面，引導讀者鑒賞唐詩。金性堯《唐詩三百首新注》同樣對於詩人生平與事跡有著簡單的介紹，然其著重的重點在於注釋的部分，用心地徵引和考證詩句中的內容，並且在說明中對於詩作的創作背景與相關的事蹟多有著墨，前人對於詩作的評語皆列入其中。今人在新註釋／新評本的詮釋，可見《唐詩三百首》的另一種風貌。此外，黃永武、張高評合編的《唐詩三百首鑑賞》從「註解」與「鑑賞」兩個方面來探析，首先介紹詩人與其創作風格特色，對於詩句中的徵引在註解中有詳盡的介紹，在探悉詩作時，從不同面向、不同角度，由小而大、由近而遠的探索，對於詩作有著全面性的鑑賞。

吟唱本是當中唯一有聲音光碟作爲輔助學習的版本，風車圖書出版社所編的《幼兒唐詩三百首》選錄 42 首念唱輕快的唐詩作品，以圖文配合的方式，作爲幼兒學習唐詩的讀本，並且將選入的唐詩錄製吟唱的光碟，以圖畫、詩作、音樂三個面向一起刺激學習，如同沈德潛在《說詩晬語》所說：

> 詩以聲爲用者也，其微妙在抑揚抗墜之間。讀者靜氣按節，密詠恬吟，深前人聲足難寫、響外別傳之妙，一齊俱出。朱子云：「諷詠以昌之，涵濡以體之。」眞得讀詩趣味。〔註 23〕

〔註 23〕（清）沈德潛著，霍松林校注：《說詩晬語》（北京：人民文學出版社，1979 年），頁 187。

又梁石在《中國詩歌發展史》對於詩歌的產生曾說：

> 未有文字，先有詩歌。人類口頭歌訣是語言藝術之開端，世界上一切民族的文學都是從人類的「口頭文學」創作中而發凡的。詩歌文學之發生，遠在未有文字之前，當人類有了言語，便產生了詩歌。〔註24〕

以吟唱的方式學習唐詩，就像是回歸到詩歌的發展源頭一般，儘管幼兒不識文字，但仍然可以以口頭吟唱，與圖畫的印象來學習唐詩。而繪圖／繪本類，同樣是爲兒童閱讀所設計的文本，以風車圖書出版社出版的《唐詩三百首》與鄧妙香與王金芬編的《新編唐詩三百首》爲例，風車圖書出版社出版的《唐詩三百首》在每一首詩作中都安排了符合詩意的黑白插圖，分爲注釋與說明兩方面，注釋部分以簡易好理解的方式幫助孩童學習，在說明的部分，則是以單句爲翻譯的方式解釋詩作。鄧妙香與王金芬編的《新編唐詩三百首》以彩色插圖配合詩文的方式呈現，分爲「注解」與「語譯賞析」兩個部分，以簡單明瞭的字詞注解與語譯引導孩童學詩，最後以較爲「童言童語」的語詞，賞析詩作的意境與情緒。王志忱曾說：

> 讀者被作品所引起之情緒，雖不能持續很久，而整個人類的情感，卻是久久不變。幾千年以來，雖然時代變了，人們的思想、知識、生活方式，隨著時代改變很大，而在情感這方面，卻沒有什麼改變。亦即古人之悲喜仍可代表今人之悲喜，今人之哀樂，實無異於古人之哀樂。〔註25〕

或許唐詩中的詩意與意境孩童無法完全體會，但對於直接的情緒感受，應當是可以引導孩童感同身受。作爲啓發兒童學詩的兒童讀本，按照孩童的思惟方式來設計，配合孩童心智發展的水平，讓孩童主動的投入在情境中引發學習興趣，吟唱與繪圖／繪本是可以促進孩童加深學習發展的詮釋文本。

〔註24〕梁石：《中國詩歌發展史》（臺北：經民出版社，1976年），頁5。
〔註25〕王志忱：《文學原論》（臺北：啓德出版社，1972年），頁127。

以漫畫本來說，蔡志忠所繪《漫畫唐詩三百首》是目前坊間最爲人所知的《唐詩三百首》漫畫本，在書中先簡單的介紹詩人的生平，並且以連續畫圖的呈現手法，引發閱讀的興趣。每首詩以詩句爲單位，以一句或一聯所含的意境畫成一格，使讀者可直接由圖象表面的視覺感官，描寫深入內心的心靈開拓。在閱覽中，藉由漫畫所呈現的情感，以了解詩人內在的心靈意境及情感的抒發。在閱讀中，受到圖畫的引導，將內在的生命美好情思發掘出來、提升起來，使讀者能夠直接面對自我的心靈與生命。在閱讀之外，更進一步引發「悅讀」經典的樂趣。閱讀不僅限於純文字的文本，在漫畫的輔助之下，深入了解而對詩作有所體會，也提升了學習的實用價值。

以攝影本來說，詹丹主編的《唐詩宋詞三百首（影畫版）》爲相當具有特色的文本，如同詹丹在〈序〉中所言：

> 以現代的攝影圖像來配唐代的名詩，在出版界還是首次。如果說，歷代畫家是從各自的理解出發來對作爲謎面的詩歌提出了一種圖像式的解答，那麼我們看到，這種尋求謎底的沖動甚至激情，在一些當代攝影家的心頭仍然揮之不去。而且在現代目光的觀照下、現代技術手段的表現中，獲得的謎底，就有了一種全新的意味，其與謎面之間的特有張力，使得我們不禁要對已有的配圖做出新的審視。……在唐詩攝影版中，我們還可以走向另一種對照式閱讀思路。在圖像與詩歌互爲詮釋時，所附的歷代評點，已提供了一種獨特的詮釋方式，這樣，在打開本書時，不但我們的感官世界有了一種近乎於全息式的享受，而就聽覺來說，在感性的詩歌與理性詮釋的交織中，也形成了一種多聲部的聲響效果。
>
> 當詩人讓他們的歌聲飄蕩在時間的延續里，圖像似乎曾經擁有過一個更深邃的耳朵在旁默默傾聽，並努力把自己的傾聽表達出來；當圖像以光景和色彩把空間打扮起來，沒

有具象的文字如一片混沌的背景托起了這些耀眼的圖畫。

面對這樣的聲音與圖像魅力，我們的感官將因此而變得異常敏銳。〔註 26〕

以詩文中的場景，配合相片，引出唐詩的另一種生命力，楊昌年曾說：

詩作之能具備意境，在讀其詩，如見其人，如臨其境，並可感覺出作者的性格、特徵、理想，及在事物的敘述後所含蘊的嚴肅深刻的意義。不僅能感染讀者，更進一步能影響讀者，具備一種與我同行召喚的力量，使讀者能生敬慕嚮往之情。〔註 27〕

攝影本的呈現，帶著讀者走入唐詩中所描繪的世界，營造出閱讀不僅限於文本，閱讀也可以是閱讀身邊的人事物的另一種閱讀的層次，在閱覽中深入了解而有所體會生活處處皆能學習的實用價值。

唐詩之所以美，在於它有個性。所謂個性是說一個人在精神上成熟了，能夠有情地以獨立自主的意識，來對周圍的世界進行無限的判斷和觀賞。〔註 28〕黃永武〈詩與生活〉說：

生活有時懵懵懂懂，詩則可以清晰地反映人生，從詩中照見自己，教人警醒活著的方向；生活有時卑陋粗糙，詩則可以喚起愛、喚起善，淨化心靈，提升精神至一個較爲精緻高雅的領域；生活有時失望悲苦，詩則可以激發共鳴，宣洩憂悶，從生活的缺陷中體味美，撫慰每一個心靈；生活有時窄隘枯澀，詩則可以翻空出奇，新造一個瑰麗無窮的世界，讓一草一木，都通靈氣，將無情的轉爲有情，將有限的引向無限。〔註 29〕

〔註 26〕詹丹主編，王仁定等攝影，應炯等品賞：《唐詩宋詞三百首（影畫版）》（上海：華東師範大學出版社，2003 年），頁 1～2

〔註 27〕楊昌年：《新詩賞析》（臺北：文史哲出版社，1982 年），頁 39。

〔註 28〕蔣孔陽：〈唐詩的審美特徵〉，收入於聞一多、王蒙等著，胡曉明選編：《唐詩二十講》（北京：華夏出版社，2009 年），頁 29。

〔註 29〕黃永武：《詩與美》（臺北：洪範書店，1984 年），頁 1～2。

詩人筆下所蘊藏的深厚情思，以凝練的筆墨展現豐富的內容。在讀詩時，透過今人的不同詮釋，減少了讀者在閱讀上對於詩作無法理解與融入的情形，而對詩情能有立即的體會，對詩意亦有一定程度的認識，在今人的解析下揣摩詩作的意境，進而有所體悟，而體會詩歌的生命力和感染力。

第二節 《唐詩三百首》與兒童文學

孫洙編選《唐詩三百首》的目的，是爲了村塾兒童啓蒙教育，蒙學作爲所有知識學習的基礎，自古以來有不同類型的教材應用在兒童教育上，錢加清在〈我國古代蒙學特點簡析〉中，將蒙學教材分三個階段：

> 一、周朝至唐朝的蒙學教材以識字爲主，同時進行道德與多方面的知識教育。二、宋朝至清朝中葉的蒙學教材，內容上出現了分門撰寫的傾向。如道德教育、歷史故事，典章名物、詩詞歌訣等都有專書。三、清朝中葉至民國初年的蒙學教材，也有改寫的蒙學教材問世。〔註30〕

韓孝輝提出歷代啓蒙教材的發展可以分爲四期，並列舉其著名的教材：

> 一、周秦兩漢時代：《史籀篇》、《倉頡篇》、《博學篇》、《凡將篇》、《急就篇》、《元尚篇》與《訓纂篇》等《急就篇》保存下來，其他大都亡佚。
>
> 二、魏晉南北朝至隋唐：《千字文》、《開蒙要訓》、《太公家教》、《蒙求》和《兔園冊》等。
>
> 三、宋元時期：《百家姓》、《三字經》、《小學》、《千家詩》、《二十四孝》等。

〔註30〕錢加清：〈我國古代蒙學特點簡析〉，《語文學刊》，2001年，第四期，頁9。

四、明清時期：《小兒語》、《弟子規》、《幼學瓊林》、《龍文鞭影》、《昔時賢文》和《唐詩三百首》等。〔註31〕

由上述可見，童蒙教材多是用韻語或是對偶念起來較順口的形式編成，這樣的教材可使兒童在閱讀時方便記誦，達到童蒙教育的基礎精神。又周慶華在〈歷代啓蒙教材中兒童觀念的演變及其意義〉提出中國歷代啓蒙教材的內涵有幾個轉折：

第一，它比先秦時代更有意識的要培養兒童成爲通才，以至所期待兒童的，識字不足，還得博學、修身和養生兼備才行；第二，在相關的博學、修身和養生的教材中，逐漸有增加「性質」方面的分量的趨勢；第三，所多出的範本式的詩歌教材，又有難度越來越高的跡象。〔註32〕

古代的蒙學教育即是現今的兒童教育，而兒童文學的產生是肇始於教育兒童的需要，兒童教育需要兒童文學來作爲教育兒童的工具時，兒童文學應運而生，〔註33〕也就是說兒童文學是伴隨著兒童教育的需要而發生、而發展、而壯大的，〔註34〕如同蔣風所強調「兒童文學是人生中最早的教科書」〔註35〕

關於兒童文學所指的「兒童」，吳鼎有著較全面的解釋：

兒童文學上所指的兒童，就是泛指幼稚園和小學兒童而言。換言之，就是四歲至十二歲的兒童。可以向下延伸到二三歲的嬰兒，也可以向上延伸至十四歲的少年。因爲在

〔註31〕韓孝輝：《《千字文》中故事之研究》（屏東：屏東師範學院國民教育研究所碩士論文，2001年），頁47～58。

〔註32〕周慶華：〈歷代啓蒙教材中兒童觀念的演變及其意義〉，《孔孟月刊》，1999年4月，37卷8期，頁33～34。

〔註33〕林文寶：〈兒童文學・發展・教育與閱讀〉，收入於林文寶：《兒童文學與閱讀》（臺北：萬卷樓圖書股份有限公司，2011年），頁165～166。

〔註34〕蔣風：〈人生最早的教科書——試論兒童文學和兒童成長的關係〉，《基礎教育學報》，2003年，12卷1期，頁20。

〔註35〕蔣風：〈人生最早的教科書——試論兒童文學和兒童成長的關係〉，《基礎教育學報》，2003年，12卷1期，頁20。

> 生命的過程上，兒童與幼兒，兒童與少年，有其延續性。兒童身心發育，有早有遲，很難依年齡來劃分的。英美各國，對於十四五歲以上的少年和青年，另有「青少年文學」，則可知兒童文學中的兒童，係指十四五歲以下的兒童而言了。〔註 36〕

由此可知，國中以下的學童，爲兒童文學主要的教育對象。以兒童的文學教育兒童，吳鼎曾爲兒童文學下定義，他說：

> 所謂兒童文學，應該用兒童的思想，兒童的想像，兒童的語言，兒童的情感，透過文學的手法，描寫大自然的景象，動植物的生活，人和物的刻劃，動和靜的素描，用以增進兒童的知識，陶融兒童的美感，堅定兒童的意志，充實兒童的生活，誘導兒童的向上心理，便是兒童文學。〔註 37〕

從兒童的視野出發，以兒童爲主體的文學，即是兒童文學，雷僑雲在兒童文學的定義中說：

> 兒童文學就是以兒童爲主的文學，有成人專門爲兒童所創作的，但也包括兒童們在成人文學中所選擇，所繼承而來的文學。這些文學都具備了眞善美的內涵，可是由於時空的變更，常使三者在作品中無法同時並存，或互有消長，但仍不失文學的本意，像這種作品我們可稱爲兒童文學。〔註 38〕

雷僑雲在《中國兒童文學》〔註 39〕一書中更進一步將兒童文學分爲七大類：（一）兒童歌謠，（二）兒童詩篇，（三）兒童字書，（四）家訓文學，（五）中國神話，（六）傳記文學，（七）寓言故事。「兒童詩」爲其中一類，林良認爲：

〔註 36〕吳鼎：《兒童文學研究》（臺北：遠流出版社，1983 年），頁 3。
〔註 37〕吳鼎：《兒童文學研究》（臺北：遠流出版社，1983 年），頁 10。
〔註 38〕雷僑雲：《敦煌兒童文學》（臺北：臺灣學生書局，1985 年），頁 25。
〔註 39〕雷僑雲：《中國兒童文學研究》，臺北：臺灣學生書局，1998 年。

> 凡是適合兒童欣賞的成人詩，成人特地寫給兒童欣賞的詩、兒童寫的詩，都是「兒童詩」。〔註40〕

許義宗更深入的解釋：

> 兒童詩是用最精鍊而富有情感及節奏的語文，採分行的形式，將兒童世界的一切事物，以主觀意念，予以形象化，並創造特殊的意境，而能適合兒童欣賞的詩。〔註41〕

詩歌是富有節奏的語言，對於兒童詩與古典詩之間的連結，洪中同強調二者結合的重要性：

> 中國的童詩和中國的古典詩必須有相同的聯結使它互相溝通，它才能上窺古代博大精深的文化，下開綿延光大的先河，能夠這樣，童詩才是中國的童詩，它的地位和價值才會愈高。〔註42〕

詩歌教育從小開始，錢鍾書描述自己的學習歷程，他說：「余童時從先伯父與先君讀書，經、史、『古文』而外，有《唐詩三百首》，心焉好之，獨索冥行，漸解聲律對偶。」〔註43〕唐詩讀來簡潔且有節奏又押韻，應當適合孩童學習。林文寶曾說：「對兒童進行詩歌教學是可行、可能也是必要的，愈早將心中所蘊藏的眞、善、美引發出來，便愈早能讓他體會其心中的有情世界。」〔註44〕《唐詩三百首》作爲童蒙教材，選入的當是適合兒童欣賞的成人詩，詩歌以語言文字的精鍊

〔註40〕林良：〈兒童詩的欣賞和教學〉，收入於苗栗縣政府國教輔團：《兒童詩歌欣賞與指導》，頁21。

〔註41〕許義宗：《兒童詩的理論與發展》（臺北：中山學術文化基金會獎助出版，1979年），頁13。

〔註42〕洪中同：〈古典詩與中國詩的融合〉，《兒童文學周刊》，1981年，439期，轉引自雷僑雲：《中國兒童文學研究》（臺北：臺灣學生書局，1998年），頁295。

〔註43〕錢鍾書：〈序〉，《槐聚詩存》（北京：生活·讀書·新知三聯書店，2001年），頁1。

〔註44〕林文寶：〈國小作文教學的觀念與演變〉，收入於林文寶：《兒童文學與語文教育》（臺北：萬卷樓圖書股份有限公司，2011年），頁272。

表現手法，刻畫深刻的意蘊內涵與意境情感，詩人以精確的節奏傳遞出濃厚的詩意。

古典詩歌的教學從小開始，曾純純說：

> 在幼兒語文教學，古典詩歌的教唱早已占一席之地，這是不容忽視，況且在語文一項中，只有古典詩歌是「直接」傳受古文之美，其他如古代寓言、神話、故事、傳記均需……。〔註45〕

羅鳳珠也說：

> 古典詩最好從小學起，詩詞是最精緻的語言訓練，與最好的美學薰陶！小學生雖未必能了解詩中意境，但只要記於心中，遇到適合場合字句便會自然湧現；隨著年歲增長，小讀者將會慢慢理解詩中意境。〔註46〕

中國古典詩歌，往往蘊含濃烈的感情，深藏的意境，使人從詩歌所發覺到的啓示中提升教育價值，進而深入觀察、領會周圍的一切事物感受到實際生活中的人情味與休養個人情操。詩歌本身的眞實經驗、強烈動人的情感，令人回味無窮。明人王陽明（1472～1529）有一段論述：

> 大抵童子之情，樂嬉遊而憚拘檢，如草木之始萌芽，舒暢之則條達，摧撓之則衰痿。今教童子，必使其趨向鼓舞，中心喜悅，則其進自不能已。譬之時雨春風，霑被卉木，莫不萌動發越，自然日長月化；若冰霜剝落，則生意蕭索，

〔註45〕曾純純：〈臺灣地區幼兒唐詩選本述評〉，《美和技術學院學報》，2002年，第21期，頁148。原文爲「在幼兒語文教學，古典詩歌的教唱早已占一席之地，這是不容忽視，況且在語文一項中，只有古典詩歌是「直接」傳受古文之美，其他如古代寓言、神話、故事、傳記均需透過改寫重編，才能讓幼兒領略中國文學的精髓。」然文中「其他如古代寓言、神話、故事、傳記均需透過改寫重編」之說，有待商榷，故本文引用處將此以「……」帶過。

〔註46〕羅鳳珠：〈創意＋趣味　教小孩讀古典詩〉，聯合報，2009年5月5日，專輯A16。

> 日就枯槁。故凡誘之歌詩者，非但發其志意而已，亦所以洩其跳號呼嘯於詠歌，宣其幽抑結滯於音節也。〔註 47〕

教育要如同栽培草木一樣，不可壓制束縛，營造好的學習環境以及融入日常生活，自然學得好。詩教對兒童既能發其意志，陶冶性情，藉由詩教更能從小培養學童傳統儒家的倫理道德觀。

以孩童學習語言的經驗來看，音節的斷句是孩童最容易辨別的單位，分割音節的能力，隨著心跳的律動或是日常生活中的一些舉動（拍手、踏步），自然而然天生有之，這樣的學習經驗，與朱熹（1130～1200）在《詩集傳・序》提出詩歌產生的原因有著巧妙的連結，他說：

> 人生而靜，天之性也。感於物而動，性之欲也。夫既有欲矣，則不能無思。既有思矣，則不能無言。既有言矣，則言之所不能盡，而發於咨嗟咏歎之餘者，必有自然之音響節奏族（音奏）而不能已焉。〔註 48〕

詩歌產生的原因，是因爲有言語無法表達詮釋的感受，所以藉著咨嗟詠歎自然的音響節奏來表現。孩童學習語言亦是如此，或許無法完全的理解詮釋，但可以隨著節奏來學習認識。恰如林守爲所言：「就整個種族的生命說，最早發生關係的文學是詩歌；就整個人的生命說，最早發生關係的文學也是詩歌。」〔註 49〕高明也認爲詩在形式上，特別重視節奏的表現。〔註 50〕雷僑雲進一步解釋：

> 詩可視爲近似音樂化的語文，因爲他是最重視聲音節奏的。所謂節奏，是指一定時間內，有規則化地重覆某種感覺的印象，而詩的節奏，是由聲音所形成的，因此被稱爲聲律。詩所具備的這種聲律由於它在詩中能產生很大的作

〔註 47〕徐愛：〈訓蒙大意示教讀劉伯頌等〉，《王陽明傳習錄》，（臺北：廣文書局，1969 年），頁 133～134。

〔註 48〕（宋）朱熹：《詩集傳》（上海：中華書局，1958 年），頁 1。

〔註 49〕林守爲：《兒童文學》（臺北：五南圖書出版公司，1989 年），頁 219。

〔註 50〕高明：《中國文學》（臺北：復興書局，1969 年），頁 14。

用，所以幾乎就等於是詩的生命。〔註 51〕

《唐詩三百首》是現今流傳最廣的唐詩讀本，也是現今使用在唐詩教學上的主要讀本之一，在現今教育中，學詩是從小開始，孩童在進入幼稚園，便開始朗誦、背誦詩歌。在學詩之初，孩童對詩句語意尚未能完全理解，僅能憑藉對詩句中聲情與節奏的變化，在朗誦當中有所體會而能記憶。而學詩的過程隨著年齡的增長，有更深入的學習。以下從兒童讀詩以節奏爲最直接體驗學習的角度來探索，藉由《唐詩三百首》中所選最短小的詩作—五絕詩作〔註 52〕的句式節奏分析爲例，以瞭解詩歌與兒童文學間的關係，以及句式節奏對於兒童學詩體驗的潛在影響。

學詩主要是靠朗誦來記憶，學詩過程中節奏佔有重要的位子，詩歌的平仄聲調變化形成了詩歌的節奏，節奏對於詩境的營造，有著極大的影響，如同《禮記・樂記》所說：

> 樂者，音之所由生也，其本在人心之感於物也。是故其哀心感者，其聲噍以殺；其樂心感者，其聲嘽以緩；其喜心感者，其聲發以散；其怒心感者，其聲粗以厲；其敬心感者，其聲直以廉；其愛心感者，其聲和以柔。六者非性也，感於物而后動。〔註 53〕

詩歌所傳達出的情緒與文字緊密連結，在平仄聲調的交錯配合的節奏中，傳達出「哀樂喜怒敬愛」的情緒，更帶出了詩歌豐沛的生命力。除此之外，詩歌的完成，是聲調與音節的完成。而音節的斷句便是「句式」，這是一種來自句中語音單位自然的節奏感，湯顯祖在〈答淩初

〔註 51〕雷僑雲：《中國兒童文學研究》（臺北：臺灣學生書局，1998 年），頁 150。

〔註 52〕「絕句是唐詩最短小的體裁，同時也是中國古典詩歌最短小的體裁。」參考自周嘯天：《唐絕句史》（合肥：安徽大學出版社，1999 年），頁 2。

〔註 53〕（清）孫希旦撰，沈嘯寰、王星賢點校：《禮記集解》（臺北：文史哲出版社，1990 年），頁 976～977。

成〉曾說：「四六之言，二字而節，五言三，七言四，歌詩者自然而然。」〔註 54〕在閱讀作品時自然而然有的節奏感：四言詩爲 2+2 的節奏，六言詩爲 2+2+2 的節奏，五言詩有三音節的節奏，分作 2+3 的形式，七言詩有四音節的節奏，分作 4+3 的形式。句式是早在詩律形成時便存在的，以孩童學習語言的經驗來看，音節的斷句是孩童最容易辨別的單位，分割音節的能力，隨著心跳的律動或是日常生活中的一些舉動（拍手、踏步），自然而然天生有之。詩歌的學習，在句式與平仄的交映下，單式、雙式的節奏與抑揚頓挫的聲調，加深了學習上的印象。

明人胡震亨（1569～1645）《唐音癸籤》：「五字句以上二下三爲脈，七字句以上四下三爲脈，其恆也。」〔註 55〕「脈」的概念正是句式音節的最大切分點，以漢語節律學來說，切分就是傳統所謂的斷句，但斷句不分大小，切分則有大小之分。不同的切分法得出的結果不同。〔註 56〕周嘯天在《唐絕句史・引言》說：

> 詩源於歌，本是唱的。歌唱藝術是呼吸的藝術，有個換氣的問題，這決定了歌句（亦即詩句）的長度有限。大體說來，一呼一吸的人均時值，也就決定著詩句的長度。〔註 57〕

此段論述，恰好可拿來當作詩句切分點概念的最佳詮釋。以五言句式來說，有著多種變化，王力《漢語詩律學》歸類如下：2+1+2、2+2+1、1+2+2、1+3+1、1+1+3、2+3、3+2、4+1、1+4，共九種形式。〔註 58〕雖有多種變化，但爲了配合音調的節奏，唐詩人五言常用的句式以 2+3 爲主，其次是 2+1+2 或 2+2+1。〔註 59〕

〔註 54〕（明）湯顯祖：《湯顯祖集》（臺北：洪氏出版社，1975 年），頁 1345。

〔註 55〕（明）胡震亨：《唐音癸籤》（臺北：木鐸出版社，1982 年），頁 31。

〔註 56〕吳潔敏、朱宏達：《漢語節律學》（北京：語文出版社，2000 年），頁 44～45。

〔註 57〕周嘯天：《唐絕句史》（合肥：安徽大學出版社，1999 年），頁 6。

〔註 58〕王力《漢語詩律學》（臺北：宏業書局，1985 年），頁 230～233。

〔註 59〕許清雲：《近體詩創作理論》（臺北：紅葉文化事業有限公司，2003

在句式之中，又分爲單式句與雙式句之不同，而句式的單雙取決於最末一個音節。〔註 60〕鄭騫對此有深入的說明：

> 句式之大別，可分爲二，曰單與雙。……單式句，其聲「健捷激裊」；雙式句，其聲「平穩舒徐」……單式句讀之有跳動之立體感，雙式句有舒展之平面感，是爲中國一切文體之共同情形。〔註 61〕

單式句的「健捷激裊」，以杜甫〈八陣圖〉爲例：「功蓋／三分國，名成／八陣圖。江流／石不轉，遺恨／失吞吳。」（頁 295）全詩以 2+3 的穩定句式，上半部雙式呈現穩重，下半部單式呈現活潑，在單雙句式的變換中，形成中性而美好的格式，〔註 62〕隱含對諸葛亮的詠歎，對於諸葛亮有著極高的肯定。前兩句又可以細分爲 2+2+1 句式：「功蓋／三分／國，名成／八陣／圖。」前兩句以跳動活潑單式句型，巧妙凝練的寫出諸葛亮的一生，是對於諸葛亮肯定評價。後兩句又可再細分爲 2+1+2 句式：「江流／石／不轉，遺恨／失／吞吳。」以雙式句的沉穩呈現情感的迴盪，帶出濃濃的哀戚之情。全詩呈現出情緒較激昂餘韻迴返的狀態，以前單式後雙式的句式節奏，呈現與暗示杜甫對於諸葛亮一生遭遇，令人讀來感到悲哀的情緒，寄予深厚的感情在其中。

對於單式句與雙式句的合諧搭配，曾永義曾說：

> 一調如純用單式句，則節奏顯得流利快速；如純用雙式句，則節奏顯得平穩緩慢；單雙式配合均勻，則節奏屈伸變化，韻致諧美。兩調字數如果相近，則單式句多者節奏較快；雙式句多者，節奏較慢。〔註 63〕

又如王之渙〈登鸛雀樓〉：「白日／依山盡，黃河／入海流。欲窮／千

年），頁 35。

〔註 60〕曾永義：《詩歌與戲曲》（臺北：聯經出版社，1988 年），頁 47。

〔註 61〕鄭騫：《龍淵述學》（臺北：大安出版社，1992 年），頁 128～129。

〔註 62〕參考自王頌梅教授中國格律文學研究授課講義〈一、句式〉，頁 4。

〔註 63〕曾永義：《詩歌與戲曲》（臺北：聯經出版社，1988 年），頁 29～30。

里目，更上／一層樓。」（頁 296）全詩亦以 2+3 的穩定句式，前兩句寫登樓所見壯闊景象，氣勢雄渾的展現「跳動的立體感」，在短短十個字當中，以寬廣遼遠的視野把山河景象收入眼底，令人讀來有著胸襟爲之一開的輕快感。後兩句再細分：「欲窮／千里／目，更上／一層／樓」，2+2+1 的單式句型，更穩固深入的帶出了詩歌高昂，當中更隱含要站得高才能看得遠，以自然景觀的具體形象來引發抽象生活哲理的思維，讓學童在學習時，能體會詩中勉人積極進取向上，寓寄氣勢深沉的哲思。除了單式句的立體感，雙式句的「平穩舒徐」更是別有一番情思，如崔顥〈長干行〉其一：「君家／何／處住？妾住／在／橫塘。停船／暫／借問，或恐／是／同鄉。」（頁 315）與其二：「家臨／九／江水，來去／九／江側。同是／長／干人，生小／不／相識。」（頁 315）兩首詩是一對有情男女的對話，〔註 64〕前詩是問人，後詩是自答。〔註 65〕這樣類似民歌中對唱的手法，以 2+1+2 的雙式句，呈現出整體舒展的平面感，將女孩的天眞無邪與男孩的樸實淳厚，以白描手法平穩緩慢的刻畫兩人之間的萍水相逢到相見恨晚之情，其中兩首詩的末句更是絕妙地呈現雙式句的情感：女子以「或恐是同鄉」點到爲止的抒發情懷，男子以「生小不相識」恰如其分的表情傳意，和緩帶出淡淡的溫情流露，詩中回盪著兩人率眞質樸的無邪之情，讀來令人感覺俏皮活潑、爽朗輕快。聞一多曾說：

> 詩似乎也沒有在第二個國度裡，像它在這裡發揮過的那樣大的社會功能。在我們這裡，一出世，它就是宗教，是政治，是教育，是社交，它是全面的生活。〔註 66〕

由上述舉例，可見人們對詩歌的感受體會源自於生活，唐詩中的生命

〔註 64〕金性堯：《唐詩三百首新注》（上海：上海古籍出版社，1980 年），頁 321。

〔註 65〕喻守眞：《唐詩三百首詳析》（高雄：高雄復文圖書出版社，2012 年），頁 283。

〔註 66〕聞一多：《聞一多全集》（第十卷）（武漢：湖北人民出版社，1993 年），頁 17。

意蘊與人文涵養，使詩歌走入實用價值的觀念與自由心靈的境界，在句式的呈現上，帶領出詩歌更強烈的生命力。雷僑雲《中國兒童文學研究》更是明確說出文字與聲律的完美搭配：

> 中國文字具有一字一音、音義同源的優越性，所以在詩歌創作中，很容易把語言中的節奏移用到詩的格律中，使作品不僅具有音樂性的美，更能適切地表意，可說是佔盡了聲律美的先機。〔註67〕

在學詩誦詩當中，能夠更貼近詩歌呈現的情感，朱光潛曾說：「主觀的節奏的存在，證明外物的節奏可以受內在的節奏改變。」〔註68〕內在的節奏恰如韻律節奏，而外物節奏則是意義節奏，〔註69〕而句式的單雙，帶領出不同層次的情感。由此可知，以兒童解讀詩的視角來看，句式單雙對於作品的情感呈現，有一定程度的影響。

在現今的語文教學中兒童文學是較受歡迎的，詞句組織整齊、聲調和諧順口、韻律押韻生動、音節清晰，讓人可以琅琅上口。不僅如此更能夠引發感情。加上內容富有趣味性，易被接受。兒童文學，不但能增加語彙，加強說話表達能力，也可啓發的想像力、聯想力、思考力，奠定文學修養的基礎，無形之中更可陶冶的品德，藉文人之作品，使兒童投入於文人之經歷當中，並產生認同，進行理解。正如林良所說：

> 在重視科學的現代，人人關心的是實際的問題，關心的是每一樣東西有甚麼用，這是一種「實用的態度」。用這種態度來看詩，就會覺得詩沒有甚麼用；不過，如果你問：世界上有甚麼東西能夠增進人類的同情心，能夠使人有更敏

〔註67〕雷僑雲：《中國兒童文學研究》（臺北：臺灣學生書局，1998年），頁150～151。

〔註68〕朱光潛：《詩論》（臺北：頂淵文化事業有限公司，2003年），頁122。

〔註69〕此處「韻律節奏」與「意義節奏」的說法，參考自（日）松浦友九著，孫昌剛、鄭天剛譯：《中國詩歌原理》（瀋陽：遼寧教育出版社，1990年），頁104。

> 銳的感受力，能夠訓練人的想像力？那個答案就是「詩」。詩所能辦到的，往往恰好是科學所辦不到的。科學時代的孩子，比任何時代的孩子更需要詩。〔註70〕

《唐詩三百首》經過時代的考驗，流傳至今，在兒童文學中可算的上是值得一讀再讀的讀本，徐復觀曾說：「孔子說：『興於詩，立於禮，成於樂。』，把詩禮樂當作人生教養進昇中的歷程，這是來自實踐成熟後的深刻反省，所達到的有機體的有秩序的統一。」〔註71〕當學童對文人故事產生移情作用，進入文人的世界當中，進而省察自己，更進一步對自己的觀念、行爲產生調適的作用，並重新建構新的觀念。以鮮明生動的形象、鏗鏘悅耳的音韻激發人們的興趣，引起注意，進而去接受「善」的教育，或「眞」得啓迪。〔註72〕當學童形成新觀念之後，在眞實情境中採取行動，使領悟的觀念能夠付諸實踐。以文學蘊含的力量，給孩子們建立自我成長與自我實踐的觀念。

第三節　《唐詩三百首》在現代教學的應用

唐詩中所隱含的人文素養可以融入日常生活之中，透過知人論世、品嗅語言、解析揣摩意境，進而有所體悟與了解詩歌的眞正內涵。詩教融入生活之中，更有著強大的生命力和感染力。在感受中有感動，從中領略，進而感受到生活的美學，展現了詩歌豐沛的生命力。誠如張高評所言：

> 文學作品之意義，是讀者與文本交流的結果。讀者總是以自己的前理解和先見，進行閱讀作品。讀者基於審美趣味、反思理解、闡釋、應用，而進行閱讀重建；又由於作品之

〔註70〕林良：〈「詩」和年輕的心〉，《淺語的藝術》（臺北：國語日報社，1994年），頁169～173。

〔註71〕徐復觀：《中國經學史的基礎》（臺北：臺灣學生書局，1982年），頁7～8。

〔註72〕陳望衡：〈孔子詩教論〉，《益陽師專學報》，1994年5月，15卷3期，頁66～67。

> 召喚性結構，而生發創造性填補和想像性聯接，於是閱讀文本成爲一種創造性的轉換。〔註 73〕

詩歌的閱讀理解亦是如此，爲了瞭解《唐詩三百首》在現代教學的應用，以下分別從文中小學教科書的選用情況及現代教育中的效用略作探悉。

一、《唐詩三百首》在中小學教科書的選用情況

聯合報於 2009 年 5 月 5 日曾報導：

> 爲了讓學生從小體會古典詩詞之美，文建會推出「大家來讀古典詩」教案徵選，以「唐詩三百首」與「全臺詩」爲教案主題，提出申請。教案內容包含：年度研讀計畫、在校成立「古典詩讀書會」，以及建置「古典詩讀書會」部落格等。……文建會將聘請專家學者評選出教案五十件，每件教案最高補助金額爲新台幣十五萬元。〔註 74〕

生長於臺灣，我們有我們獨有的學校生態，也有我們自己的關鍵問題與關鍵變項，從展望未來的角度來看，現況的臺灣教育中有著各種各樣別人碰不到的課題，事實上，這樣的處境正可從單純的「教與學」中掙脫出來，國語文教學應是古典與現代的融合。關於唐詩教學的價值，蔡玲婉說：

> 唐詩在小學教育的價值包括：提升語文能力、增進審美能力、陶養情感志意和了解中華文化四方面。〔註 75〕

陳妙玄也說：

> 在國小語文學習上以唐詩作爲教材，一是內容上可結合語言、音韻、圖畫、生活等素材，且在教學上能與兒童所學

〔註 73〕張高評：〈唐代讀詩詩與閱讀接受〉，《國文學報》（臺北：國立臺灣師範大學國文學系），2007 年 12 月，第 42 期，頁 200。

〔註 74〕聯合報，2009 年 5 月 5 日，專輯 A16。

〔註 75〕蔡玲婉：〈國小唐詩教學探悉〉，《花蓮師院學報》，2004 年，第 18 期，頁 142～144。

習的課程以及生活經驗相結合，是適合兒童學習的教材。……讀唐詩可以學到詩的修辭、構思、結構、描寫的方法；透過唐詩的欣賞教學，可增進小學生的描寫能力；小學生多讀唐詩，可以學習詩文描寫，增進寫詩的能力。〔註 76〕

不僅是在國小，唐詩教育至高中有更深一層的價值，黃瓊君說：

詩歌的教育功能有認識人生，認識社會；陶冶性情，變化氣質；擴大視野，開闊心胸；激發情感，培養情操和增進情意教育與美感教育。〔註 77〕

詩歌是傳達思想與啓發思維的最精鍊的語言，而學習不是把所有的東西都留在腦海裡，是要讓曾經學過、讀過的東西啓發思維。藉著教材引導，更進一步對觀念、學習行爲產生調適的作用，並重新建構新的學習觀念。當新觀念形成之後，在學習當中的眞實情境中採取行動，使領悟的觀念能夠付諸實踐。現今中小學教科書中，各個版本皆有選入唐詩作爲教材，以下就 103 學年度教科書選用唐詩的情形，整理【表十九】如下：

〔註 76〕陳妙玄：《唐詩在國小語文教育上的價值與應用》（屏東：國立屏東教育大學中國語文系語文教育碩士論文，2007 年），頁 24～29。

〔註 77〕黃瓊君：《古典詩鑑賞與教學研究：以一綱多本高中教材爲例》（高雄：國立高雄師範大學國文學系教學碩士論文，2008 年），頁 27～35。

【表十九】103 學年度教科書選用唐詩整理表〔註 78〕

國小國語		
康軒		
五上（第九冊）	第十一課	詩二首（王維〈竹里館〉、李白〈獨坐敬亭山〉）
六下（第十二冊）	第一課	過故人莊（孟浩然）
翰林		
五上（第九冊）	第十課	詩兩首（白居易〈觀游魚〉、蘇軾〈贈劉景文〉）
六上（第十一冊）	第八課	古詩文選讀（劉義慶〈王戎辨苦李〉、王維〈九月九日憶山東兄弟〉）
南一		
五上（第九冊）	第五課	山水詩二首（劉長卿〈送靈澈〉、王維〈鳥鳴澗〉）
五下（第十冊）	第一課	絕句選（李白〈早發白帝城〉、朱熹〈觀書有感〉）
六下（第十二冊）	第一課	春夜喜雨（杜甫）
國中國文		
康軒		
七上（第一冊）	第四課	絕句選（孟浩然〈宿建德江〉、李白〈黃鶴樓送孟浩然之廣陵〉）
七下（第二冊）	第二課	律詩選（王維〈山居秋暝〉、杜甫〈聞官軍收河南河北〉）
八上（第三冊）	第四課	古體詩選（佚名〈庭中有奇樹〉、白居易〈慈烏夜啼〉）

〔註 78〕表格中字體加粗者爲《唐詩三百首》中有收錄的作品。有些選文中含有其他朝代的作品，爲了使教課書在課本單元中選文上完整的呈現，故蘇軾〈贈劉景文〉、劉義慶〈王戎辨苦李〉、朱熹〈觀書有感〉、佚名〈庭中有奇樹〉、佚名〈迢迢牽牛星〉、左思〈詠史〉、佚名〈飲馬長城窟行〉一併置入表格中。關於目前國語文教課書中，學生學習唐詩的內容，見【附錄三】學生課本筆記書影，附錄中僅置入四位學生的課本筆記爲例。

<table>
<tr><td colspan="3">翰林</td></tr>
<tr><td>七上（第一冊）</td><td>第二課</td><td>絕句選（王之渙〈登鸛雀樓〉、李白〈黃鶴樓送孟浩然之廣陵〉、張繼〈楓橋夜泊〉）</td></tr>
<tr><td>七下（第二冊）</td><td>第二課</td><td>律詩選（孟浩然〈過故人莊〉、杜甫〈聞官軍收河南河北〉）</td></tr>
<tr><td>八上（第三冊）</td><td>第五課</td><td>古詩選（佚名〈迢迢牽牛星〉、白居易〈慈烏夜啼〉）</td></tr>
<tr><td colspan="3">南一</td></tr>
<tr><td>七上（第一冊）</td><td>第三課</td><td>絕句選（王之渙〈登鸛雀樓〉、李白〈黃鶴樓送孟浩然之廣陵〉、張繼〈楓橋夜泊〉）</td></tr>
<tr><td>七下（第二冊）</td><td>第三課</td><td>律詩選（孟浩然〈過故人莊〉、杜甫〈聞官軍收河南河北〉）</td></tr>
<tr><td>八上（第三冊）</td><td>第三課</td><td>古詩選（佚名〈迢迢牽牛星〉、陳子昂〈登幽州臺歌〉）</td></tr>
<tr><td colspan="3">高中國文〔註 79〕</td></tr>
<tr><td colspan="3">翰林</td></tr>
<tr><td>高一（第二冊）</td><td>第十一課</td><td>古詩選（左思〈詠史〉、李白〈宣州謝朓樓餞別校書叔雲〉）</td></tr>
<tr><td rowspan="2">高二（第三冊）</td><td>第十三課</td><td>唐詩選（崔顥〈黃鶴樓〉、杜甫〈石壕吏〉、李商隱〈無題〉（相見時難別亦難））</td></tr>
<tr><td>第十四課</td><td>琵琶行并序（白居易）</td></tr>
<tr><td colspan="3">南一</td></tr>
<tr><td>高一（第二冊）</td><td>第十二課</td><td>唐詩選（李白〈春夜洛城聞笛〉、杜甫〈旅夜書懷〉）</td></tr>
<tr><td>高三（第六冊）</td><td>第七課</td><td>琵琶行并序（白居易）</td></tr>
<tr><td colspan="3">三民</td></tr>
<tr><td>高一（第一冊）</td><td>第九課</td><td>長干行（李白）</td></tr>
<tr><td>高二（第三冊）</td><td>第八課</td><td>唐詩選（王維〈鳥鳴澗〉、杜甫〈旅夜書懷〉）</td></tr>
<tr><td>高三（第六冊）</td><td>第一課</td><td>琵琶行并序（白居易）</td></tr>
</table>

〔註 79〕此爲高中國文 101 課綱版本。

康熹		
高一（第一冊）	第六課	樂府詩選（佚名〈飲馬長城窟行〉、李白〈長干行〉）
高二（第三冊）	第六課	唐詩選（李商隱〈夜雨寄北〉、杜甫〈旅夜書懷〉、崔顥〈黃鶴樓〉）
高二（第三冊）	第七課	琵琶行并序（白居易）
龍騰		
高一（第一冊）	第九課	樂府詩選（李白〈長干行〉、佚名〈飲馬長城窟行〉）
高一（第二冊）	第五課	琵琶行并序（白居易）
高二（第三冊）	第八課	唐詩選（杜甫〈旅夜書懷〉、李商隱〈夜雨寄北〉、岑參〈走馬川行奉送大夫出師西征〉）

現行教科書所選錄的唐詩中，絕大多數的作品《唐詩三百首》中都有選入，僅有四首：杜甫〈春夜喜雨〉、〈石壕吏〉與白居易〈觀游魚〉、〈慈烏夜啼〉，是《唐詩三百首》未選的作品。由此可推測，在現今中小學教材中的唐詩選文，有極大的可能是受到《唐詩三百首》的影響。

二、《唐詩三百首》在現代教育中的效用

古代「詩教」有許多優秀傳統值得借鑒和發揚，孔子最早注重「詩教」，《禮記．經解篇》引孔子之言：「入其國，其教可知也。其爲人也，溫柔、敦厚，詩教也。」〔註 80〕又說道：「其爲人也：溫柔敦厚而不愚，則深於詩者也。」〔註 81〕，孔子簡單明瞭的點出對詩教功能

〔註 80〕（漢）鄭玄注，（唐）孔穎達正義，（唐）賈公彥疏：《重栞宋本禮記注疏附校勘記》，收入於（清）阮元校勘：《重刊宋本十三經注疏附校勘記》（清嘉慶二十年（1815）南昌府學刊本）（臺北：藝文印書館，1981 年），頁 845。

〔註 81〕（漢）鄭玄注，（唐）孔穎達正義，（唐）賈公彥疏：《重栞宋本禮記注疏附校勘記》，收入於（清）阮元校勘《重刊宋本十三經注疏附校勘記》（清嘉慶二十年（1815）南昌府學刊本）（臺北：藝文印書館，

的認同，從中亦可看出孔子對於詩教的肯定與重視。〈詩大序〉說：「詩者，志之所之也，在心爲志，發言爲詩。」〔註 82〕詩歌學習涵括社會現實的關注面向，以詩明志，不僅是言個人志，更有著明道教化的意涵。除此之外，徐復觀認爲孔子將詩歌視爲人生教養的歷程之一，提出詩教是一種「實踐成熟後的深刻反省」的獨到見解。〔註 83〕由此可知，詩歌教育不僅是基礎更是影響深遠。對於古典詩歌的欣賞，顏崑陽以及其他諸位學者們提出了二個主張：

> 一、從傳統出發，走入現代，走向未來：在態度上要先回顧傳統，尊重傳統，從傳統出發，走入現代，更期望走向未來。二、保存感性的鑑賞：完整的詩歌鑑賞過程，應該是由感性入，經過知性，再出於感性。第一層次的感性，稱爲批評者的感悟力。第二層知性，出自於批評者天生的思辨力，及後天所受批評理論的訓練。第三層感性，出自於批評者再創造，及再表現的能力。〔註 84〕

溫柔敦厚具有教化意義的詩教，是率眞心靈的呈現，在詩歌的薰陶下，達到生活教育及品德教育的目地。蔡玲婉：「在詩人情性懷抱的澆灌下，自能在潛移默化中調節情性、奮發意志、砥礪志節、提升人格。」〔註 85〕詩人的情感透過詩作的呈現，產生與讀者情感的聯繫，引發共鳴，創造美感，進而達到「詩可以群」的作用。《唐詩三百首》選詩既比一般選本少，其中很大一部份又較爲通俗，因而就易於記

1981 年），頁 845。

〔註 82〕傅隸樸：《詩經毛傳譯解（上冊）》（臺北：台灣商務印書館，1985 年），頁 65。

〔註 83〕徐復觀：「孔子說：『興於詩，立於禮，成於樂。』，把詩禮樂當作人生教養進昇中的歷程，這是來自實踐成熟後的深刻反省，所達到的有機體的有秩序的統一。」徐復觀：《中國經學史的基礎》（臺北：臺灣學生書局，1982 年），頁 7～8。

〔註 84〕顏崑陽：〈總序〉，《喜怒哀樂——中國古典詩歌中的情緒》（臺北：故鄉出版社，1982 年），頁 1～8。

〔註 85〕蔡玲婉：〈國小唐詩教學探悉〉，《花蓮師院學報》第 18 期，2004 年，頁 143。

憶，易於傳播。〔註86〕又孫洙所選詩篇包羅了詩人內在「汎愛眾」的情感，豐富的個人感受，具有真、善、美的普遍性，更蘊含文以載道的堅毅與詩以藏情的溫婉，兩者融合相輔相成具有正面積極的教育功用。以下就「文以載道尊重理解的人文涵養」與「多元面向的思維提升與視野拓展」此兩點，探析《唐詩三百首》此部詩選集在現代教育中的效用。

（一）文以載道尊重理解的人文涵養

詩歌藝術的價值在於能夠以簡短的語言文字感動人，近一步陶冶培育人們的思想情感。朱熹在《詩經集註》的序中清楚說明，詩歌在教育上的功能：

> 詩者人心之感物而形於言之餘也。心之所感而邪正，故言之所形有是非。惟聖人在上，則其所感者無不正，而其言皆足以爲教。其或感之之雜而所發不能無可擇者，則上之人必思所以自反，而因有以勸懲之，是亦所以爲教也。〔註87〕

詩歌的流傳面向甚廣，上至皇親國戚下至平民百姓，對詩歌皆有所接觸。在上位者因爲清楚詩歌不僅可以瞭解民心，使民風歸於純樸的價值，更可以對藉以廣納民意，以改善施政措施。由上述可知，透過詩歌的流傳廣泛，能發揮其端正社會風氣，歸善純樸民心的實用功能。又如王陽明在〈訓蒙教約〉中所說：

> 今教童子，當以孝弟忠信禮義廉恥爲要務，其栽培涵養之方，則宜誘之以詩歌，以發其志意，導之習禮，以肅其威儀，諷之讀書，以開其知覺。今人往往以詩歌習禮，爲不切要務，此皆末俗庸鄙之見。烏足以知古人立教之意哉。……今教童子，俾使其趨向鼓舞，中心喜悅，則其進

〔註86〕張滌華：〈《唐詩三百首》〉，《古代詩文總集選介》（臺北：國文天地雜誌社，1990年），頁90。

〔註87〕（宋）朱熹：《詩經集註》（臺南：大孚書局，2006年），頁1。

> 自不能已。故凡誘之詩歌者，非但發其志意而已，亦所以洩其跳號於詠歌，宣其幽抑結滯於音節也；導之習禮者，非但肅其威儀而已，亦所以周旋揖讓，而動盪其血脈，拜起屈伸，而固束其筋骸也；諷之讀書者，非但開其知覺而已，亦所以沉潛返復而存其心，抑揚諷誦以宣其志也，是蓋先王立教之微意也。〔註 88〕

王陽明明白揭示以詩歌教學養正求善的重要性，認爲以詩歌教導學童，可以「發其志意，導之習禮，以肅其威儀，諷之讀書，以開其知覺。」由此可知，詩教對兒童既能發其意志，陶冶性情，藉由詩教更能培養學童傳統儒家的倫理道德觀，對於心志未定的學童具有潛移默化的教化功能。

孫洙在編選《唐詩三百首》時，有著仿孔子微義，承繼《詩三百》之志，不僅如此，又在一些詩作旁寫了一些批注語，加以指導〔註 89〕與觸發有感，如李白〈行路難〉「忽復乘舟夢日邊」一句，批注：「舉念不忘君側」（頁 143），杜甫〈月夜憶舍弟〉批注曰：「錄少陵律詩，止就其綱常倫紀間至性至情流露之語，可以感發而興起者，使學者得其性情之正，庶幾養正之義云。」（頁 180）杜秋娘〈金縷衣〉「莫待無花空折枝」，批注曰：「聖賢惜陰之意，言近旨遠。」（頁 372）又如李商隱〈蟬〉批注云：「無求於世，不平則鳴，鳴則蕭然，止則寂然。上四句借蟬喻己，以下直抒己意。」（頁 220）如同童慶炳所言：「感情必須經過對象化，才能變成可以把握的詩情。所謂情感的對象化也就是使情與景結合的過程。」〔註 90〕《唐詩三百首》中所選錄之

〔註 88〕（明）王陽明：〈王文成公訓蒙教約〉，收入於（清）陳宏謀輯：《五種遺規－養正遺規補編》（臺北：臺灣中華書局，1966 年），頁 17～18。

〔註 89〕（清）陳婉俊《唐詩三百首補注・凡例》：「是書原刻旁批，往復周詳，有譏其淺陋者。然意在啓迪初學，並非蓋語宏通，其誘掖苦心，不可沒也。」（清）蘅塘退士編，陳婉俊注，宋慧點校：《唐詩三百首》（北京：中華書局，2003 年），頁 373。

〔註 90〕童慶炳：《中國古代心理詩學與美學》（臺北：萬卷樓圖書公司，1994

詩作，處處都有當時生活場景與詩人經歷的影子在其中，不僅重視倫常道德之傳承，孫洙選詩暗藏情思之作亦有不少著墨，如杜甫〈客至〉「花徑不曾緣客掃，蓬門今始爲君開。」（頁 248），表現出詩人誠摯純樸與友人相聚的率眞性情。賀知章〈回鄉偶書〉「少小離家老大回，鄉音無改鬢毛衰。兒童相見不相識，笑問客從何處來？」（頁 323）詩人與兒童之間的對答，令人印象深刻，短短的詩句，卻可讓人體會到，詩人久未歸鄉的濃厚思念之情。又如元稹〈遣悲懷〉三首，孫洙批注云：「古今悼亡詩充棟，終無能出此三首範圍者，勿以淺近忽之。」（頁 267）孫洙選詩，詩情涵括廣泛，由詩作之中可以體會到文以載道的傳統思想以及詩以傳情的尊重理解涵養。誠如楊宗瑩〈如何進行美育教學〉中提到：

> 詩的意境是由詩情、詩韻、詩意建構而成的。詩情，是詩人表現在詩中的情感。詩人的經歷、遭遇都記錄在詩中，詩人的個性和氣質，都深藏在詩的文字和音韻中。讀他的詩，使得詩人的情感進入我的內心，成爲我的情感；詩人的遭遇，如同我的遭遇。詩意，是詩中所蘊藏的思想，那是詩人的理想、信念和智慧的光芒。〔註 91〕

金性堯認爲「可接受性」是本書特點之一，由於本書原來打算是給兒童讀的，所以大部分作品比較淺近明白，所謂膾炙人口之作，也必是可接受性較強的；且從本書整體看，平易近人之作品佔大多數。〔註 92〕又金啓華稱道：「《唐詩三百首》看起來是啓蒙讀物，但又是升堂入室的必經之路。」〔註 93〕孫紅昺也同意說：「《唐詩三百首》

年），頁 61。

〔註 91〕楊宗瑩：〈如何進行美育教學〉，《詩詞曲教學輔導論文集》（臺北：臺灣師範大學中等教育輔導委員會，1990 年），頁 223。

〔註 92〕金性堯：《唐詩三百首新注》（上海：上海古籍出版社，1980 年），頁 4～5。

〔註 93〕金啓華：《唐詩三百首匯評》（南京：東南大學出版社，1997 年），頁 3。

作爲啓蒙書、學詩入門都值得推薦，而且也是經過長期實踐證明了的。」〔註 94〕都強調了本書具有啓蒙與教育的功能。《唐詩三百首》運用在教學上，所選之詩涵括文以載道的堅毅與詩以藏情的溫婉，不但傳揚中國固有文化，更能從中傾聽時代的心聲，近一步體會理解溫柔敦厚的詩教精神意涵與體會尊重理解的人文涵養。

（二）多元面向的思維提升與視野拓展

《唐詩三百首》的普遍流傳使得唐詩走向大眾化，也使後人對於唐代的文化與詩人更加熟悉，如同王步高所言：「編選者顯然欲使這本《唐詩三百首》選擇唐詩中最有閱讀欣賞價值的代表篇章，能使讀者產生『不會吟詩亦會吟』的功效，這也是使這本書成爲唐詩精選本的原因。此書流傳之廣，影響甚巨，也得益於此書的這一特點。」〔註 95〕《唐詩三百首》廣受歡迎的原因由王步高之言便可知曉。唐人楊炯在〈和劉長史答十九兄〉曾說：「儒夫仰高節，下里繼陽春。」〔註 96〕說明詩歌的內容須與社會緊密相關，先讓大眾都能欣賞，才能廣泛普及的流傳下去。現今我們琅琅上口廣泛流傳引用的詩句，大多都是從《唐詩三百首》學來，如「天生我材必有用」（李白〈將進酒〉，頁 144）、「海內存知己，天涯若比鄰」（王勃〈杜少府之任蜀州〉，頁 164）、「心有靈犀一點通」（李商隱〈無題〉，頁 271）、「每逢佳節倍思親」（王維〈九月九日憶山東兄弟〉，頁 325）等膾炙人口的名句，讀來令人感覺親切，由詩句當中的體悟而提升思維能力。正如餘黨續所言：

> 閱讀經典，就是要通過與先賢「對話」，與經典「對話」，在「對話」中理解人們的思想與感情，從而反觀自身，體

〔註 94〕孫紅昺：〈序〉，《唐詩三百首淺釋》（廣東：廣東高等教育出版社出版，1994 年），頁 2。

〔註 95〕王步高：〈怎樣讀《唐詩三百首》〉，《唐詩三百首匯評》（南京：東南大學出版社，1997 年），頁 3。

〔註 96〕（清）清聖祖敕編：《全唐詩》（第一冊）（北京：中華書局，1960 年），頁 617。

> 味自我的生命狀態，反思自我的生命歷程，逼近自我生命的本質。一句話，在經典中重新發現自己。〔註97〕

透過作品的感觸，讓對話自然而然的產生，在情感的接續對話中，可以與現實的情感碰撞出火花。林鍾隆更認為：

> 詩的教育可以說是心靈教育，是人生教育中何等重要的一項！詩教育，是凝視自己胡亂塞進心裡的知識、道德、思想、觀念、技能、經驗，了解它們，消化它們，賦予它們生命的、綜合的教育。……作詩的心靈傾向，是人生教育所不可缺的，也是最重要的。猶如綑綁塞有一切收穫的大袋口的圖形勾環。惟有作詩的人才能常常從人生的漩渦中跳出來，冷靜地看清旋轉得叫人迷亂的一切現象。〔註98〕

詩歌教育與心靈生活教育緊扣，由詩作中得到感動有所領悟，進而增長心靈智慧。不僅如此，《唐詩三百首》拉近今人與唐人的距離，更直接的傳遞了唐代文化與詩的薪火，我們受《唐詩三百首》廣傳的影響，詩中常出現的黃鶴樓、寒山寺、鸛雀樓、玉門關、白帝城、長江三峽等景點，特別讓人嚮往遊之。在學詩的過程當中，大大的拓展視野，更為學習增添多元化的色彩。

除此之外，孫洙在《唐詩三百首》的取材上力求突破，不似《千家詩》只收五七言律絕兩類，多選錄古詩與樂府二類，在孫洙所選錄的詩作當中，有相當多的故事在其中。古人一向對於「故事」一詞認為是「古人的事跡」之看法，司馬遷在《史記》自序：「余所述故事，整齊其世傳，非所謂作也。」〔註99〕可見故事是根據「古人的事跡」傳述而來。凡是一切有人物、情節的演述內容材料，只要具有故事體

〔註97〕餘黨緒：〈閱讀中的經典〉，《語文學園》，2005年，第六期，頁2～4。

〔註98〕林鍾隆：〈詩教育的重要〉，《兒童詩觀察》（臺北：益智出版社，1982年），頁16。

〔註99〕（漢）司馬遷著，（日）瀧川龜太郎注：〈太史公自序第七十〉，《史記會注考證》（卷130）（高雄：麗文文化事業股份有限公司，2000年），頁1338。

材的，都可稱爲「故事」。〔註100〕藉詩歌說故事，更加深了《唐詩三百首》在現代教育中提升思維與拓展視野的效用，如杜甫〈麗人行〉（頁148）呈現一幅唐明皇時的佳麗遊春圖，隱然透露道德鬆動的危機感，而白居易〈長恨歌〉（頁104）更加深唐明皇與楊貴妃的故事，更點出「漢皇重色思傾國」的想法，在不同詩人的詩作中，相互觀賞品味，勾勒出不少現今廣爲人知的故事。其他又如王維〈西施詠〉（頁17）借西施故事，感嘆世情無常；李白〈長干行〉（頁47）寫出丈夫遠行，妻子等候的情景，透露出平民夫妻感情之深厚；杜甫〈詠懷古迹〉五首（頁 254～257）借古人之遇抒發己身之感慨。詩作中蘊含著許多的故事在其中，受《唐詩三百首》的影響，詩中常出現的人事，如楊貴妃、西施、孔明、王昭君等人之事跡，特別讓人印象深刻。徐守濤說：

> 詩教是全人的教育，是情理合一的教育。讀詩可以淨化心靈，可以見多識廣，可以開拓心胸。只因詩的創作必須透過作者的理性觀察，感性投注，再透過想像、美化和文學辭飾、以濃縮精緻的語言表達出來，所以一首詩的呈現，是作者嘔心瀝血的產品，一首好的詩篇，更能引起讀者共鳴，喚起個人經驗的再生。從而進入作者的內心世界，體會作者心情，接納作者的喜怒哀樂，同時也學習到作者的角度，去欣賞世界，去接納現實，無形中拓寬了自己的視野、心胸。〔註101〕

詩中充滿故事性的情結，引發學童往下繼續閱讀的興趣，使詩歌更容易被接受。通過閱讀經典，來完成生命的體驗、豐富生命的內涵；用書中的靈魂去喚醒生活中，學生的靈魂。〔註102〕在體驗詩的過程當

〔註100〕林守爲：《兒童文學》（臺北：五南圖書出版股份有限公司，1989年），頁128。

〔註101〕徐守濤：〈兒童詩的教育觀〉，《認識兒童詩》（臺北：中華民國兒童文學學會，1990年），頁8～12。

〔註102〕羅方選：〈閱讀是一種生命體驗〉，《教研天地》，2005年2月，頁

中，因初認識而欲深入了解更多，大大的提升學習動機，更爲學習增添樂趣。「學會學習」比學到什麼更重要，讓學童「學會學習」的管道與方法，享受到學習的樂趣，將來才會不斷的學習。學習應著重在學生的思考、合作，創造能力的培養，讓他們學會與人和諧相處，才能夠適應環境、解決問題、懂得生活、運用科技、體認文化、尊重生命。《唐詩三百首》的選詩兼顧不同面向，經過學習之後多元接觸有助於思維提升與視野拓展，賦予詩歌在現今教育中新的生命力。

48。

第五章　結　論

本文是以孫洙編選的《唐詩三百首》爲論述文本，旨在對孫洙詩學觀的承繼與發展，以及《唐詩三百首》的古今意蘊進行全面性的研究。透過對《唐詩三百首》做有系統性的研究與探討後，對於孫洙的觀點與選詩的理念以及對《唐詩三百首》的整體架構與內涵，有一定程度的理解。現今有關《唐詩三百首》的研究，有著相當的成果，雖可幫助讀者對《唐詩三百首》能有初步與片段性的認識，然卻未能從多方探索對文本有連續性的領略。本文著眼於「選本」的概念，《唐詩三百首》是歷代唐詩選本中一部重要的作品，從選本的角度來看，它不僅包含了外顯的選詩、編詩與評詩三個方面，實際上更隱涵了編選者孫洙詩學觀的重要訊息，大多數的研究者選擇從外顯的前者來作探討，此類研究是較爲普遍的。然而，研究一部選本，應當從外顯與內隱兩方面的呈現中探究，因此，筆者試圖從後者進一步著手，來發掘孫洙之詩學觀。此外，孫洙編選《唐詩三百首》是爲了村塾啓蒙教育，若從其本質出發，將教育意涵延伸至現代教育中，本文的研究內涵才更顯得有意義。在剖析孫洙與《唐詩三百首》的過程中，筆者發現有許多値得加以深入探討的地方，但由於所知有限與無法直接從孫洙所留下的第一手資料釐清詳情，以及其他因素使然，故在研究上無法達到面面俱到，而有缺憾。本章除了回顧全文的研究成果理出較完整的論述之外，也將探討未來可能的發展，綜合正文的論述與分析，得到以下結論：

自唐代以來，唐詩選本濟濟，在這樣生機蓬勃的狀態下，各朝代的唐詩選本名著如林，有著亮眼的成績，《唐詩三百首》爲箇中的佼佼者之一。孫洙做了多年官學教師，對童蒙教育相當關注。在當時，兒童學習詩歌的教材，以通俗易懂，又便於記誦的《千家詩》爲教學上主要的家塾課本，讓學童在習詩中學文識字，因此《千家詩》在明清時期廣泛地流傳，然孫洙在《唐詩三百首·原序》中直接提出看法，其以爲《千家詩》在選詩方面，是編選者「隨手掇拾，工拙莫辨」的成果，並未經過仔細的挑選，又書中僅收「五七律絕二體」，在體裁的選擇上有所偏重。除此之外，《千家詩》選入的是唐宋兩代的詩作，且詩家的排列無序，就選本的體例安排上「殊乖體制」，多有不足之處。由此可知，孫洙認爲《千家詩》存在著不少問題，對其評價不高，因而引發編選《唐詩三百首》的動機，孫洙更直接開門見山的表明此書爲兒童家塾課本之用，在繼室夫人徐蘭英從旁的協助下，就唐詩中膾炙人口的作品，擇其尤要選入其中，完成此書的編選。《唐詩三百首》作爲童蒙教材，孫洙有著自己獨到的安排：一、從不同的思維與系統選擇，突破《千家詩》在選詩上的侷限。二、在以沈德潛《唐詩別裁集》爲藍本的基礎上，同時兼顧其編纂目的是爲家塾課本的核心價值，有主見的編選成書。三、在選詩遙寄《詩經》的微意——溫柔敦厚思無邪的詩教觀與興觀群怨的功用，蘊藏著對此書價值的企盼。四、孫洙有著儒家傳統的讀書人積極入世的精神，加上其學詩以杜甫爲宗，因此，在選詩上，杜甫之作選入最多，藉此傳達杜詩精神。孫洙在選材上各體兼顧且力求平實，眞切的呈現終身受用的詩教價值，對於唐詩的普及與廣泛發展有著相當大的貢獻。

孫洙以之爲啓蒙讀本，在當時屬於「雜學」，並非「正經學問」，但實際上《唐詩三百首》適用於各階段的教育當中，是本有教育研究價值之書籍：其在清代最高地位爲科舉制義輔助學習的參考用書；次爲其最大宗功用爲村塾啓蒙教材。在當時，對男性而言童蒙教育所學是爲了成年後出社會的工商應用，故此書又可拓展至社會教育之用。不僅男性讀此書，女性也讀，由此可見，此書在當時也走入常民生活中。因其具有多面向的功能，累積了各層面的廣大讀者群。《唐詩三百首》自刊刻以來，除了在國內日益風行，在國外也是廣泛流傳的唐詩選本。時至今日，儘管有相當多的唐詩選本出版，但從影響的深廣度來看，《唐詩三百首》仍是學詩教材的優質選本，《唐詩三百首》的流傳不廢，營造出唐詩傳播的環境，更大力的推動了唐詩的遠傳。

關於《唐詩三百首》的師承淵源，可從與沈德潛《唐詩別裁集》的授受關係觀察比較得知：孫洙與在當時總領詩壇地位的沈德潛兩人相差約四十歲，同爲江蘇人，有著相當親近的時地關係，又《唐詩別裁集》成書時，孫洙已七歲，從對應的時代文學風氣來看，沈德潛《唐詩別裁集》對《唐詩三百首》有著直接的影響。從編選指歸來看，兩本選集同是以「詩教」爲出發點，「詩教」可說是中國詩歌的基礎，其淵遠流長，所觸及的層面既廣且深，不僅有對個人生命的關切，亦有對社會現實的注重，以詩作爲教材，從學習詩歌當中，逐步的建構「詩教」的價值。此外，孫洙在選詩體例上，承襲《唐詩別裁集》以體裁作爲區分不同卷帙的排列方式，在此當中，選入的詩作與《唐詩別裁集》相同，以五言律詩高居第一。兩者同是以盛唐爲大宗，又選詩前十位的詩人有八位重疊，在選詩上有高達 73%的重疊率。整體而論，二本詩選集的「分體」選詩與「詩家」選詩的安排，大致上是相同的，由觀察中可見，兩者之間的緊密關聯。

選家在編選時帶著個人主觀的思維，可從「編」的邏輯與「選」的標準來剖析，孫洙在體裁上的選詩符合唐代各體詩發展的規律，其編選呈現豐沛的生命力。《唐詩三百首》在時代潮流中以分體爲經的主流價值爲體例，在編排上依序爲：古詩、律詩、絕句，注重先古體而後律體、絕句的詩體代變安排，並且先五言在前七言在後的編排，在編選上根據學詩的歷程，爲了奠定學習的基礎，故五律較七律多；

爲了在基礎上延伸學習時無所偏重，故五、七言古詩選詩平均；而爲了提升對於七絕「貴言微旨遠，語淺情深」的認識與體悟，故七絕較五絕多，特別的是，孫洙受到郭茂倩《樂府詩集》的影響，將樂府視作獨立的體裁，雖附於各詩體之後，但明確分出樂府一類，由此可見，孫洙在體例架構的安排，採取循序漸進式的規畫，不僅承繼傳統，兼顧學詩的歷程，亦帶有個人獨到的詩學觀。整體上來看，孫洙在五、七言的選詩平均，不偏不倚，調和而折衷，有著傳統儒家中庸的精神。其次，以分期爲緯，依照唐詩四期論來看，盛唐詩佔超過一半的比例，反映出盛唐詩歌的成就在唐代佔有相當重的分量，其各期選詩的數量依次排序爲：盛唐、中唐、晚唐、初唐，顯現出唐代各期詩歌發展的眞實情形。而在詩家的選擇上，選入 77 位詩家的作品，對於各個詩人擅長的體裁與詩作有著全方位的考量，其中有名家之作，也有默默無名甚至是無名氏詩人的佳作。不僅如此，孫洙在選詩題材上多元廣泛的取材，選入的詩作深淺合度大多通俗易解，直接的反映唐人生活的眞實風貌。由此可見，孫洙的詩學涵養與識見。雖然《唐詩三百首》是唐詩選本中的佼佼者，但其同時也存在著一些不足之處：其在體裁上囊括了三種不同的分類系統，歸類標準未能統一，詩體觀念的混淆和錯誤，導致其編排上的缺失；而在主題方面，除了有不少名篇未被選入的遺珠之憾，亦有一些非膾炙人口，或不適合置入童蒙教材之中的之作，選入其中，與孫洙自訂的標準有所抵觸，全書呈現通俗詩學的樣貌。《唐詩三百首》的缺失不足之處，並無掩蓋其光芒，流傳至今已然成爲唐詩中的經典，撇開其缺失不論，在現今是獲得大眾肯定的唐詩讀本，孫洙編選《唐詩三百首》的成功由此可見。

唐詩有著高度的生命力與寬廣的題材內容，在今日，《唐詩三百首》可以說的上是唐詩選集的標誌之一。其不僅僅只運用在兒童教育與語文教學上，詩中所隱含的人文素養更可以融入日常生活之中，透過知人論世、品嗅語言、解析揣摩意境，進而有所體悟，以詩教提升人格道德的成長。詩教融入生活之中，更有著強大的生命力和感染力。詩教，使詩歌走入實用價值的觀念與自由心靈的境界，學習《唐詩三百首》引導思維提升，在感受中有感動，從中領略，進而感受到生活的美學，更拓展詩歌教育的人文價值，展現了詩歌在現今教育中豐沛的生命力。教育爲立國之本，啓蒙教育對個人知識的培養與人格的形成，具有相當大的影響，作爲民間村塾教育的基礎教材，《唐詩三百首》有著重要的貢獻，其創造了兩個意義：一、歷史意義，從來沒有一本書籍與作者的名聲相差甚遠，《唐詩三百首》的名聲遠播與編選者孫洙的少爲人知，有著相當大的反差，孫洙透過對唐詩的理解認識選編了一本影響甚遠的唐詩選集。二、價值意義，《唐詩三百首》成書至今已獨自形成一個龐大且複雜的版本系統：白話翻譯、新註釋、新評、鑑賞、吟唱、繪圖、繪本、漫畫、攝影等，從現今不同的文本詮釋，展現了唐詩的生命意蘊與人文涵養，經歷時間的考驗，創造出《唐詩三百首》的歷史價值與時代意義。

單就本文的研究內容來說，期望藉由橫向與縱向的研究，重建《唐詩三百首》融古貫今的價值，以塡補現今研究的空白之處，希望能爲現今的研究基礎，注入不同詮釋的途徑。經過一番探究，筆者發現在此論題上，仍有值得深入研究之處：一、本文從版本學著手，整理《唐詩三百首》自清代以來刊刻出版，其目錄學之研究則留待未來再探。二、中國詩歌有著不同的分類原則，其中依入律與否而分，有古體與律體之別，兩者之中又含括了一個拗體系統，在《唐詩三百首》當中拗體詩作以選入其中，然由於筆者所知有限，在本文中暫時從簡，以後有機會在作詩體學的深入探討。三、唐詩有著蓬勃的生命力，現今教育中，從幼稚園至大學唐詩皆爲其中的教材，由此看來《唐詩三百首》或許可延伸拓展至華語文教學之中，在未來有發展的可能。從不同角度詮釋出發，期待日後分析漸豐，能提出新的見地。

參考文獻

一、古典文獻（依時代順序排列）

1. （漢）司馬遷著，（日）瀧川龜太郎注：《史記會注考證》，高雄：麗文文化事業股份有限公司，2000 年。
2. （漢）鄭玄注，（唐）孔穎達正義，（唐）賈公彥疏：《重栞宋本禮記注疏附挍勘記》，收入於（清）阮元校勘：《重刊宋本十三經注疏附校勘記》（清嘉慶二十年南昌府學刊本），臺北：藝文印書館，1981 年。
3. （魏）何晏集解，（宋）邢昺疏：《重栞宋本周易注疏附挍勘記》，收入於（清）阮元校勘：《重刊宋本十三經注疏附校勘記》（清嘉慶二十年南昌府學刊本），臺北：藝文印書館，1981 年。
4. （唐）杜甫著，（清）仇兆鰲注：《杜詩詳注》，臺北：里仁書局，1980 年。
5. （後晉）劉昫撰，楊家駱主編：《舊唐書》，北京：中華書局，1975 年。
6. （宋）朱熹：《詩集傳》，上海：中華書局，1958 年。
7. （宋）朱熹集註，蔣伯潛廣解：《廣解語譯四書讀本——論語》，臺北：啓明書局，1981 年。
8. （宋）朱熹撰，朱傑人、嚴佐之、劉永翔主編：《朱子全書》，上海：上海古籍出版社、合肥：安徽教育出版社，2002 年。
9. （宋）朱熹：《詩經集註》，臺南：大孚書局，2006 年。
10. （宋）郭茂倩：《樂府詩集》，北京：中華書局，1979 年。

11. （宋）劉克莊編，胡問依、王皓叟校注：《後村千家詩校注》，貴州：貴州人民出版社，1986 年。
12. （宋）嚴羽著，郭紹虞校釋：《滄浪詩話校釋》，臺北：里仁書局，1987 年。
13. （明）胡應麟：《詩藪》，上海：上海古籍出版社，1979 年。
14. （明）胡震亨：《唐音癸籤》，臺北：木鐸出版社，1982 年。
15. （明）高棅：《唐詩品彙》，上海：上海古籍出版社，1988 年。
16. （明）許學夷著，杜維沫校點：《詩源辯體》，北京：人民文學出版社，1987 年。
17. （明）湯顯祖：《湯顯祖集》，臺北：洪氏出版社，1975 年。
18. （清）董誥編：《全唐文》，北京：中華書局，1983 年。
19. （清）王家坊、葛士達：《山西・榆社縣志》，根據清光緒七年刊本影印。收入於《中國方志叢書》（華北地方冊 403），臺北：成文出版社，1968 年。
20. （清）永瑢、紀昀編，魏小虎等編：《四庫全書總目彙訂》，上海：上海古籍出版社，2012 年。
21. （清）永瑢：《四庫全書總目提要》，上海：商務印書館，1933 年。
22. （清）江峰青、顧福仁等修纂：《浙江省・嘉善縣志》，收錄於光緒十八年刊本《中國方志叢書》（華中 59 號），臺北：成文出版社，1969 年。
23. （清）沈德潛：《沈歸愚詩文全集》（清乾隆教忠堂刊本，國家圖書館善本書庫典藏本）。
24. （清）沈德潛：《唐詩別裁集》，上海：上海古籍出版社，1979 年。
25. （清）沈德潛著，霍松林校注：《說詩晬語》，北京：人民文學出版社，1979 年。
26. （清）冒春榮：《葚原詩說》，收入於郭紹虞編選，富壽蓀校點：《清詩話續編》，上海：上海古籍出版社，1999 年。
27. （清）孫希旦撰，沈嘯寰、王星賢點校：《禮記集解》，臺北：文史哲出版社，1990 年）。
28. （清）徐珂：《清稗類鈔》，北京：中華書局，1984 年。
29. （清）馬齊、張廷玉、蔣廷錫等修纂：《聖祖仁皇帝實錄》，收錄於中華書局編輯部：《清實錄》，北京：中華書局，1986 年。
30. （清）梁章鉅：《退庵隨筆》，收錄於新興書局編：《筆記小說大觀》，臺北：新興書局，1975 年。

31. （清）清聖祖敕編：《全唐詩》，北京：中華書局，1960年。
32. （清）舒位：《重刻足本乾嘉詩壇點將錄》（影印清宣統三年刻本），見於上海古籍出版社：《續修四庫全書》，上海：上海古籍出版社，2002年。
33. （清）舒位：《瓶水齋詩話》，收入杜松柏主編《清詩話訪佚初編》，台北：新文豐出版社，1987年。
34. （清）聖祖仁皇帝御定，陳廷敬等輯注：《欽定四庫全書薈要》（乾隆御覽本），長春：吉林人民出版社，1997年。
35. （清）趙爾巽等撰，楊家駱校：《清史稿》，臺北：鼎文書局，1981年。
36. （清）劉鶚：《老殘遊記》，臺北：桂冠圖書有限公司，1983年。
37. （清）慶桂、董誥等奉敕修纂：《高宗純皇帝實錄》，收錄於中華書局編輯部編：《清實錄》，北京：中華書局，1986年。
38. （清）錢良擇：《唐音審體》，收錄於丁仲祜編：《清詩話》，臺北：藝文印書館，1977年。
39. （清）鴛湖散人：《唐詩三百首集釋》，臺北：藝文印書館，1977年。
40. （清）蘅塘退士編，陳婉俊注，宋慧點校：《唐詩三百首》，北京：中華書局，2003年）。
41. （清）顧光旭：《梁溪詩鈔》，乾隆六十年刊本，現藏國立臺灣大學圖書館五樓善本書室。
42. （清）章燮註疏，孫孝根校正：《繪圖唐詩三百首注疏》，上海：錦章圖書局，1917年。
43. （清）陳宏謀輯：《五種遺規～養正遺規補編》，臺北：臺灣中華書局，1966年。

二、現代專書（依姓氏筆畫排列）

1. （日）松浦友九著，孫昌剛、鄭天剛譯：《中國詩歌原理》（瀋陽：遼寧教育出版社，1990年），頁104。
2. 人人出版公司編輯部：《唐詩三百首》，臺北：人人出版股份有限公司，2012年。
3. 王力：《漢語詩律學》，臺北：宏業書局，1985年。
4. 王志忱：《文學原論》，臺北：啓德出版社，1972年。
5. 王步高：《唐詩三百首匯評》，南京：東南大學出版社，1997年。
6. 王進祥：《唐詩三百首集解》，臺北：頂淵文化事業有限公司，1985

年。

7. 古遠清：《詩歌分類學》，高雄：復文書局，1991 年。
8. 朱光潛：《詩論》，臺北：頂淵文化事業有限公司，2003 年。
9. 朱自清：《經典常談》，北京：中華書局，2009 年。
10. 朱東潤：《中國文學批評史大綱》，臺北：臺灣開明書局，1970 年。
11. 朱炯遠：《唐詩三百首全集》，臺北：俊嘉文化事業有限公司，2011 年。
12. 吳鼎：《兒童文學研究》，臺北：遠流出版社，1983 年。
13. 吳潔敏、朱宏達：《漢語節律學》，北京：語文出版社，2000 年。
14. 吳餘鎬：《唐詩三百首導讀》，臺南：大孚書局，1993 年。
15. 汪中：〈談七言古詩〉，收錄於中華文化復興運動委員會：《詩詞曲的研究》，臺北：中華文化復興運動推行委員會，1991 年。
16. 周作人：〈讀晚明小說選注〉，收錄於陳子善，張鐵榮編：《周作人集外文》，海南：海南國際新聞出版中心，1993 年。
17. 周嘯天：《唐絕句史》，合肥：安徽大學出版社，1999 年。
18. 尚學鋒、過常玉、郭英德：《中國古典文學接受史》，濟南：山東教育出版社，2000 年。
19. 林文寶：《兒童文學與語文教育》，臺北：萬卷樓圖書股份有限公司，2011 年。
20. 林文寶：《兒童文學與閱讀》，臺北：萬卷樓圖書股份有限公司，2011 年。
21. 林守爲：《兒童文學》，臺北：五南圖書出版公司，1989 年。
22. 林良：〈兒童詩的欣賞和教學〉，收入於苗栗縣政府國教輔團：《兒童詩歌欣賞與指導》。
23. 林良：《淺語的藝術》，臺北：國語日報社，1994 年。
24. 林鍾隆：《兒童詩觀察》，臺北：益智出版社，1982 年。
25. 邱燮友：《新譯唐詩三百首》，臺北：三民書局，1981 年。
26. 金性堯：《唐詩三百首新注》，上海：上海古籍出版社，1980 年。
27. 金啓華：《唐詩三百首匯評》，南京：東南大學出版社，1997 年。
28. 胡可先：《中唐政治與文學》，合肥：安徽大學出版社，2002 年。
29. 胡雲翼：《唐詩研究》，臺北：臺灣商務印書館，1987 年。
30. 風車圖書出版社編輯部：《幼兒唐詩三百首》，臺北：風車圖書出版有限公司，2014 年。

31. 風車圖書出版社編輯部：《唐詩三百首》，臺北：風車圖書出版有限公司，2008 年。
32. 孫紅昺：《唐詩三百首淺釋》，廣東：廣東高等教育出版社出版，1994 年。
33. 孫琴安：《唐詩選本提要》，上海：上海書店出版社，2005 年。
34. 徐守濤：《認識兒童詩》，臺北：中華民國兒童文學學會，1990 年。
35. 徐復觀：《中國經學史的基礎》，臺北：臺灣學生書局，1982 年。
36. 徐愛：《王陽明傳習錄》，臺北：廣文書局，1969 年。
37. 馬積高、黃鈞主編：《中國古代文學史》，臺北：萬卷樓圖書有限公司，1998 年。
38. 高明：《中國文學》，臺北：復興書局，1969 年。
39. 張立敏注：《千家詩》，北京：中華書局，2009 年。
40. 張秀民：《中國印刷史》，上海：上海人民出版社，1989 年。
41. 張哲永：《千家詩評注》，上海：華東師範大學出版社，1994 年。
42. 張滌華：《古代詩文總集選介》，臺北：國文天地雜誌社，1990 年。
43. 梁石：《中國詩歌發展史》，臺北：經民出版社，1976 年。
44. 許清雲：《近體詩創作理論》，臺北：紅葉文化事業有限公司，2003 年。
45. 許義宗：《兒童詩的理論與發展》，臺北：中山學術文化基金會獎助出版，1979 年。
46. 陳伯海、朱易安編：《唐詩書錄》，濟南：齊魯書社，1988 年。
47. 陳伯海：《唐詩學引論》，上海：知識出版社，1988 年。
48. 陳國球：《唐詩的傳承——明代復古詩論研究》，臺北：臺灣學生書局，1990 年。
49. 傅庚生：〈説唐詩的醇美〉，收入於聞一多、王蒙等著，胡曉明選編：《唐詩二十講》，北京：華夏出版社，2009 年。
50. 傅庚生：《中國文學欣賞舉隅》，臺北：萬卷樓圖書股份有限公司，2000 年。
51. 傅璇琮：《唐代科舉與文學》，臺北：文史哲出版社，1994 年。
52. 傅隸樸：《詩經毛傳譯解》，臺北：臺灣商務印書館，1985 年。
53. 喻守眞：《唐詩三百首詳析》（重校本），香港：中華書局，2012 年。
54. 喻守眞：《唐詩三百首詳析》，高雄：高雄復文圖書出版社，2012 年。

55. 曾永義：《詩歌與戲曲》，臺北：聯經出版社，1988 年。
56. 童慶炳：《中國古代心理詩學與美學》，臺北：萬卷樓圖書公司，1994 年。
57. 黃永武、張高評：《唐詩三百首鑑賞》，臺北：黎明文化事業公司，1986 年。
58. 黃永武：〈《唐詩三百首》敘說〉，收錄於中華文化復興運動委員會：《詩、詞、曲的研究》，臺北：巨流圖書公司，1991 年。
59. 黃永武：《詩與美》，臺北：洪範書店，1984 年。
60. 楊宗瑩：〈如何進行美育教學〉，《詩詞曲教學輔導論文集》，臺北：臺灣師範大學中等教育輔導委員會，1990 年。
61. 楊昌年：《新詩賞析》，臺北：文史哲出版社，1982 年。
62. 葉嘉瑩：〈論杜甫七律之演進及其承先啓後之成就〉，《迦陵談詩》，臺北：三民書局，1970 年。
63. 葉慶炳：《中國文學史》，臺北：臺灣學生書局，1997 年。
64. 葛曉音：《唐詩宋詞的十五堂課》，臺北：五南圖書出版股份有限公司，2007 年。
65. 詹丹主編，王仁定等攝影，應炯等品賞：《唐詩宋詞三百首（影畫版）》，上海：華東師範大學出版社，2003 年。
66. 鄒雲湖：《中國選本批評》，上海：三聯書局，2002 年。
67. 雷僑雲：《中國兒童文學研究》，臺北：臺灣學生書局，1998 年。
68. 雷僑雲：《敦煌兒童文學》，臺北：臺灣學生書局，1985 年。
69. 聞一多：《聞一多全集》，武漢：湖北人民出版社，1993 年。
70. 蒙萬夫、閻琦主編：《千家詩鑑賞辭典》，西安：陝西人民教育出版社，1991 年。
71. 趙昌平：《唐詩三百首全解》，上海：復旦大學出版社，2006 年。
72. 劉大杰：《中國文學發展史》，臺北：華正書局，2006 年。
73. 劉禺生撰，錢實甫點校：《世載堂雜憶》，北京：中華書局，1960 年。
74. 劉開揚：《唐詩通論》，成都：巴蜀書社，1998 年。
75. 劉運好：《文學鑑賞與批評》，合肥：安徽大學出版社，2002 年。
76. 蔡志忠：《漫畫唐詩三百首》，臺北：大塊文化出版股份有限公司，2013 年。
77. 蔡玲婉：《豪情壯志譜驪歌：盛唐送別詩的審美風貌》，臺北：文津出版社，2002 年。

78. 蔡瑜：《高棅詩學研究》，臺北：國立臺灣大學出版委員會，1990 年。
79. 蔡濯堂：《啄木集》，臺北：遠東圖書公司，1985 年。
80. 蔣孔陽：〈唐詩的審美特徵〉，收入於聞一多、王蒙等著，胡曉明選編：《唐詩二十講》，北京：華夏出版社，2009 年。
81. 鄧妙香、王金芬：《新編唐詩三百首》，臺南：世一文化事業股份有限公司，2011 年。
82. 鄭樹森：〈「具體性」與唐詩的自然意象〉，收入於葉維廉：《中國古典文學比較研究》，臺北：黎明文化事業公司，1977 年。
83. 鄭騫：《龍淵述學》，臺北：大安出版社，1992 年。
84. 錢鍾書：《槐聚詩存》，北京：生活・讀書・新知三聯書店，2001 年。
85. 韓勝：《清代唐詩選本研究》，北京：中國社會科學出版社，2010 年。
86. 顏崑陽：《喜怒哀樂——中國古典詩歌中的情緒》，臺北：故鄉出版社，1982 年。
87. 顧青：《唐詩三百首》，北京：中華書局，2009 年。

三、學位論文（依出版順序排列）

1. 蔡瑜：《宋代唐詩學》，臺北：國立臺灣大學中國文學研究所博士論文，1990 年。
2. 鄭佳倫：《沈德潛「唐詩別裁集」之詩觀研究》，桃園：國立中央大學中國文學研究所碩士論文，1999 年。
3. 韓孝輝：《《千字文》中故事之研究》，屏東：屏東師範學院國民教育研究所碩士論文，2001 年。
4. 宋健行：《我國傳統啓蒙教材研究——以臺灣地區爲觀察重心》，花蓮：國立花蓮師範學院民間文學研究所碩士論文，2001 年。
5. 邱永昌：《唐詩三百首之星象意象研究》，屏東：國立屏東教育大學國民教育研究所碩士論文，2002 年。
6. 陳英傑：《宋代「詩學盛唐」觀念的形成與內涵》，臺北：國立政治大學中國文學系碩士論文，2005 年。
7. 陳進德：《明清啓蒙教材研究》，臺北：臺北市立師範學院應用語言文學研究所碩士論文，2005 年。

8. 賀嚴：《清代唐詩選本研究》，南京：南京大學中國古代文學博士論文，2005 年。
9. 韓勝：《清代唐詩選本研究》，天津：南開大學中國古代文學博士論文，2005 年。
10. 阮媛媛：《論《唐詩三百首》對中學生人格和審美趣味的陶冶》，武漢：華中師範大學學科教學碩士論文，2006 年。
11. 何祚璞：《朱熹蒙學研究》，臺北：臺北市立教育大學中國語文學系語文教學碩士論文，2007 年。
12. 陳妙玄：《唐詩在國小語文教育上的價值與應用》，屏東：國立屏東教育大學中國語文系語文教育碩士論文，2007 年。
13. 金桂蘭：《《唐詩三百首》與清前期詩學》，北京：首都師範大學文藝學碩士論文，2008 年。
14. 徐明玉：《蒙學詩歌讀本《唐詩三百首》研究》，長春：吉林大學課程與教學論碩士論文，2008 年。
15. 黃瓊君：《古典詩鑑賞與教學研究：以一綱多本高中教材爲例》，高雄：國立高雄師範大學國文學系教學碩士論文，2008 年。
16. 曹戰強：《唐詩三百首研究》，河北：河北大學中國古代文學碩士論文，2009 年。
17. 莊世明：《《唐詩三百首》中杜甫、李商隱七律「情景」研究》，宜蘭：佛光大學文學系碩士論文，2009 年。
18. 鄒坤峰：《《唐詩三百首》研究》，上海：上海師範大學人文與傳播學院中國古典文獻學碩士論文，2009 年。
19. 吳倩：《《唐詩三百首補注》注釋研究》，西安：陝西師範大學漢語言文字學碩士論文，2010 年。
20. 李叔霖：《《唐詩三百首》五倫關係之分析》，臺北：輔仁大學大眾傳播學研究所碩士論文，2010 年。
21. 林冉欣：《主旨安置於篇外的謀篇形式析論——以《唐詩三百首》爲研究範疇》，臺北：國立臺灣師範大學國文學系在職進修碩士論文，2010 年。
22. 黃罷：《《唐詩選》與《唐詩三百首》對比研究》，烏魯木齊：新疆師範大學中國古代文學碩士論文，2011 年。
23. 劉萬青：《唐詩分體選本研究》，臺中：逢甲大學中國文學系博士論文，2013 年。
24. 王東旭：《論《唐詩三百首》與語文教材的古詩選編》，長春：東北師範大學學科教學碩士論文，2013 年。

四、期刊論文（依出版順序排列）

1. 洪中同：〈古典詩與中國詩的融合〉，《兒童文學周刊》，1981 年，439 期。
2. 吳承學：〈關於唐詩分期的幾個問題〉，《文學遺產》，1989 年，第 3 期。
3. 胡幼峰：〈試論《唐詩別裁集》編選之得失〉，《古典文學》，1988 年，第 10 期。
4. 尹雪樵：〈《唐詩三百首》版本知見錄〉，天津：《圖書館工作與研究》，1994 年，第 3 期。
5. 陳望衡：〈孔子詩教論〉，《益陽師專學報》，1994 年 5 月，15 卷 3 期。
6. 趙承忠：〈《唐詩三百首》編著者蘅塘退士及其家世〉，《書目季刊》，1996 年 3 月，第 29 卷第 4 期。
7. 葉持躍：〈根據 46 種唐詩選本統計出的唐代著名詩人〉，《寧波大學學報》（人文科學版），1998 年 6 月，第 11 卷，第二期。
8. 邱燮友：〈《唐詩三百首》導讀〉，《中國語文》，1999 年 3 月，第 84 卷 3 期，總號 501。
9. 周慶華：〈歷代啓蒙教材中兒童觀念的演變及其意義〉，《孔孟月刊》，1999 年 4 月，37 卷 8 期。
10. 錢加清：〈我國古代蒙學特點簡析〉，《語文學刊》，2001 年，第四期。
11. 陳岸峰：〈《唐詩別裁集》與《古今詩刪》中「唐詩選」的比較研究——論沈德潛對李攀龍詩學理念的傳承與批判〉，《漢學研究》，2001 年 12 月，第 19 卷，第二期。
12. 曾純純：〈臺灣地區幼兒唐詩選本述評〉，《美和技術學院學報》，2002 年，第 21 期。
13. 蔣風：〈人生最早的教科書——試論兒童文學和兒童成長的關係〉，《基礎教育學報》，2003 年，12 卷 1 期。
14. 顏鸝慧：〈論《説詩晬語》對唐詩的評價〉，《明新學報》，2003 年 6 月，第 29 期。
15. 蔡玲婉：〈國小唐詩教學探悉〉，《花蓮師院學報》，2004 年，第 18 期。
16. 黃雅莉：〈宋代詠物詞的發展與嬗變〉，《國立新竹教育大學語文系語文學報》，2004 年，第 11 期。
17. 羅方選：〈閱讀是一種生命體驗〉，《教研天地》，2005 年 2 月。

18. 餘黨緒：〈閱讀中的經典〉，《語文學園》，2005 年，第六期。
19. 張高評：〈唐代讀詩詩與閱讀接受〉，《國文學報》，臺北：國立臺灣師範大學國文學系），2007 年 12 月，第 42 期。
20. 王萬象：〈古典詩詞選評與典律化〉，《興大中文學報》，2008 年，第 23 期。
21. 王書艷：〈淺談唐詩的傳播環境〉，《紅河學院學報》，2008 年 12 月，第六卷第六期。
22. 陳美朱：〈《唐詩歸》與《唐詩別裁集》之杜詩選評比較〉，《東吳中文學報》，2012 年 11 月，第 24 期。

五、報紙

1. 羅鳳珠：〈創意＋趣味教小孩讀古典詩〉，聯合報，2009 年 5 月 5 日，專輯 A16。

六、其他

1. 王頌梅教授〈詩歌十大主題總綱〉講義。
2. 王頌梅教授中國格律文學研究授課講義。

附　錄

附錄一：《梁溪詩鈔》書影

孫郡博洙

字苓西號蘅堂辛未進士歷官大成盧龍

鄒平縣令改江寧教授著有蘅塘漫稿蘅

堂爲吳客齋工部高足弟子少工制義爲

人恬退初宰近畿上官猶雅重文學之士

而蘅堂自如也歸老時蔬水常不給

補莊 并序

大城官署東偏老屋數椽向爲庖湢之所爨煙

熏翳癸酉冬日葺而新之編楷爲籬飾墻以紙

公退聊足休憩有感于易傳善補過之旨顏曰

補莊作長句記之

我生自悔不為田舍翁薄田一頃勤春農誤戴儒冠學干祿廿年狂走迷西東廣文一官嗟獨冷（按蘅堂初為上元縣教諭）會遭勝地幽興濃秦淮十里泛煙月珠簾夾岸琪花紅酒闌人醉逐歸路畫船猶遶笙歌叢閒餘隙地搆虛館一枝聊復巢高松（自註上元學署後有隙地數弓余搆堂三楹顏曰一枝巢）花竹清幽人絕跡午窗簷鐸聲玲瓏揭來畿輔宰偏邑運乖所至招災凶前年憂潦近憂旱孽蝻時復驚蝗螽民貧土瘠勉供役檄書旁午疲騎驄服官幾載席未煖蕭條廨舍徒塵

封偶因休沐得小憩庭戶湫隘膝僅容署傍數椽頗幽敞聊除塊礫披蒿蓬圖書晏暇稍羅列一樽相屬姑開胷迹類亡羊悔遲晚心懷鍊石難磨礱俯仰身世勉無咎易占有象吾誰從故園三徑詎堪問誅茅何處尋雲峯亦知無何真我里一壓暫闢留塵蹤憑軒長嘯計真得仰看雲外排錦鴻

奉檄送定北軍出居庸關馬上作

天門初開日曈曨天戈北伐誅頑兇虎貔壯士百千隊身騎寶馬腰懸弓雷電動地碾飛轂霜蹤蹴踏紛騰空前驅後乘各爭發高牙遠出臨居庸居

膚形勢足險要萬山奔赴環　宸宮凌霄絕壁
夜陰鐙峆岈微啟巖關重崖崩石亂路疑絕徑闢
一綫車徒逼山巔戍樓動悲角旌竿雲矗旗搴風
天寒日暮道途遠高原駐陣依崇墉玉帳光寒刁
斗靜軍門列炬千燈紅　國家承平百餘載萬方
寧謐無傳烽蠢茲小醜負絕域久梗　聖化辜
悖懞矧今殘黨自戕虐天之所棄其誰容桓桓斧
鉞正　天討摧朽寧久煩車攻鯫生目未覩兵
革短衣匹馬如從戎凱旋會計入關日獻俘　闕
下看論功

附錄二：《唐詩三百首》作品分類統計表

序號	體裁 作者	五言古詩	樂府	七言古詩	樂府	五言律詩	七言律詩	樂府	五言絕句	樂府	七言絕句	樂府	合計
初唐（共7首）													
1	沈佺期	0	0	0	0	1	0	1	0	0	0	0	2
2	陳子昂	0	0	1	0	0	0	0	0	0	0	0	1
3	王勃	0	0	0	0	1	0	0	0	0	0	0	1
4	駱賓王	0	0	0	0	1	0	0	0	0	0	0	1
5	杜審言	0	0	0	0	1	0	0	0	0	0	0	1
6	宋之問	0	0	0	0	1	0	0	0	0	0	0	1
盛唐（共165首）													
1	杜甫	5	0	5	4	10	13	0	1	0	1	0	39
2	王維	5	0	0	3	9	4	0	5	0	1	2	29
3	李白	3	3	4	5	5	1	0	2	1	2	3	29
4	孟浩然	3	0	1	0	9	0	0	2	0	0	0	15
5	王昌齡	1	2	0	0	0	0	0	0	0	3	2	8
6	岑參	1	0	3	0	1	1	0	0	0	1	0	7

序號	體裁 作者	五言古詩	樂府	七言古詩	樂府	五言律詩	七言律詩	樂府	五言絕句	樂府	七言絕句	樂府	合計
7	李頎	0	0	5	1	0	1	0	0	0	0	0	7
8	崔顥	0	0	0	0	0	2	0	0	2	0	0	4
9	張九齡	2	0	0	0	1	0	0	0	0	0	0	3
10	司空曙	0	0	0	0	3	0	0	0	0	0	0	3
11	常建	1	0	0	0	1	0	0	0	0	0	0	2
12	高適	0	0	0	1	0	1	0	0	0	0	0	2
13	祖詠	0	0	0	0	0	1	0	1	0	0	0	2
14	王之渙	0	0	0	0	0	0	0	1	0	0	1	2
15	丘爲	1	0	0	0	0	0	0	0	0	0	0	1
16	綦毋潛	1	0	0	0	0	0	0	0	0	0	0	1
17	唐玄宗	0	0	0	0	1	0	0	0	0	0	0	1
18	王灣	0	0	0	0	1	0	0	0	0	0	0	1
19	劉昚虛	0	0	0	0	1	0	0	0	0	0	0	1
20	僧皎然	0	0	0	0	1	0	0	0	0	0	0	1
21	崔曙	0	0	0	0	0	1	0	0	0	0	0	1
22	皇甫冉	0	0	0	0	0	1	0	0	0	0	0	1
23	裴迪	0	0	0	0	0	0	0	1	0	0	0	1
24	李端	0	0	0	0	0	0	0	1	0	0	0	1
25	賀知章	0	0	0	0	0	0	0	0	0	1	0	1
26	張旭	0	0	0	0	0	0	0	0	0	1	0	1
27	王翰	0	0	0	0	0	0	0	0	0	1	0	1
中唐（共 82 首）													
1	韋應物	7	0	0	0	2	1	0	1	0	1	0	12
2	劉長卿	0	0	0	0	5	3	0	3	0	0	0	11
3	白居易	0	0	2	0	1	1	0	1	0	1	0	6
4	盧綸	0	0	0	0	1	1	0	0	4	0	0	6

序號	體裁 作者	五言古詩	樂府	七言古詩	樂府	五言律詩	七言律詩	樂府	五言絕句	樂府	七言絕句	樂府	合計
5	柳宗元	2	0	1	0	0	1	0	1	0	0	0	5
6	張祜	0	0	0	0	0	0	0	1	0	4	0	5
7	韓愈	0	0	4	0	0	0	0	0	0	0	0	4
8	元稹	0	0	0	0	0	3	0	1	0	0	0	4
9	劉禹錫	0	0	0	0	1	1	0	0	0	2	0	4
10	錢起	0	0	0	0	2	1	0	0	0	0	0	3
11	韓翃	0	0	0	0	1	1	0	0	0	1	0	3
12	李益	0	0	0	0	1	0	0	0	1	1	0	3
13	元結	1	0	1	0	0	0	0	0	0	0	0	2
14	孟郊	0	2	0	0	0	0	0	0	0	0	0	2
15	劉方平	0	0	0	0	0	0	0	0	0	2	0	2
16	朱慶餘	0	0	0	0	0	0	0	0	0	2	0	2
17	戴叔倫	0	0	0	0	1	0	0	0	0	0	0	1
18	張籍	0	0	0	0	1	0	0	0	0	0	0	1
19	王建	0	0	0	0	0	0	0	1	0	0	0	1
20	權德輿	0	0	0	0	0	0	0	1	0	0	0	1
21	賈島	0	0	0	0	0	0	0	1	0	0	0	1
22	張繼	0	0	0	0	0	0	0	0	0	1	0	1
23	柳中庸	0	0	0	0	0	0	0	0	0	1	0	1
24	顧況	0	0	0	0	0	0	0	0	0	1	0	1
晚唐（共56首）													
1	李商隱	0	0	1	0	5	10	0	1	0	7	0	24
2	杜牧	0	0	0	0	1	0	0	0	0	9	0	10
3	溫庭筠	0	0	0	0	1	2	0	0	0	1	0	4
4	許渾	0	0	0	0	2	0	0	0	0	0	0	2
5	馬戴	0	0	0	0	2	0	0	0	0	0	0	2

序號	體裁 作者	五言古詩	樂府	七言古詩	樂府	五言律詩	七言律詩	樂府	五言絕句	樂府	七言絕句	樂府	合計
6	崔塗	0	0	0	0	2	0	0	0	0	0	0	2
7	韋莊	0	0	0	0	1	0	0	0	0	1	0	2
8	李頻	0	0	0	0	0	0	0	1	0	0	0	1
9	張喬	0	0	0	0	1	0	0	0	0	0	0	1
10	杜荀鶴	0	0	0	0	1	0	0	0	0	0	0	1
11	薛逢	0	0	0	0	0	1	0	0	0	0	0	1
12	秦韜玉	0	0	0	0	0	1	0	0	0	0	0	1
13	鄭畋	0	0	0	0	0	0	0	0	0	1	0	1
14	韓偓	0	0	0	0	0	0	0	0	0	1	0	1
15	陳陶	0	0	0	0	0	0	0	0	0	1	0	1
16	張泌	0	0	0	0	0	0	0	0	0	1	0	1
17	杜秋娘	0	0	0	0	0	0	0	0	0	0	1	1
無從查考分期（共3首）													
1	金昌緒	0	0	0	0	0	0	0	1	0	0	0	1
2	西鄙人	0	0	0	0	0	0	0	1	0	0	0	1
3	無名氏	0	0	0	0	0	0	0	0	0	1	0	1
總計	77人	33	7	28	14	80	53	1	29	8	51	9	313

附錄三：學生課本筆記書影

國小：

南一版　五下　第一課　絕句選　高雄市復興國小　陳威仲

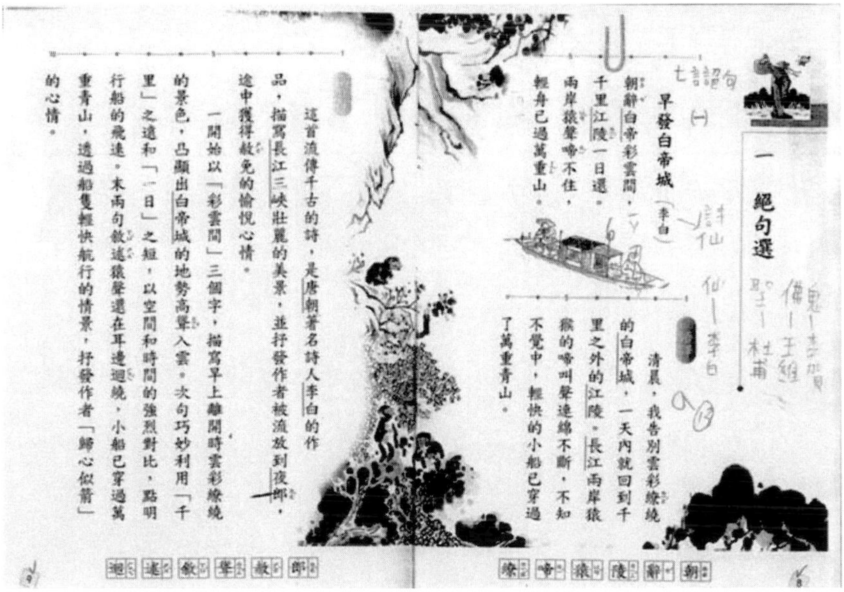

一　絕句選

(一)

早發白帝城（李白）

朝辭白帝彩雲間，
千里江陵一日還。
兩岸猿聲啼不住，
輕舟已過萬重山。

清晨，我告別雲彩繚繞的白帝城，一天內就回到千里之外的江陵。長江兩岸猿猴的啼叫聲連綿不斷，不知不覺中，輕快的小船已穿過了萬重青山。

這首流傳千古的詩，是唐朝著名詩人李白的作品，描寫長江三峽壯麗的美景，並抒發作者被流放到夜郎，途中獲得赦免的愉悅心情。

一開始以「彩雲間」三個字，描寫早上離開時雲彩繚繞的景色，凸顯出白帝城的地勢高聳入雲。次句巧妙利用「千里」之遠和「一日」之短，以空間和時間的強烈對比，點明行船的飛速。末兩句敘述猿聲還在耳邊迴繞，小船已穿過萬重青山，透過船隻輕快航行的情景，抒發作者「歸心似箭」的心情。

朝　辭　陵　猿　啼　繚　郎　赦　聳　敘　速　迴

國中：

康軒版　七上　第四課　絕句選　高雄市光華國中　蘇詩婷

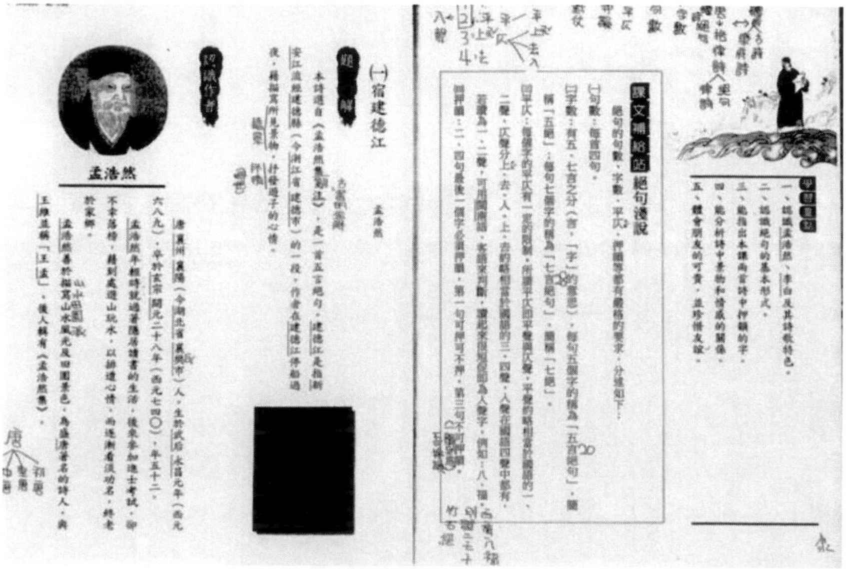

㈠宿建德江　孟浩然

題解

本詩選自《孟浩然集》，是一首五言絕句。建德江是指新安江流經建德縣（今浙江省建德市）的一段。作者在建德江停船過夜，藉描寫所見景物，抒發遊子的心情。

認識作者

孟浩然

唐襄州襄陽（今湖北省襄樊市）人，生於武后永昌元年（西元六八九），卒於玄宗開元二十八年（西元七四〇），年五十二。

孟浩然早年總時就過著隱居讀書的生活，後來參加進士考試，卻不幸落榜，轉到處遊山玩水，以排遣心情，而逐漸看淡功名，終老於家鄉。

孟浩然善於描寫山水風光及田園景色，為盛唐著名的詩人，與王維並稱「王孟」，後人輯有《孟浩然集》。

學習重點

一、認識孟浩然、李白及其詩歌特色。
二、認識絕句的基本形式。
三、能指出本課兩首詩中押韻的字。
四、能分析詩中景物和情感的關係。
五、體會朋友的可貴，並珍惜友誼。

課文補給站　絕句淺說

絕句的句數、字數、平仄、押韻等都有嚴格的要求，分述如下：

㈠句數：每首四句。

㈡字數：有五、七言之分（言，「字」的意思），每句五個字的稱為「五言絕句」，簡稱「五絕」；每句七個字的稱為「七言絕句」，簡稱「七絕」。

㈢平仄：每個字的平仄有一定的規制，所謂平仄即平聲與仄聲，平聲的略相當於國語的一、二聲，仄聲分上、去、入，上、去的略相當於國語的三、四聲，入聲在國語四聲中都有，若讀為一、二聲，可用閩南語、客語來判斷，讀起來很短促即為入聲字，例如：八、福。

㈣押韻：二、四句最後一個字必須押韻，第一句可押可不押，第三句不可押韻。

41

課文賞析

40

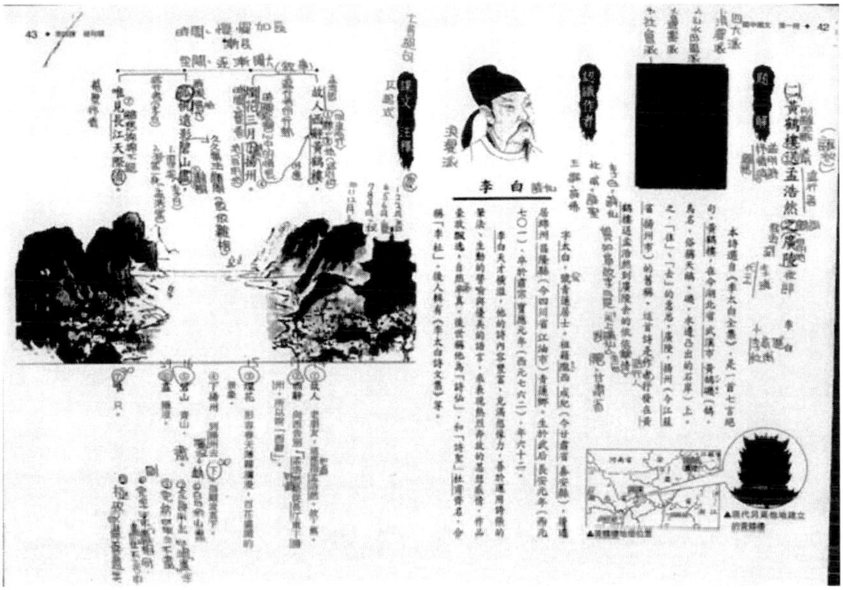

康軒版　七下　第二課　律詩選　高雄市光華國中　蘇詩婷

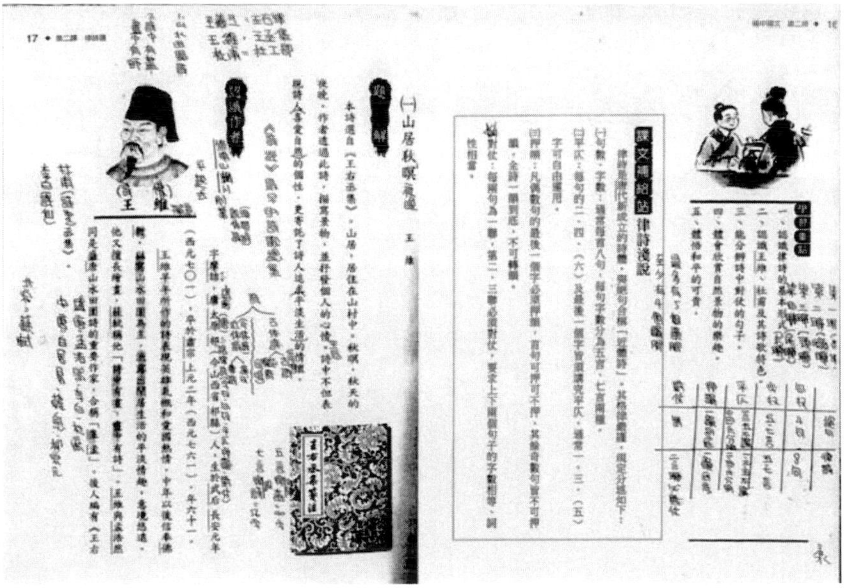

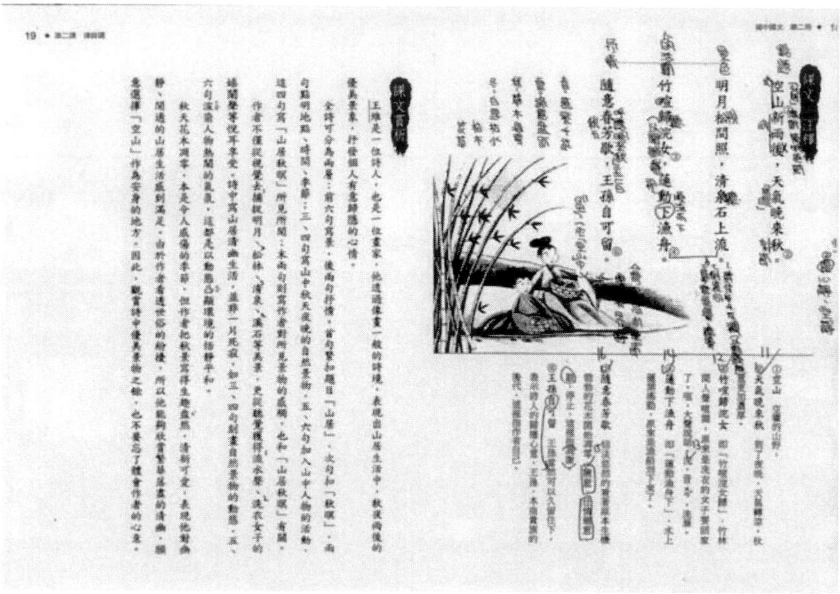
19 第二課 唐詩選
課文注釋
空山新雨後，天氣晚來秋。
明月松間照，清泉石上流。
竹喧歸浣女，蓮動下漁舟。
隨意春芳歇，王孫自可留。
①空山 空曠的山野。
②天氣晚來秋 到了傍晚，天氣轉涼，秋
③竹喧歸浣女 即「竹喧浣女歸」。
④蓮動下漁舟 即「蓮動漁舟下」。
⑤隨意春芳歇
⑥王孫自可留
課文賞析
王維是一位詩人，也是一位畫家，他透過像畫一般的詩境，表現出山居生活中，秋夜雨後的優美景象，抒發個人有意歸隱的心情。
全詩可分為兩層：前六句寫景，後兩句抒情。首句緊扣題目「山居」，次句和「秋暝」，兩句點明地點、時間、季節；三、四句寫山中秋天夜晚的自然景物；五、六句加入山中人物的活動。這四句寫「山居秋暝」所見所聞；末兩句則寫作者對所見景物的感觸，也和「山居秋暝」有關。
作者不僅從視覺去描寫明月、松林、清泉、溪石等美景，更從聽覺描摹流水聲、浣衣女子的嬉鬧聲等悅耳享受，詩中寫山居清幽生活，並非一片死寂，如三、四句刻畫自然景物的動態，五、六句描寫人物熱鬧的氣氛，這都是以動態凸顯環境的恬靜平和。
秋天花木凋零，本是令人感傷的季節，但作者把秋景寫得生機盎然，清新可愛，表現他對幽靜、閒適的山居生活感到滿足。由於作者看透世俗的紛擾，所以他能夠欣賞繁華落盡的清幽，願意選擇「空山」作為安身的地方。因此，觀賞詩中優美景物之餘，也不要忘了體會作者的心意。

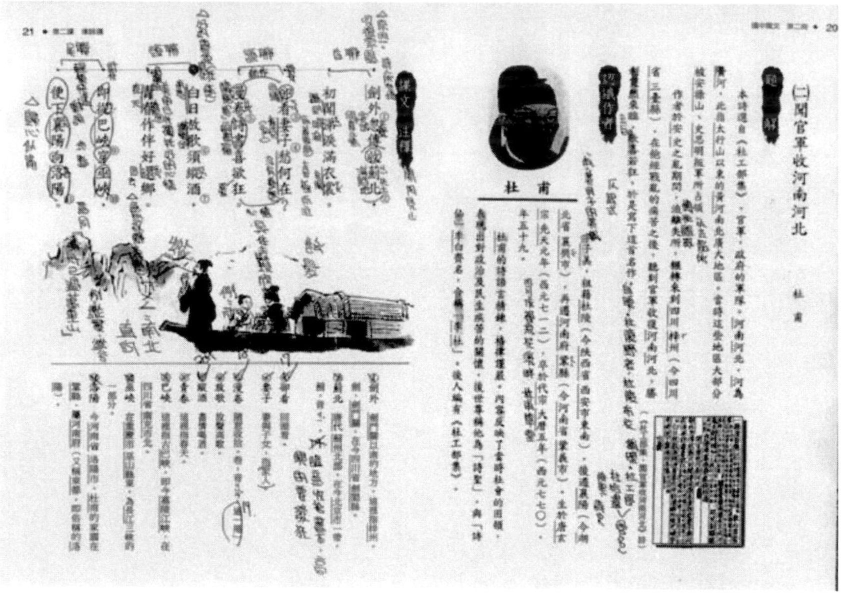
20
(二)聞官軍收河南河北
杜甫
題解
本詩選自《杜工部集》。官軍，政府的軍隊。河南河北，河為黃河，此指太行山以東的黃河南北廣大地區，當時這些地區大部分被安祿山、史思明叛軍所占據。
作者於安史之亂期間，流離失所，輾轉來到四川梓州（今四川省三臺縣），在飽經戰亂的痛苦之後，聽到官軍收復河南河北，驚喜若狂，於是寫下這首名作。
認識作者
杜甫
北省襄樊市），再遷河南府鞏縣（今河南省鞏義市）。生於唐玄宗先天元年（西元七一二），卒於代宗大曆五年（西元七七〇），年五十九。
杜甫的詩語言精鍊，格律嚴謹，內容反映了當時社會的面貌，表現出對政治及民生疾苦的關懷，後世尊稱他為「詩聖」，與「詩仙」李白齊名，合稱「李杜」。後人編有《杜工部集》。
21 第二課 唐詩選
課文注釋
劍外忽傳收薊北，
初聞涕淚滿衣裳。
卻看妻子愁何在？
漫卷詩書喜欲狂。
白日放歌須縱酒，
青春作伴好還鄉。
即從巴峽穿巫峽，
便下襄陽向洛陽。

南一版　七上　第三課　絕句選　高雄市光華國中　陳玉捷

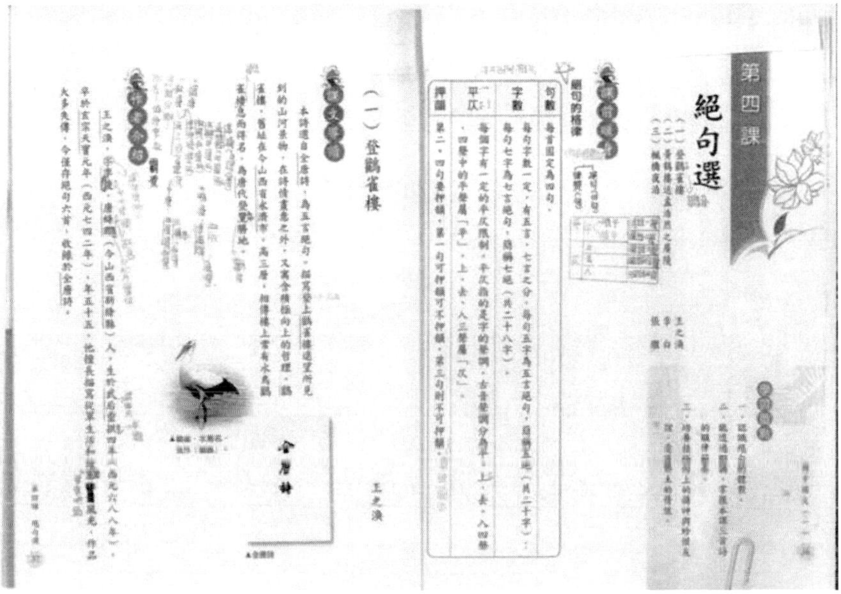

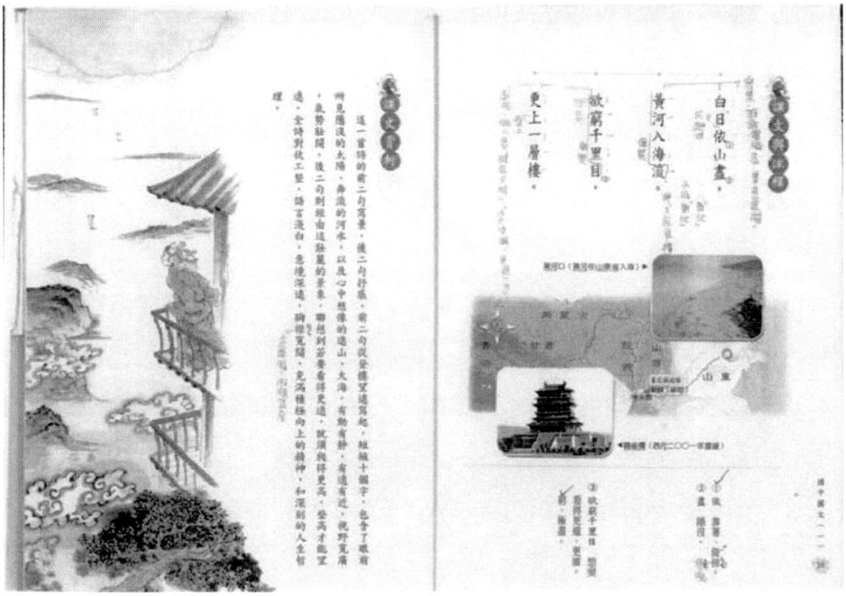

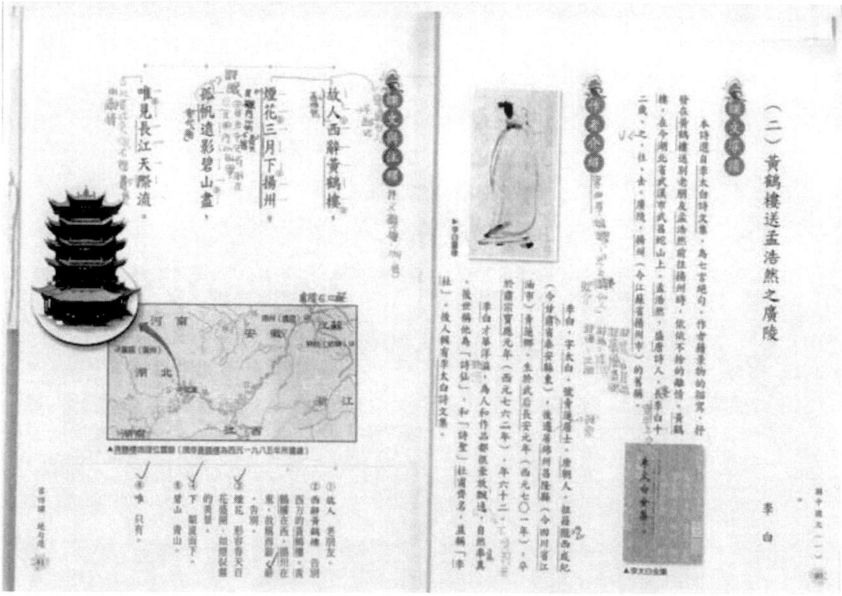

（二）黃鶴樓送孟浩然之廣陵

李白

本詩選自李太白詩文集，為七言絕句，作者藉景物的描寫，抒發在黃鶴樓送別老朋友孟浩然前往揚州時，依依不捨的離情。黃鶴樓，在今湖北省武漢市武昌蛇山上。孟浩然，盛唐詩人，長李白十二歲。之，往、去。廣陵，揚州（今江蘇省揚州市）的舊稱。

李白，字太白，號青蓮居士，唐朝人。祖籍隴西成紀（今甘肅省秦安縣東），後遷居綿州昌隆縣（今四川省江油市）青蓮鄉。生於武后長安元年（西元七〇一年），卒於肅宗寶應元年（西元七六二年），年六十二。

李白才華洋溢，為人和作品都很豪放飄逸，自然率真，後世稱他為「詩仙」，和「詩聖」杜甫齊名，並稱「李杜」。後人輯有李太白詩文集。

▲李白畫像

▲李太白全集

故人西辭黃鶴樓，
煙花三月下揚州。
孤帆遠影碧山盡，
唯見長江天際流。

① 故人 老朋友。

④ 下 順流而下。

⑤ 碧山 青山。

⑥ 唯 只有。

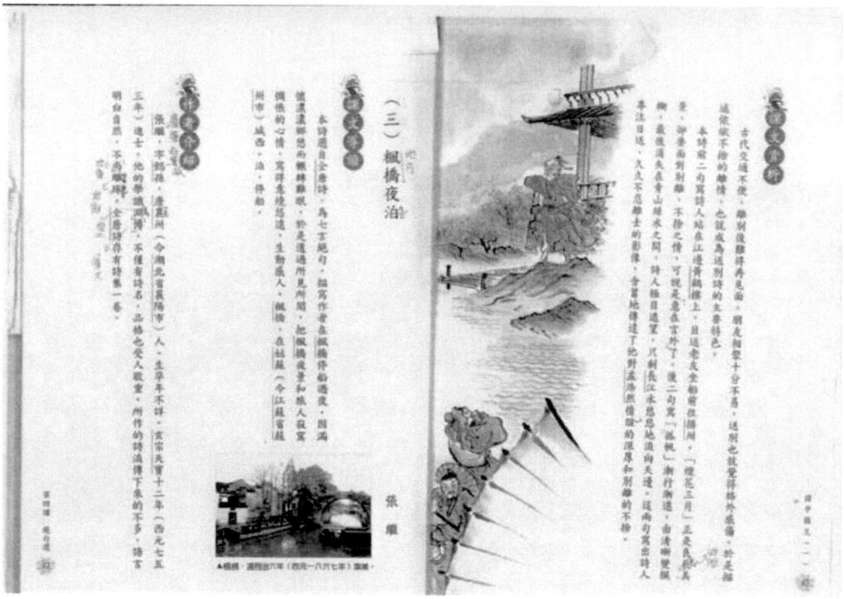

古代交通不便，離別後難得再見面，朋友相聚十分不易，送別也就覺得格外感傷，於是描述依依不捨的離情，也就成為送別詩的主要特色。

本詩前二句寫詩人站在江邊黃鶴樓上，目送老友坐船前往揚州，「煙花三月」正是良辰美景，卻要面對別離，不捨之情，可說是意在言外了。後二句寫「孤帆」漸行漸遠，由清晰變模糊，最後消失在青山綠水之間，詩人極目遠望，只剩長江水悠悠地流向天邊。這兩句寫出詩人專注目送，久久不忍離去的影像，含蓄地傳達了他對孟浩然情誼的深厚和別離的不捨。

（三）楓橋夜泊

張繼

本詩選自全唐詩，為七言絕句，描寫作者在楓橋停船過夜，因滿懷濃濃鄉愁而輾轉難眠，於是透過所見所聞，把楓橋夜景和旅人寂寞惆悵的心情，寫得意境悠遠，生動感人。楓橋，在姑蘇（今江蘇省蘇州市）城西。泊，停船。

張繼，字懿孫，唐襄州（今湖北省襄陽市）人，生卒年不詳。玄宗天寶十二年（西元七五三年）進士。他的學識淵博，不僅有詩名，品格也受人敬重。所作的詩流傳下來的不多，語言明白自然，不尚雕琢。全唐詩存有詩集一卷。

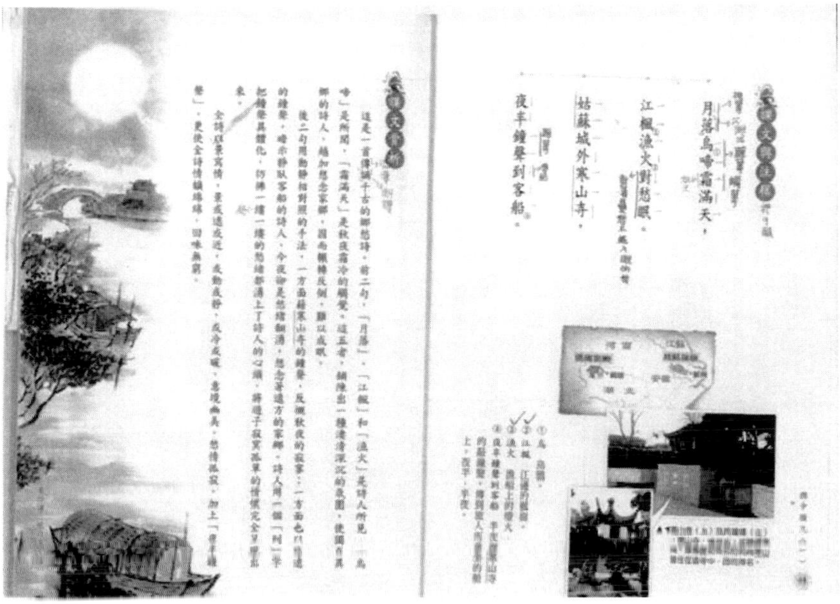

月落烏啼霜滿天，
江楓漁火對愁眠。
姑蘇城外寒山寺，
夜半鐘聲到客船。

南一版　七下　第四課　律詩選　高雄市光華國中　陳玉捷

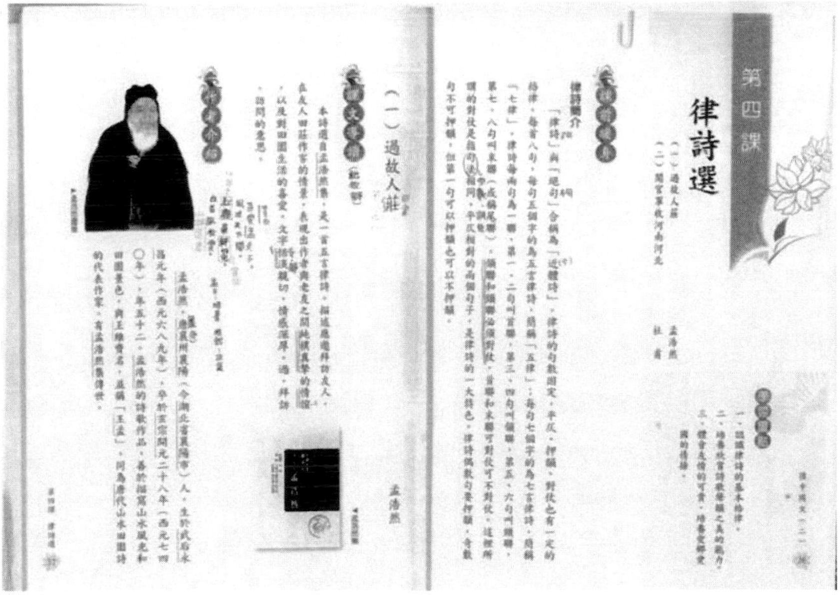

第四課
律詩選
（一）過故人莊　孟浩然
（二）聞官軍收河南河北　杜甫

（一）過故人莊

孟浩然

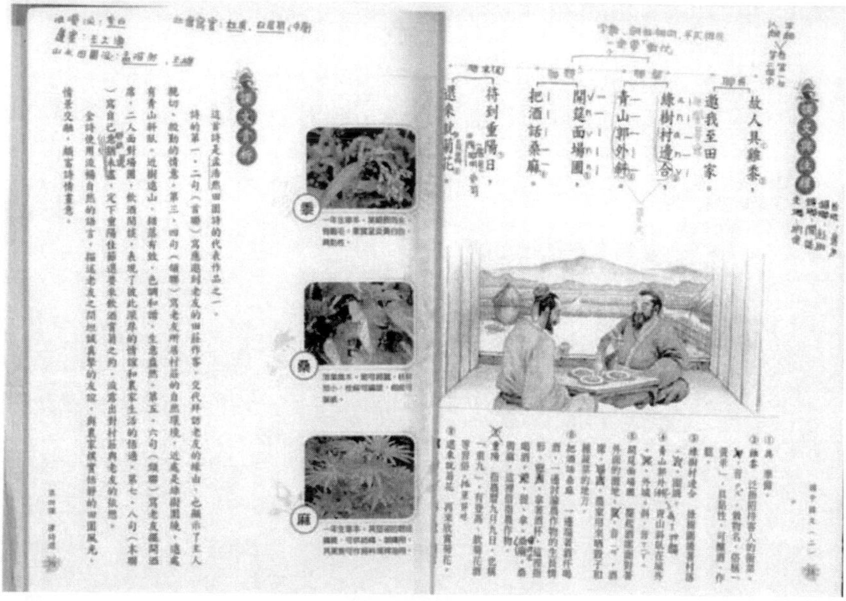
故人具雞黍，
邀我至田家。
綠樹村邊合，
青山郭外斜。
開筵面場圃，
把酒話桑麻。
待到重陽日，
還來就菊花。

黍

桑

麻

這首詩是孟浩然田園詩的代表作品之一。

詩的第一、二句（首聯）寫應邀到老友的田莊作客，交代拜訪老友的緣由，也顯示了主人親切、殷勤的情意。第三、四句（頷聯）寫老友所居村莊的自然環境，近處是綠樹圍繞，遠處有青山斜臥，近樹遠山，錯落有致，色調和諧，生意盎然。第五、六句（頸聯）寫老友擺開酒席，二人面對場圃，飲酒閒談，表現了彼此深厚的情誼和農家生活的情趣。第七、八句（末聯）寫自己……，定下重陽佳節還要來飲酒賞菊之約，流露出對村莊與老友的依戀。

全詩使用流暢自然的語言，描述老友之間坦誠真摯的友誼，與農家樸實恬靜的田園風光，情景交融，頗富詩情畫意。

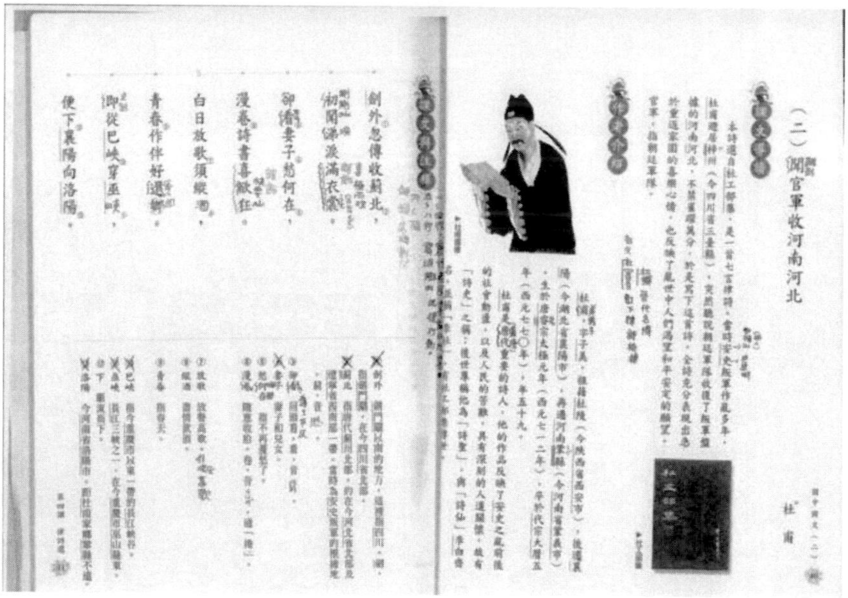
（二）聞官軍收河南河北

杜甫

本詩選自杜工部集，是一首七言律詩。當時安史叛軍作亂多年，杜甫避居梓州（今四川省三臺縣），突然聽說朝廷軍隊收復了叛軍盤據的河南河北，不禁喜極異分，於是寫下這首詩。全詩充分表現出急於重返家園的喜悅心情，也反映了亂世中人們渴望和平安定的願望。

劍外忽傳收薊北，
初聞涕淚滿衣裳。
卻看妻子愁何在，
漫卷詩書喜欲狂。
白日放歌須縱酒，
青春作伴好還鄉。
即從巴峽穿巫峽，
便下襄陽向洛陽。

南一版　八上　第三課　古詩選　高雄市光華國中 陳玉捷

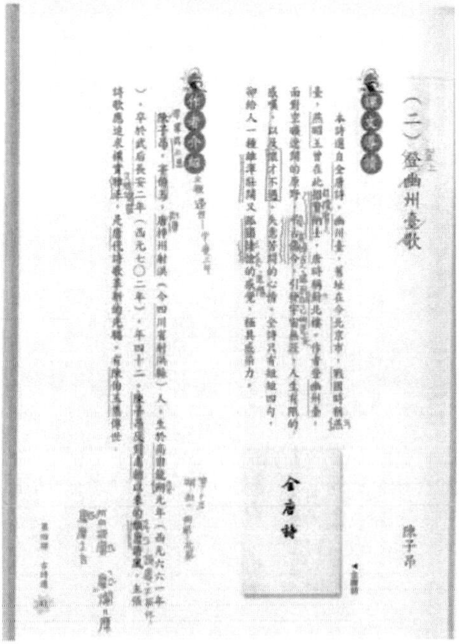
（二）登幽州臺歌
陳子昂
全唐詩

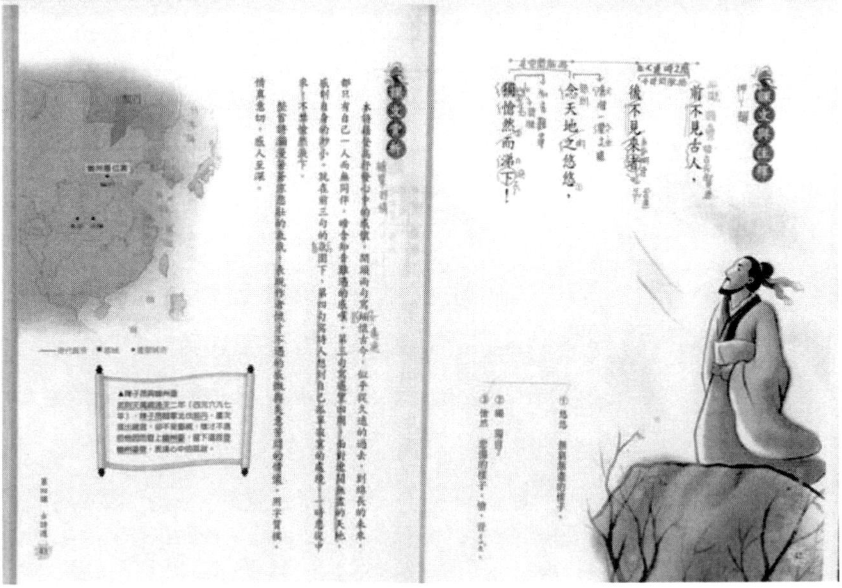
前不見古人，
後不見來者，
念天地之悠悠，
獨愴然而涕下！

高中：

龍騰版　高一上　第九課　樂府詩選　高雄市三民家商　呂瑜庭

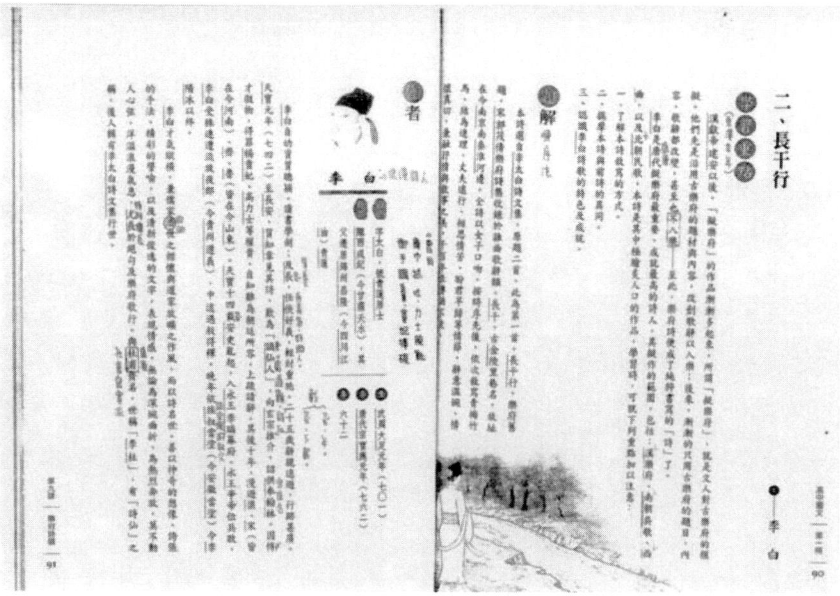

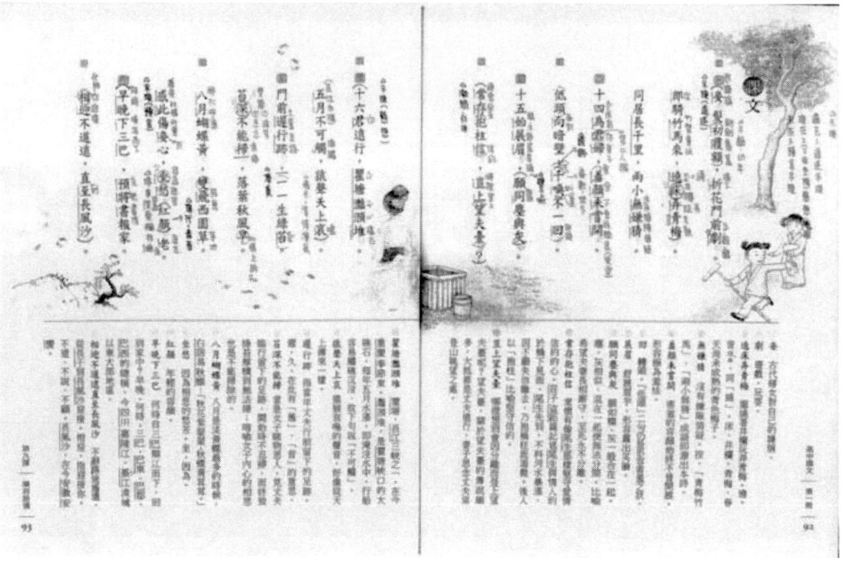

龍騰版　高一下　第五課　琵琶行并序　高雄市三民家商 呂瑜庭

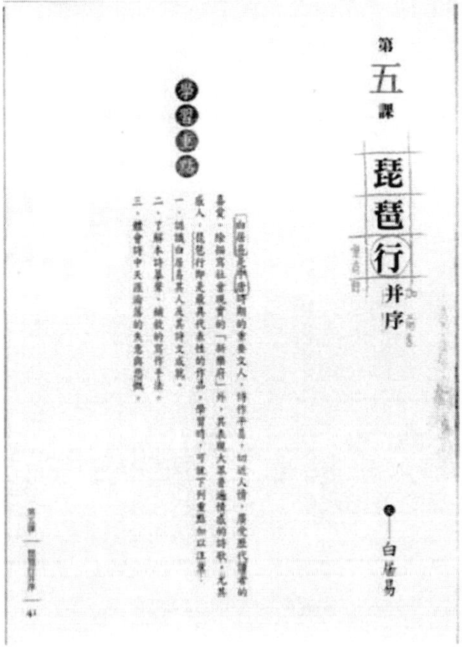

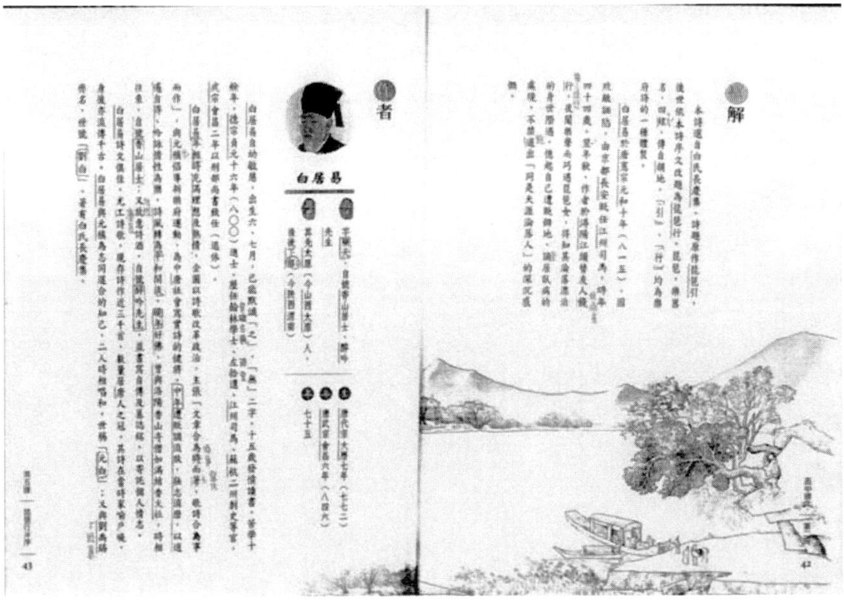

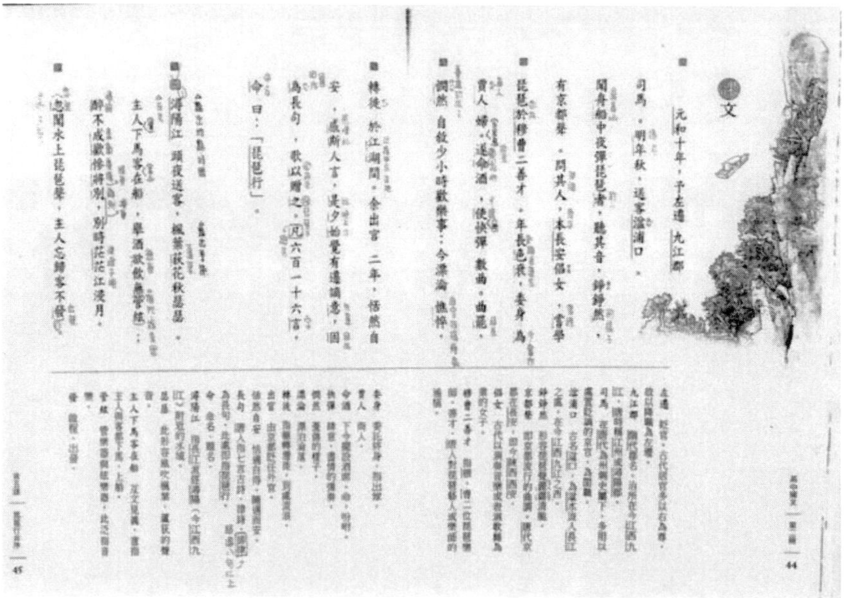
元和十年，予左遷九江郡
司馬。明年秋，送客湓浦口。
聞舟船中夜彈琵琶者，聽其音，錚錚然，
有京都聲。問其人，本長安倡女，嘗學
琵琶於穆曹二善才。年長色衰，委身為
賈人婦。遂命酒，使快彈數曲。曲罷，
憫然自敘少小時歡樂事，今漂淪憔悴，
轉徙於江湖間。余出官二年，恬然自
安，感斯人言，是夕始覺有遷謫意，因
為長句，歌以贈之，凡六百一十六言，
命曰：「琵琶行」。
潯陽江頭夜送客，楓葉荻花秋瑟瑟。
主人下馬客在船，舉酒欲飲無管絃；
醉不成歡慘將別，別時茫茫江浸月。
忽聞水上琵琶聲，主人忘歸客不發。

44

45

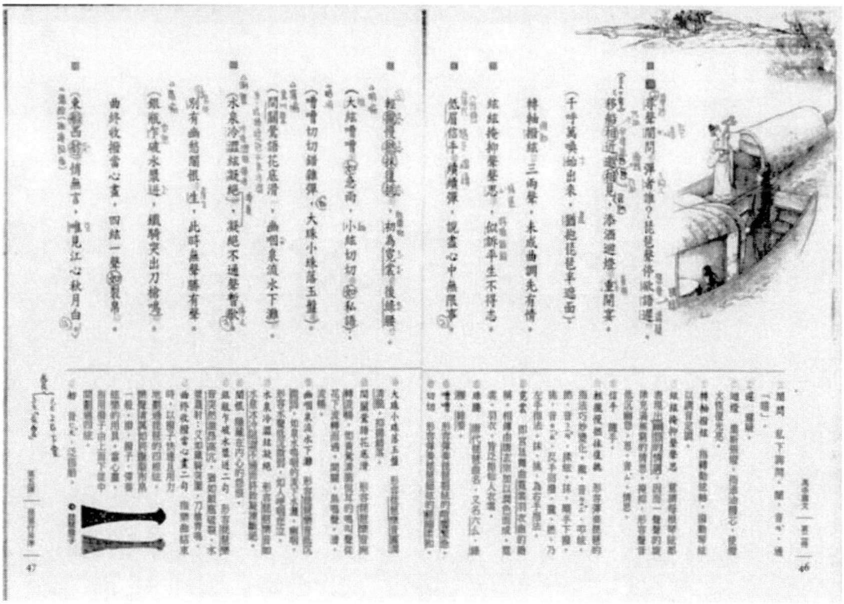
尋聲闇問彈者誰？琵琶聲停欲語遲。
移船相近邀相見，添酒迴燈重開宴。
千呼萬喚始出來，猶抱琵琶半遮面。
轉軸撥絃三兩聲，未成曲調先有情。
絃絃掩抑聲聲思，似訴平生不得志。
低眉信手續續彈，說盡心中無限事。
輕攏慢撚抹復挑，初為霓裳後綠腰。
大絃嘈嘈如急雨，小絃切切如私語。
嘈嘈切切錯雜彈，大珠小珠落玉盤。
間關鶯語花底滑，幽咽泉流冰下灘。
冰泉冷澀絃凝絕，凝絕不通聲暫歇。
別有幽愁闇恨生，此時無聲勝有聲。
銀瓶乍破水漿迸，鐵騎突出刀槍鳴。
曲終收撥當心畫，四絃一聲如裂帛。
東船西舫悄無言，唯見江心秋月白。

46

47

沉吟放撥插絃中，整頓衣裳起斂容。
自言：「本是京城女，家在蝦蟆陵下住。
十三學得琵琶成，名屬教坊第一部。
曲罷曾教善才伏，妝成每被秋娘妒。
五陵年少爭纏頭，一曲紅綃不知數。
鈿頭雲篦擊節碎，血色羅裙翻酒汙。
今年歡笑復明年，秋月春風等閒度。
弟走從軍阿姨死，暮去朝來顏色故。
門前冷落車馬稀，老大嫁作商人婦。
商人重利輕別離，前月浮梁買茶去。
去來江口守空船，遶船月明江水寒。
夜深忽夢少年事，夢啼妝淚紅闌干。」

我聞琵琶已歎息，又聞此語重唧唧！
同是天涯淪落人，相逢何必曾相識！
我從去年辭帝京，謫居臥病潯陽城。
潯陽地僻無音樂，終歲不聞絲竹聲。
住近湓江地低溼，黃蘆苦竹繞宅生。
其間旦暮聞何物？杜鵑啼血猿哀鳴。
春江花朝秋月夜，往往取酒還獨傾。
豈無山歌與村笛？嘔啞嘲哳難為聽。
今夜聞君琵琶語，如聽仙樂耳暫明。
莫辭更坐彈一曲，為君翻作琵琶行。
感我此言良久立，卻坐促絃絃轉急。
淒淒不似向前聲，滿座重聞皆掩泣。
座中泣下誰最多？江州司馬青衫溼。

問題與討論